-A.W. BENEDICT-
Beanstock
-DAS GEHEIMNIS VON WATERHILL-

Der siebente Fall

Lyrik: E. Thiele
Umschlaggestaltung: wolf-photoart.de
Schriftdesign: Tobias Wieduwilt
Supervisor: Chris Wieduwilt
Korrektorat: SchriftWerk - Jona Gellert

ISBN: 9783753497006
Herstellung und Verlag: BoD - Books on Demand, Norderstedt

Bibliografische Information der Deutschen Nationalbibliothek:
Die Deutsche Nationalbibliothek verzeichnet diese Publikation in der Deutschen Nationalbibliografie; detaillierte bibliografische Daten sind im Internet abrufbar.

Beanstock

-A.W. BENEDICT-

-DAS GEHEIMNIS VON WATERHILL-

„Ein Dieb ist jemand, der die Angewohnheit hat, Dinge zu finden, bevor andere Leute sie verlieren."

Verfasser unbekannt

Robert of Dale

Die Feder flog mit einer Leichtigkeit über das Pergament, die Anna von ihrem geliebten Mann noch nicht gesehen hatte. Ein leichtes Lächeln lag auf seinem schönen Gesicht und, wie immer, sah ein vorwitziges Stück der rosafarbenen Zunge zwischen den Lippen hervor. Anna liebte diesen Anblick und stand, eine Weile abwartend und in dem Bild versunken, in der Tür zum Schreibzimmer.

„Ich habe dich gesehen", flüsterte Robert und die kleine Zungenspitze verschwand. „Warum schleichst du dich an, geliebte Gattin?" Er blickte zu ihr auf.

Sie kam näher, stellte einen Becher mit Tee und einen Teller mit frischem Brot auf den Schreibtisch.

„Ich sehe dir gern zu, das ist alles. Du vermutest hinter jedem Stein ein Geheimnis", erklärte Anna und wollte bereits wieder gehen. Aber Robert hielt sie am Arm fest und zog sie zu sich auf den Schoß.

„Nicht! Wenn Sophie uns sieht! Es gibt schon genug Gerede. Du weißt, die Frau des Leinwebers ist eine neugierige Person. Ich habe sie in Verdacht, die arme Elsie angeschwärzt zu haben. Was für ein zänkisches Weibsbild. Ihr Mann ist nicht zu beneiden. Läuft sie doch ständig zum hohen Herrn und hat neuerliche Anklagen zu führen", sagte sie und versuchte sich loszureißen.

„Den hohen Herrn brauchst du nicht zu fürchten. Ich

stelle mich gut mit ihm. Er betont es zu jeder Stunde. Und wie sollte die Alte des Webers uns hier drinnen sehen können?", fragte ihr Gatte.

„Neugierige Blicke warf sie schon durch eines unserer Fenster. Sogar auf meinen neu angepflanzten Blumen vor dem Fenster hat sie schon getrampelt. Sie ist ein furchtbares Weib. Und sie ist gefährlich."

Robert sah die tiefe Falte zwischen ihren zartgeschwungenen Brauen.

„Was ist dir? Ich weiß ja, du magst es nicht leiden, dass ich des Öfteren bei Sir Arthur weile und auch manchmal mit ihm in den Tiefen seines Weinkellers zeche, aber er hilft uns und in der schweren Zeit war er für uns da. Und wir haben von ihm dieses hübsche Cottage bekommen."

Anna blickte zu Boden.

Sie wusste genau, warum der Herr auf Burg Waterhill so nett zu ihrem Gatten war.

Anna war eine Schönheit. Robert hatte ihr gesagt, dass er nicht fassen könne, dass sie sein geworden war. Schließlich war sie die Tochter eines Landadligen.

Aber ihr Vater war in Ungnade gefallen und lange vor seiner Zeit verstorben. Besitztümer hatte sie nicht mit in die Ehe gebracht und so glichen sich die beiden Eheleute. Denn Robert verdankte seinen Namen auch nur einem seiner Vorfahren, von dem kaum mehr als ein zinnener Teller und ein Silberpokal mit einem Wappen übriggeblieben waren. Und den hatte Robert vor langer Zeit versetzen müssen. Sonst hätte er seine Anna niemals heiraten können.

Als er sie zum ersten Mal gesehen hatte, war es schon um ihn geschehen gewesen. Ihr langes schwarzes Haar fiel in glänzenden Locken auf ihre Schultern. Ihr zartes Gesicht mit den rosafarbenen Wangen erinnerte an einen Frühlingstag. So hatte es Robert ausgedrückt.

Sie war das Glück seines Lebens.

Dichter waren zwar hoch angesehen, aber es war eine brotlose Kunst. So hatte Anna mit dem Besticken feiner Linnenstücke versucht, ihre kleine Familie am Leben zu halten. Durch diese Tätigkeit hatte sie vor einigen Jahren die Herrin auf Burg Waterhill kennengelernt und für die Dame Wäsche bestickt. Als diese gestorben war, war der Burgherr plötzlich an den Gedichten ihres Mannes überaus interessiert gewesen und hatte ihn zu sich eingeladen. So manche Nacht zechte er mit Robert im tiefen Weinkeller.

Anna fürchtete den Herrn der Burg. Er war zudringlich geworden. Immer wenn sie ihn getroffen hatte, hatte er sie mit seltsamen Blicken angesehen. Sie fühlte sich nicht wohl in seiner Gegenwart. Im Herbst des letzten Jahres war seine Frau, noch jung an Jahren und viel zu zart, im Kindbett gestorben. Die kleine Tochter hatte überlebt, war aber sofort von einer Amme davongetragen und im Schloss nie wieder gesehen worden. Es ging Lord Waterhill wie seinem großen Vorbild, Heinrich dem Achten, der eine Frau nach der anderen verschliss, um einen männlichen Erben zu bekommen. Mädchen waren wertlos. Er wollte das Kind nicht unter den Augen haben.

Wenn Robert erfahren würde, was der Burgherr ihr bei der letzten Kirchmesse ins Ohr geflüstert hatte, würde er anders über seinen angeblichen Gönner denken.

„Was schreibst du, Liebster?", fragte sie, um die schlimmen Gedanken loszuwerden.

„Lord Arthur wünscht sich ein Gedicht über seine Burg und seine Person. Er wird gut bezahlen. Dann gibt es Wildbret, mein Schatz!", rief Robert aus, sprang auf und drehte seine Frau in einem wilden Reigen im Kreis herum.

„Heute Abend muss das Sonett fertig sein. Ich will es ihm vortragen. Unser Leben wird besser. Du wirst schon sehen. Nun lass mich arbeiten, sonst schaff ich es nicht", sagte der Dichter Robert of Dale und beugte sich erneut mit Feuereifer über das Pergament.

„Gut, dass dein Name nicht Thomas ist", scherzte sie.

„Wie meinst du das?", fragte ihr Gatte schon mit den Gedanken bei seinem Sonett.

„Nun, der Herr auf Burg Waterhill verehrt unseren König Heinrich sehr. Er hat ihm das Lehen rings um die Burg geschenkt. Und unser König mag den Namen Thomas gar nicht leiden. Thomas Wolsey, Thomas Morus, Thomas Cromwell bezahlten ihre Vorwitzigkeit mit dem Leben, auch wenn Wolsey vorher verstarb. Und nun erzählen sich die Leute hinter vorgehaltener Hand, der König und sein Scharfrichter haben bereits ein Auge auf Thomas Howard geworfen. Wieder ein Thomas, der nicht gefällt."

Robert sah seine Frau entgeistert an.

„Du darfst so nicht reden. Es steht einer Frau nicht zu, unseren König und Landesherren zu schmähen. Lass dich nicht auf die tratschenden Leute ringsum ein. Das ist gefährlich. Wir wollen nicht mehr davon reden, versprich es mir", sagte er leiser sprechend, als ob man sie hören könnte.

Anna seufzte.

Sie war interessiert an allen Dingen und las gern, was an sich schon Blasphemie bedeutete. Eine Frau ihres Standes sollte das nicht tun. Ihre Aufgabe war das Haus, die Familie, die Tiere auf dem Hof und die Wäsche im Zuber.

Aber Anna war froh, dass ihr Robert sie lesen ließ. Wie sollte ein Dichter auch anders sein? Er war ein Mann der Worte und der Bücher.

Sie nickte ihm noch einmal lächelnd zu und ging an ihre Arbeit zurück.

„Es steht eine Burg in Waterhill ...", las Robert aus seinem Sonett. Er hatte sich große Mühe gegeben, den Herrn gut dastehen und ihn in einem hellen Licht erstrahlen zu lassen. Die adligen Herrschaften mochten es nicht, wenn man harte Worte fand. Widerworte waren gefährlich. So mancher Dichter verdorrte in einem dunklen Verlies und ward nicht mehr gesehen.

Robert stand auf und reckte die steif gewordenen Glieder. Dann machte er sich auf den Weg zu Lord Arthur Waterhill. Es würde spät werden, sagte er Anna, sie solle nicht auf ihn warten.

Als ihr Robert lange nach Mitternacht noch immer nicht zurückgekommen war, machte sie sich Sorgen und ging den halben Weg zur Burg, um nach ihm auszuschauen.

Dunkel lag das Wäldchen vor ihr. Schatten, bei Tage lustig tanzend, wurden in der Nacht zu Schreckgespenstern. Der Mond verschwand hinter dunklen, gen Norden fliehenden Wolken.

Winter lag in der Luft und Raben übernahmen die Herrschaft auf den Feldern. Ihr Krächzen war ein schlimmes Vorzeichen und ängstigte sie. Wie ein kalter Hauch schien sich etwas in ihren Adern breitzumachen. War da nicht ein grauer Schemen am Waldesrand? Sie tastete sich weiter; jeden Schritt überlegend. Eine Laterne hätte sie mitnehmen sollen, aber sie wollte nicht auffallen, so spät in der Nacht. Also vertraute sie ihren Augen. Als sie an den Saum des Waldes kam, stand sie unschlüssig vor den dunklen Baumriesen. Noch ein einziger Schritt und das Dunkel würde sie verschlucken.

Ein Zweig knackte und kalter Schweiß tropfte von ihrer

Stirn. Graue Schwingen flatterten an ihr vorbei.

Kam dort nicht ein Funkeln durch das undurchdringliche Gewirr? Sie schaute genauer hin. Etwas weiter entfernt sah sie wirklich ein Licht, zart und unwirklich von einer Seite auf die andere tanzend, dort, wo man das Birkenwäldchen angepflanzt hatte. Nicht weit von der dicken Burgmauer. Das Licht kam näher und dann sah sie ihren Mann. Er kam ihr entgegengetorkelt. Wieder einmal hatte er gezecht und viel zu viel getrunken.

Aber da war noch etwas Anderes im Spiel. Er schien wütend und aufgebracht.

Zuhause brachte sie den Gatten zu Bett, flößte ihm Wasser ein und versuchte, ihn zu beruhigen. Aber immer wiederholte er die gleichen Worte.

„Das kann nicht sein. Sie irren sich, ich will nicht, niemals", rief Robert ständig mit hochrotem Kopf, so dass Anna dachte, den Arzt holen zu müssen.

Zum Glück gab es seit kurzer Zeit einen Arzt im Ort. Er kam aus Italien und behandelte natürlich hauptsächlich den Herrn der Burg und seine Familie. Aber Robert schlief ein.

Sie setzte sich auf den Stuhl neben dem Fenster, wo der gute Mond genügend Licht zum Lesen spendete, und griff zu dem Gedicht ihres Gatten, das er zornig in die Ecke geworfen hatte. Es war ein gutes Gedicht, nicht sehr der Wahrheit zugetan, aber es war ein gutes Gedicht.

Als Robert am nächsten Morgen mit furchtbaren Kopfschmerzen erwachte, flog er regelrecht aus seinen Laken und zerriss in blinder Wut das Pergament.

Anna brachte ihm einen Morgentrank mit einigen Kräutern. Dieser würde den Schmerz abmildern. Die Kräuter hatte sie von der guten Elsie bekommen. Lang war das her.

Elsie lebte nicht mehr hier.

Nachdem man sie angeschwärzt hatte, war es nur eine Frage der Zeit, bis man gekommen war, um sie abzuholen und der Hexerei anzuklagen.

König Heinrich der Achte hatte das Hexen Gesetz vor einigen Jahren erlassen und damit viel Unfriede über das Land gebracht.

Darum war die alte Elsie bei Nacht und Nebel in den dichten Wäldern verschwunden und niemand hatte wieder von ihr gehört. Anna hatte ihr verbotenerweise geholfen und ihr Essen mitgegeben.

Das durfte Robert nicht erfahren.

Sie nahm ein Tuch aus einer Schüssel Wasser und legte es zur Kühlung auf die heiße Stirn ihres Gatten. Aber er warf das Tuch fort und ließ sich resigniert in einen Stuhl sinken.

„Was ist passiert, mein Bester?", fragte Anna vorsichtig.

„Ich werde ein neues Sonett verfassen. Lass mich!", rief er aufgebracht und sah seine Frau aus rotgeränderten Augen wild an.

„Ich habe Furcht. Bitte sag mir doch, was vorgefallen ist. Hat dem Herrn das Sonett nicht zugesagt?"

Robert zog sich an, griff mit den Händen in die Wasserschüssel und warf sich das kühle Nass mit Schwung ins Gesicht. Dann ging er in sein Schreibzimmer und schloss die Tür hinter sich.

Anna liefen heiße Tränen über das Gesicht.

Am Abend feuerte Anna den Kamin an und hängte den Kessel mit dem Wasser über das Feuer. Dann stellte sie Becher und Teller auf den Tisch, holte Brot und Käse aus der Vorratskammer und schnitt ein Stück vom kalten Braten auf. Als das Wasser brodelte, goss sie es in den Krug mit den Kräutern und stellte auch noch Honig auf den blank gescheuerten Tisch.

Sie hatte ihren Mann den ganzen Tag nicht mehr gesehen. Ihre Sorgen waren Stunde um Stunde im Kreis getanzt und groß und größer geworden.

Robert lag mit dem Kopf auf seinem Tisch, die Feder auf dem Boden, das Tintenfass umgestoßen.

Anna ging langsam näher und legte eine Hand beruhigend auf seine Schulter.

„Rede doch mit mir, geliebter Mann, was ist dir denn nur?", fragte sie.

Robert erhob den Kopf und sein Gesicht war weiß wie das Linnentuch auf dem Tisch. Anna erschrak.

Robert erhob sich, langsam und scheinbar schmerzhaft.

Dann griff er nach beiden Händen seiner Frau und schluckte schwer.

„Der Herr hat mir gestern Abend ein Angebot gemacht. Er wird kein Nein dulden und er wird es bis zum Äußersten treiben. Der Scherge stand schon hinter ihm, als er mit mir sprach. Ich werde jetzt hinaufgehen und nochmals versuchen, vernünftig mit Lord Arthur zu sprechen."

„Ich begleite dich. In guten wie in schlechten Tagen, das weißt du doch!", rief Anna.

„Genau das ist es, was er will, meine Anna!"

Anna taumelte aus seinen Händen und griff an ihr Herz.

„So meint er es also ernst. Ich hatte gedacht, er wollte scherzen, letztens in der Kirche. Er will mich dir entreißen."

„Du wusstest davon? Warum hast du mir nichts gesagt? Er verlangt, dass ich dich verlasse und ihm übergebe. Er will einen Erben und er will ihn jetzt."

„Sein königlicher Freund in London macht es ja genau auf diese schändliche Weise. Als er vor Wochen dieses Bild

12

von mir malen ließ, hättest du es doch auch wissen müssen. Was können wir nun tun? Warum packen wir nicht ein paar Sachen, verlassen heute Nacht das Haus und folgen Elsie in die Tiefen des Waldes? Dort verstecken wir uns und schlagen uns nach Schottland durch. Vielleicht noch weiter über die irische See. Wir bleiben zusammen. Ist das nicht das Wichtigste?", flehte Anna mit weinerlicher Stimme.

„Wir können Elsie nicht folgen", erklärte ihr Gatte leise.

Anna sah ihn fragend an.

„Wie meinst du das?"

„Sie haben sie im Wald gefunden, auf die Burg gebracht und peinlich verhört, bis sie gestand. Sie hat die Tortur nicht überlebt."

Anna schluchzte laut auf. Die alte Kräuterfrau war ihre gute Freundin gewesen. Was blieb ihnen nun noch zutun übrig?

„Liebes, pass auf. Ich gehe heute Nacht nochmals zum Herrn. Ich werde an ihn appellieren, ihn wenn nötig auf Knien bitten, ihm alles anbieten, was ich kann. Lass mich nur tun."

Anna hatte Angst. Das würde nicht gut gehen.

Lord Arthur war für seinen Jähzorn bekannt.

„Bevor ich gehe", sagte Robert und hielt Annas Kopf in seinen Händen. Er sah ihr tief in die Augen.

„Auf dem Tisch liegt der fertige Band. Es ist mein Leben in Sonetten. Ich möchte nicht, dass irgendjemand das Buch findet. Du musst es verstecken und du darfst es niemandem zeigen. Versprich es mir!"

Anna nickte und dann hielt sie ihren Mann ganz fest in den Armen. Als er sich von ihr löste, sein Wams überwarf und das Barrett auf den Kopf setzte, erschien ihr der Moment so seltsam traumhaft zu sein, dass sie sich verwirrt

13

die Augen rieb.

Er gab ihr einen zarten Kuss auf die Stirn, lächelte ihr aufmunternd zu und nach einer Weile hörte sie die dicke Holztür ins Schloss fallen.

Sie war allein.

Die Stunden zogen sich. Ihr Kopf tat weh, das Herz klopfte in ihrer Brust und sie meinte, es würde herausbrechen.

Bei jedem kleinen Geräusch lief sie zum Fenster, blickte hinaus in die undurchdringliche Dunkelheit und wartete auf den Schein der Laterne.

Das Buch fiel ihr plötzlich ein. Sie ging in das Arbeitszimmer, nahm es an sich und in der Küche griff sie nach Nadel und Faden. Es war ein kleines Buch, nicht dicker als ein Daumennagel. Nicht größer als ein Stückchen Brot.

Sie nähte es in den Saum ihres langen Gewandes ein und nun konnte man es nicht mehr sehen. Dort wäre es sicher, vorerst, bis der Gatte zurückkam und es an sich nehmen sollte.

Aber Robert of Dale kam niemals wieder zurück.

Am nächsten Tag erschien der Herr im Cottage, höchst selbst. Er erklärte der zitternden Anna, dass ihr Gatte sie verlassen hätte, auf und davon sei er, und sich vorher von ihm Geld geliehen habe. Was für ein schlechter Gatte tat so etwas? Er zeigte ihr ein Schriftstück mit der Unterschrift ihres Gatten. Darin verabschiedete er sich von ihr und bat Lord Arthur Waterhill inständig, sich um seine Frau zu kümmern. Der Herr fragte nach einem bestimmten Buch, das Robert ihm als Bezahlung angeboten habe, ein Buch mit Sonetten. Lord Arthur sah sich im ganzen Haus um, ließ seine Schergen die Truhen durchwühlen. Bis auf den Hühnerhof liefen die Männer und stachen sogar im Heu herum.

Dann nahm er Anna mit. Sie sollte fortan auf der Burg leben. Schließlich hatte der Herr es Robert versprochen.

Anna glaubte ihm kein Wort, sagte nichts von dem Buch im Saum ihres Kleides. Die junge Frau wusste es. Robert lag neben ihrer lieben Elsie. Irgendwo verscharrt.

Sie fügte sich in das Schicksal und folgte dem Herrn. Niemand würde ihr zu Hilfe kommen. Nur sie wusste, was sie unter dem Herzen und im Saum des Kleides trug.

Viele Jahre gingen ins Land. Lord Arthur war bereits vermodert und lag seit Jahrhunderten in seiner Gruft. Der Verein zur Erhaltung der Burg Waterhill war gegründet worden und man untersuchte jede Ecke der Burg, um sich über die Kosten für den Erhalt und die möglichen Baumaßnahmen klar zu werden.

Im Zuge dessen fand man auch in einer Ecke des Gartens ein winziges Kindergrab. Kein Stein und kein Kreuz deutete auf eine richtige Beerdigung hin. Hinzugezogene Archäologen vermuteten, das zu früh geborene Kind einer Dienstbotin. Ein legitimer Nachkomme der Waterhills wäre standesgemäß in der Gruft der Familie beigesetzt worden.

Man exhumierte den Säugling und fand das Kind, einen Knaben, eingewickelt in ein feines Leinentuch. Im Tuch lag ein Buch. Fest und gut verpackt in mehreren Lagen Segeltuch. Es war sehr gut erhalten und auf dem Einband stand in roten verblassten Buchstaben *Sonette von Robert of Dale für Anna*.

Ein Fachmann sah sich das Buch an, ein Restaurator sicherte es und fortan stand es in einer Vitrine der Museumsbibliothek auf Burg Waterhill.

Niemand hatte sich bis zu diesem Zeitpunkt die

Gedichte näher angesehen, sonst wäre einem aufmerksamen Leser vielleicht das letzte Sonett aufgefallen.

Es steht eine Burg in Waterhill,
geheimnisumwoben, so sagt die Legende,
gefüllt mit Gold sind die uralten Wände.

Erbeutet, erpresst unter unsäglichem Schmerz,
von einem Herrscher, dem Teufel gleich,
unmenschlich, böse und unsagbar reich.

Doch will ein Mensch diesen Schatz jemals finden,
so braucht er Schläue und Mut,
muss den Schmerz überwinden.

Des Rätsels Lösung, hier niedergeschrieben.
Vier Türme, die Raben, vom Hunger getrieben,
geleitet vom Strahl der goldenen Sonne.

Nur einmal am Tag werden diese Strahlen,
die Mauern der Burg mit Farbe bemalen.
Jahrhunderte lang liegt der Schatz nun verborgen!

Ich rate dem Studiosus dieser Zeilen,
bei den Ahnen des Burgherrn zu verweilen,
die Schönheit der Gemälde in sich aufzunehmen.

Erst dann ist der Weg zum Gold nicht mehr weit.
Um die Burg tobt ein Sturm und es schneit,
und es schneit!

Perfectae caritatis

Der Orden *unserer lieben Dame vom Hofe* bestand seit über zweihundert Jahren. Die guten Ordensschwestern übernahmen das alte Kloster in der Nähe von Pilpots von einem Orden, den es schon lange nicht mehr gab. Er war den Reformen Heinrichs des Achten zum Opfer gefallen und aufgelöst worden. Seitdem hatten sich in den Gebäuden nicht nur vermehrt Mäuse einquartiert, sondern auch verschiedene andere schräge Gestalten. Am Ende war hier sogar ein ausgelagertes Archiv von Scotland Yard untergekommen.

Dann hatte der Bischof ein Machtwort gesprochen und das Kloster zurückgefordert. Die Besitzverhältnisse waren undurchsichtig gewesen. Aber der gute Bischof hatte ein Schriftstück vorweisen können, aus dem man eindeutig die anglikanische Kirche als Eigentümer erkannte. So zogen die guten Ordensschwestern hier ein. Dem Bischof gefiel das, hatte er doch seit Jahren die Schwestern vertröstet und von einem Kloster ins nächste geschickt. Die Mutter Oberin war nicht amüsiert gewesen. Vor allem der netten winzigen Schwester Aloysia, die bereits gut neunzig Jahre auf dem Buckel hatte, war die Reiserei schwergefallen. Froh bezog sie ihre frisch gestrichene saubere Zelle, hängte das Holzkreuz auf, platzierte die Bibel auf den Tisch daneben und legte sich glücklich für ein Mittagsschläfchen auf das Bett. Sie durfte das, in ihrem Alter sah man es ihr nach, wenn sie bei der Mittagsmesse fehlte. Sie blickte zufrieden in die Zukunft.

So hatte der Bischof endlich diese Last von den Schultern und konnte sich seiner zweiten Leidenschaft widmen, dem Sammeln von Münzen.

Für das Seelenheil und christliche Hilfe beauftragte er den Pfarrer aus Pilpots. Er sollte für die Ordensschwestern da sein. Allgemeine Zufriedenheit machte sich unter den Schwestern breit. Man konnte auch wieder neue Schwestern aufnehmen. Der Altersdurchschnitt der Gemeinschaft war doch recht hoch.

Das Motto der Ordensschwestern, *Perfectae caritatis*, vollständige Nächstenliebe, wurde von der künstlerisch veranlagten Schwester Tutilona mit Pinsel und Farbe auf ein Holzschild gemalt.

Doch das Anbringen musste letztendlich ein Handwerker aus Pilpots übernehmen, da beim ersten Versuch die Leiter extrem geschwankt hatte, Schwester Tutilona ebenfalls geschwankt hatte und es nur dem Eingreifen der Mutter Oberin zu verdanken gewesen war, dass nichts passiert war. Herr Pfarrer Sorrel hatte den Schwestern den Hausmeister der Gemeinde geschickt.

Nun hing das Motto der Schwestern in großen Buchstaben über dem Tor zum Kloster.

Man legte einen Gemüsegarten und einen Hühnerstall an, die wild ausufernden Eiben rings um das Kloster wurden gestutzt und in Form gebracht, die Kapelle bekam einen frischen Anstrich und das Refektorium neue Tische und Stühle. Die Küche, Schwester Euthymias Reich, erhielt als Spende des Bischofs einen etwas in die Jahre gekommenen Herd, der aber seinen Zweck erfüllen würde.

Der Bischof hatte seine Pflicht getan und die Ordensschwestern dankten ihm mit warmen Worten und einem netten Gebet.

Die Novizin Anna Smith kam zwei Wochen, nachdem das Kloster offiziell von den Ordensschwestern übernommen worden war. Sie war ein unscheinbares Ding mit einem Gesicht wie eine Maus. In der Schule hatte sie deshalb, schon in der ersten Klasse, den Beinamen Mouse bekommen. Sie hasste ihn.

Ihre Mutter hatte ihre Beschwerden nicht ernst genommen, so wie sie alles, was Anna betraf, nicht ernst nahm. Den einzigen Menschen, den ihre Mutter ernst nahm, war Annas kleiner Bruder George. Im Gegensatz zu dem Mädchen war er ein hübscher Junge mit lockigem blonden Haar. Annas Mutter vergötterte ihren Sohn. Anna, die Maus, war entbehrlich. Die Liebe der Mutter reichte nur für den Bruder. Mehr war nicht übrig.

Selbst der Vater war unwichtig. Er hatte sich morgens, wenn er zur Arbeit ging, und abends, bevor er in den Pub ging, verabschiedet. Der Mutter hatte es nichts ausgemacht. Sie hatte sich nur um ihren George gekümmert.

Als der Vater eines Tages nicht mehr nachhause gekommen war, hatte die Mutter nur ein leichtes Zucken im Mundwinkel übrig gehabt.

Anna Smith verließ ihre lieblose Mutter am Tag ihres achtzehnten Geburtstages.

Sie hatte sich alles genau überlegt.

Am Abend des gleichen Tages zog sie an der Klingelschnur der Pforte des Klosters. Sie betrat den Konvent und lächelte.

Jetzt würde alles besser werden.

Zwei weitere Novizinnen kamen nach einer weiteren

Woche an. Sie waren in einem anderen Kloster aufgenommen worden, das aber mit Platzproblemen zu kämpfen hatte. Die Mutter Oberin des anderen Klosters hatte angefragt und man nahm die beiden jungen Frauen gern.

Mutter Oberin Zeta war begeistert. Nun konnte ihr Konvent Novizinnen ausbilden.

Bereits nach einer weiteren Woche wurde ihr klar, dass der schöne Schein nicht lange vorgehalten hatte. In der heutigen Zeit lief alles etwas anders.

Die jungen Mädchen waren nicht so, wie man es von Novizinnen erwartete. Julia und Marla, die beiden neu Dazugekommenen, erwischte man nicht nur Zigarette rauchend im Kreuzgang, sie kamen unpünktlich zum Unterricht, mäkelten am Essen und gaben sogar Widerworte.

Mutter Oberin seufzte.

Gut, dass man die kleine Anna hatte. Sie war ein leuchtendes Vorbild. So stellte man sich eine hingebungsvolle junge Braut des Herrn vor. Sie war stets da, wenn man sie brauchte, sie war überpünktlich und auch des Abends sah man sie noch mit der Bibel in der Hand im Kreuzgang ihrem Studium nachgehen.

Sie war das Licht im Dunkel für Mutter Zeta.

Sicher würde sich das Mädchen auch im Außendienst gut anstellen.

Denn das war das vorrangige Bestreben dieser Gemeinschaft, das Motto über dem Tor sagte es. Man wollte Nächstenliebe leben und das hieß, hinaus aus den Mauern zu gehen und mit den Menschen in der Umgebung zu sprechen und zu helfen, wo man konnte. Dem Bischof gefiel dieses Konzept nicht, aber er konnte nichts dagegen tun. So machte es der Orden *unserer lieben Dame vom Hofe* seit Jahrzehnten. Das war ihre Bestimmung.

Am Abend saß Schwester Euthymia in ihrer Zelle. Die Wände hingen voller Kräutersträuße. Sie nutzte jeden noch so kleinen Platz aus, um Kräutervorräte für den Winter zu trocknen. Sie war für das leibliche Wohl zuständig. Dieses kleine Glücksgefühl in einer duftenden Zelle schlafen zu dürfen, gönnte sie sich.

„Wo ist mein Notizbuch?", fragte sie halblaut.

Heute Morgen hatte es auf dem Tisch gelegen. Dort trug sie die Geschehnisse des Tages und besonders interessante Rezepte ein. Eine große Zahl von Notizbüchern bevölkerten bereits ein Regal in ihrer Zelle.

Im Zimmer nebenan lag Schwester Tutilona auf den Knien. Sie betete nicht, sie suchte ihren Schlüssel.

Er hing immer an der Wand. Nun war er nicht da. Die Schwester überlegte. *Könnte ich ihn stecken gelassen haben? Habe ich ihn verloren? Werde ich jetzt so einfältig wie die alte Aloysia, die sich immer neue Geschichten ausdenkt, wenn etwas abhandengekommen?* Der Schlüssel gehörte zu einem größeren Lagerraum. Hier waren Farben, Werkzeuge und Gartendinge untergebracht. Sie würde am nächsten Tag danach suchen. Die Abendandacht rief.

Der Glockenton hallte durch das Kloster und rief die Schwestern in die Kapelle.

Anna Smith, die neue Novizin Anna, schrieb in ihr neues Notizbuch.

Ich werde immer besser. Ab morgen gehe ich mit einer Schwester auf Tour.

Mrs Porkpie, Köchin

Um in einem herrschaftlichen Haushalt den reibungslosen Ablauf zu gewährleisten, ist es unabdinglich, eine ver- antwortungsvolle, gut ausgebildete Köchin einzustellen. Sie sollte stets vor den anderen im Küchentrakt erscheinen, um so die rechtzeitige Fertigstellung der Mahlzeiten zu gewährleisten. Die Küchenmagd sollte, gegebenenfalls mit einer Tasse Tee, die Köchin morgens wecken. Kommt der Tagesablauf nur ein einziges Mal aus dem Tritt, wird das Küchenpersonal den gesamten Tag nicht mehr pünktlich das Essen servieren können. Die Köchin ist nicht nur für das leibliche Wohl der herrschaftlichen Familie und ihrer Gäste verantwortlich. Sie hat Sorge zu tragen für gesunde Mahlzeiten der Angestellten und dabei jederzeit die Ausbil- dung des Küchenmädchens im Blick.

Für Mrs Porkpie auf Parsley Manor begann der Tag zwar, wie für den Butler, mit einer Tasse guten Earl Grey, aber den brühte sie sich am liebsten selbst auf. Ganz in Ruhe stand sie vor den anderen auf, machte sich im angren- zenden Bad für die weiblichen Dienstboten des Hauses frisch, zog sich an, band eine frisch gestärkte Schürze um und ging ruhigen Schrittes hinab in die Küche.

Das war ihr Reich.

Sie schaute sich um, sah die blitzblank gescheuerten

Pfannen und Töpfe, die sauber aufgereihten Messer und Löffel und den sauber geputzten Herd. Sie liebte diesen Herd. Die Köchin seufzte. Sir Percival, der immer für alles Neue zu haben war, wollte unbedingt einen von diesen modernen Kochherden einbauen lassen. Damit war sie ganz und gar nicht einverstanden. Zumindest erlaubte Sir Percival, dass der alte Herd stehen bleiben durfte.

Meist glimmte das Herdfeuer noch und ein paar schmale Scheite Holz brachten es ins Leben zurück. Dann kam der große Wasserkessel auf die Platte. Mrs Porkpie lächelte und summte ein Lied.

Der Tee wurde aufgebrüht und sie goss sich den ersten Tee des Tages selbst in ihre rosa geblümte Tasse ein. Kurz sah sie sich diese Tasse an und lächelte erneut. Ihre beste Freundin Miss Carol Hasting hatte ihr dieses hübsche Ding beim Abschied geschenkt.

Sie waren damals auf die Hauswirtschaftsschule in Cardiff gegangen und beste Freundinnen geworden.

Ihre Wege hatten sich getrennt und es waren nur die Briefe geblieben. Mrs Hester Porkpie, die damals noch Miss Hazelnut geheißen hatte, hatte die Stelle der Hilfsköchin in einem großen Hotel in Cardiff angenommen. Carol Hasting war nach London zu ihrem verwitweten Vater gezogen. Hester hatte lange vor dem Krieg geheiratet. Mit gerade einmal zwanzig Jahren hatte sie ihren Traummann getroffen, der sich in der Küche des Hotels, in dem sie angefangen hatte zu arbeiten, gerade über eine Lammkeule gebeugt hatte.

Der Krieg hatte viele Leben verändert. So auch das Leben von Mrs Hester Porkpie.

Als die Nachricht gekommen war, dass ihr Mann gefallen war, weit weg in Frankreich, hatte sie nur noch aus

Cardiff und allem, was sie an ihn erinnerte, fortgewollt.

Sie war eine erfahrene Köchin geworden, auch wenn sie die meisten guten Kochfähigkeiten von ihrer Großmutter gelernt hatte und nicht von dem eingebildeten Chefkoch des Hotels in Cardiff.

Sie hatte von einer freien Stelle in einem Herrenhaus in Parsley Field gelesen, weit weg von allem und ruhig gelegen. Das hatte sie damals gebraucht. Als die Zusage gekommen war, hatte sie, ohne lange zu überlegen, ihren Koffer gepackt und bereits am nächsten Tag am Dienstboteneingang zum Herrenhaus gestanden. Der Anfang war ihr nicht leicht gefallen, aber sie hatte schnell in die kleine Dienstbotenfamilie hineingefunden. Ihre Kochkünste hatten ein Übriges getan, sie zu einem angesehenen Mitglied von Parsley Manor zu machen.

Dass sich Miss Hasting und Mrs Porkpie dann hier wieder getroffen hatten, war ein Weihnachtswunder gewesen. Vor ein paar Jahren im Dezember hatte Miss Hasting ihr freudig berichtet, dass sie ein kleines Cottage in Pilpots geerbt hatte, ganz in der Nähe von Parsley Field.

Was für eine Freude.

Nun besuchte man sich an jedem freien Tag.

Mrs Porkpie hatte es sich zur Gewohnheit gemacht, mit ihrer Tasse in der Tür zum Küchengarten zu stehen, den Morgen und die Ruhe zu genießen und ihren Tee zu schlürfen. Meist kam dann nach einer viertel Stunde Lizzy, das Hausmädchen, gähnend in die Küche, griff sich das Tablett mit der Tasse für Mr Beanstock und brachte ihm den ersten Tee des Tages auf sein Zimmer. Wach geworden war das Mädchen von dem Lärm aus Mr Beanstocks Zimmer.

Alle wurden davon wach. Niemand benötigte einen Wecker in diesem Haus. Das Grammophon war ein Teufelsding, meinte Harrison, der Knecht. Das Küchenmäd-chen Phillis war meist nicht wach zu bekommen. Eigentlich sollte immer das Küchenmädchen die Erste in der Küche sein und den Herd befeuern. Aber in diesem Haus lief so einiges anders als in anderen hochherrschaftlichen Häusern.

Deshalb hatte Mrs Porkpie Lizzy gebeten, an jedem Morgen bei Phillis nochmals zu klopfen. Das Mädchen würde ansonsten bis zum Mittag schlafen.

Sie sog tief die würzige Luft des Morgens ein. Der Frühling war da. Schon bald würde es wieder die guten fri-schen Sachen aus dem Küchengarten und von Bauer Pitsch geben. Es wurde Zeit. Die Marmeladen- und Relishvorräte wurden bereits knapp. In jedem Herbst kümmerte sich Mrs Porkpie darum, dass die Vorratskammer gut gefüllt war für den Winter.

Ihr verdankte man auch die Tradition, im Winter Laven-delblüten in den Räumen zu verbrennen. Diese hatte sie aus Wales mitgebracht. Bis in den Frühling duftete es nach Lavendel und verbreitete gute Laune.

Das Frühstück musste vorbereitet werden. In der Tür erschien Phillis. Das Mädchen sah verschlafen aus.

„Geh früher schlafen. Dann bist du auch morgens eher munter. Du hast doch gestern wieder lange mit Lizzy und Gonzales unter der alten Kastanie gesessen und getratscht. Ich habe es aus meinem Zimmerfenster gehört", sagte die Köchin und schüttelte den Kopf über Phillis. Aber das Mädchen machte ihre Sache gut und lernte schnell. Sie würde aus ihr schon eine richtig gute Köchin machen.

Morgen würde sie Carol besuchen. Was für einen Kuchen sollte sie ihr mitbringen? Sie überlegte, während sie in dem Topf mit dem Porridge rührte. Ein schöner Früchtekuchen wäre wunderbar. Den mochte Carol Hasting. Die Zeit der überladenen Früchtekuchen war zwar lang vorbei, aber Carol konnte die weihnachtlichen Köstlichkeiten zu jeder Zeit des Jahres essen. Sie war eine Naschkatze.

Mrs Porkpie lächelte bei dem Gedanken an ihre beste Freundin.

Früchtebrot und Tränen

Mrs Porkpie stand, wie so oft an ihrem freien Tag, vor dem hübschen Cottage ihrer Freundin. Auf der Hand balancierte sie den duftenden Früchtekuchen.

Hatte sie sich verhört oder weinte jemand hinter der Tür herzerweichend? Das war doch hoffentlich nicht ihre liebe Carol.

Dann fasste sie Mut und klopfte.

Es dauerte eine ganze Weile.

Als Miss Hasting die Tür endlich öffnete, musste Mrs Porkpie feststellen, dass die Tränenflut doch von ihr kam. Miss Hasting tupfte mit einem Tuch in ihren rotgeränderten Augen herum und hatte sich noch immer nicht beruhigt.

„Was ist passiert? Hat dir jemand etwas angetan? Sag schon, Carol!", rief Mrs Porkpie.

Miss Hasting winkte ihr, schnell hereinzukommen, bevor die neugierigen Nachbarn etwas mitbekamen. Das wäre ihr sehr peinlich. Dann lief sie vor ihrer Freundin her durch den Flur, immer unterbrochen von tiefen Schluchzern, in die Küche, um das Teewasser aufzusetzen.

Die kleine Miss Hasting hatte weißes Haar, das sich in weichen Locken um ihren Kopf legte. Sie trug gern lange Wollröcke und um die Schulter ein gehäkeltes Tuch. Wenn sie einmal das Haus zum Einkaufen verließ, thronte auf dem Haar zumeist ein Strohhut mit einer Margerite an der

Seite. Jetzt, in der kälteren Jahreszeit, ersetzte sie den Strohhut durch eine Wollkappe mit einem Stechpalmenzweig an der Seite.

„Ach es ist so furchtbar, liebe Hester", erklärte Carol ihrer Freundin. Mrs Porkpie wusste immer noch nicht, was der Grund ihrer Tränen war.

„Ich habe es so lange bei mir gehabt und nun so etwas", berichtete Carol weiter. Das wurde Mrs Porkpie dann zu viel.

„Du musst mir schon sagen, um was es eigentlich geht. Bis jetzt weiß ich gar nichts", sagte sie und sah ihre Freundin fragend an.

Etwas später saßen die beiden Damen in dem gemütlichen Wohnzimmer vor dem wärmenden Kamin, der gute Früchtekuchen stand angeschnitten auf dem Tisch und die Tassen waren mit duftendem Tee gefüllt.

„Es wird ja langsam wärmer draußen, findest du nicht? Aber der Kamin ist trotzdem gemütlicher", sagte Carol und schlürfte Tee.

„Carol, zum Teufel mit dem Kamin, sag es endlich!", rief nun Mrs Porkpie.

„Das Medaillon meiner lieben Tante ist verschwunden. Du weißt schon, das hübsche Ding aus Silber mit dem blauen Stein und dem Rosenmuster. Innen war ein Bild von mir und meiner Tante. Ich habe sie so geliebt, das weißt du ja. Von ihr habe ich das schöne Cottage geerbt und die kleine Pension. Sie war eine gute Seele. Hatte auch nie geheiratet, genau wie ich. Das war doch das einzige Bild, das ich von ihr hatte."

Ein weiterer Tränenstrom kündigte sich an.

Das Stück Kuchen auf ihrem Teller weichte durch.

„Hast du es vielleicht einfach nur verlegt? Oder es ist

hinter eine Kommode gerutscht? Wo hast du es zuletzt gesehen?", fragte Hester.

Carol schüttelte den Kopf.

„Ich hatte es hier auf dem Kaminsims zuletzt gesehen. Ich habe doch schon alles durchsucht. Als heute Morgen diese Schwester Tutilona gegangen war, habe ich sogar die Teppiche hochgenommen."

„Wer ist Schwester Tutilona?", fragte Mrs Porkpie.

„Eine der Ordensschwestern aus dem Kloster. Die sind doch vor einigen Wochen dort eingezogen, haben es wieder schön hergerichtet und ziehen jetzt durch das Dorf, um sich vorzustellen und ihre Hilfe anzubieten. Ihr Orden hat sich der Nächstenliebe verschrieben. Eine nette Novizin war bei ihr, ein unscheinbares Ding, sieht aus wie eine Maus, aber so nett."

Mrs Porkpie sah ihre Freundin fragend an und schwieg.

„Das meinst du doch nicht im Ernst. Eine Nonne stiehlt doch nicht. Wie kannst du so etwas denken?"

Mrs Porkpie hob die Schulter.

„Ach, wie unser Mr Beanstock sagen würde, man kann gar nicht so schlecht denken, wie manche Menschen handeln."

Dann schnitt sie ihrer Freundin ein frisches Stück Kuchen ab.

„Nach dem Tee helfe ich dir und wir suchen noch einmal ganz gewissenhaft", sagte sie und überlegte, was sie tun könnte, um ihre Freundin aufzuheitern.

Als sie am Abend zurück auf Parsley Manor war, sah Phillis sie seltsam an.

Lizzy war gerade von ihrem Ausflug zurück und verzog ebenfalls das Gesicht. Dann sammelte sie von Mrs Porkpies Kopf Staubflusen.

„Wo sind Sie denn herumgekrochen, Mrs Porkpie? Sie sehen aus, als hätten Sie an einem Marathonlauf teilgenommen", sagte sie grinsend. „Sie sind doch nicht krank?"

Die Köchin schüttelte den Kopf.

Mr Beanstock kam herein und sah den Damen zu, wie sie die Köchin abklopften.

„Gab es Probleme bei Ihrer Freundin?", wollte er wissen.

„Wir haben einen vermissten Gegenstand gesucht und das gesamte Cottage auf den Kopf gestellt. Ich habe mit ihr sogar das Sofa weggerückt und die Teppiche aufgenommen. Ihr Medaillon ist fort, an dem sie so sehr hing. Sie ist so traurig", erklärte die Köchin.

„Es wird sich wieder anfinden. Sicher hat sie es verlegt. Mir ist so etwas auch schon einmal passiert. Machen Sie sich keine so großen Sorgen", sagte Lizzy und goss ihr eine Tasse Tee ein.

Mrs Porkpie ging mit hängendem Kopf nach oben, um sich umzuziehen.

Das Abendessen für die Angestellten musste vorbereitet werden.

Die Baronets waren bei ihren Freunden den Southcoffeltons zu Gast und würden erst spät zurückkommen.

Gonzales war mit dem Bentley ebenfalls im Wasserschloss seiner Lordschaft.

Dass die Köchin mit ihren Gedanken anderweitig unterwegs war, bemerkte man am Tisch spätestens, als Luci das Gesicht zu einer Fratze verzog und den Nachtisch ausspucken wollte. Sie sah mit vollem Mund und aufgeblähten Wangen zu ihrem Pflegevater Beanstock, der die Sache nicht verstand.

Als er dann den Pudding probierte, wusste er es. Er

nahm seine Serviette, zeigte Luci mit den Augen an, dass sie es ihm nachmachen sollte, und spuckte den Pudding in die Serviette. Alle anderen am Tisch blickten auf ihre Puddingschale und dann zu Mrs Porkpie. Sie hatte scheinbar nichts bemerkt, sah gedankenverloren in die Weite und löffelte dabei den vollkommen versalzenen Pudding.

Dann bemerkte sie die Blicke.

Sie sah fragend in die Runde und auf die immer noch spuckende Luci.

„Mrs Porkpie, ich denke, wir alle verzichten heute auf den Nachtisch", meinte Beanstock.

Die Köchin schmeckte ihren letzten Happen Pudding und merkte es nun endlich selbst.

„Igitt, was habe ich mir nur gedacht!", rief sie erschrocken aus.

„Wir sollten uns unterhalten. Kommen Sie doch bitte in mein Büro. Phillis macht den Abwasch sicher allein sehr gut", erklärte der Butler und erhob sich.

Als die Köchin an Luci vorbeischlich, sie hatte den Kopf gesenkt, meinte das Kind: „Keine Angst, er reißt niemals Köpfe ab." Mrs Porkpie lächelte und Beanstock räusperte sich.

Im Büro bot Beanstock der verunsicherten Mrs Porkpie einen Stuhl an und setzte sich dann vor seinen Schreibtisch.

„Sie sollten sich nicht grämen. Ich werde Sie nicht rügen. Es ist zum Glück nichts, was die Baronets betroffen hätte. Ich weiß, Sie machen sich Sorgen um Ihre Freundin. Ihre Arbeit darf aber nicht darunter leiden. Und nun erzählen Sie mir ganz genau, was Ihre Freundin gesagt hat und was Sie davon halten. Ist Miss Hasting vielleicht etwas durch den Wind? Hat sie gesundheitliche Probleme?"

Mrs Porkpie verneinte das und berichtete Beanstock in

allen Einzelheiten von ihrem Besuch und der Suchaktion.

„Sie hatte also nur diesen einen Besuch der Ordensschwestern an diesem Tag. Das Medaillon war am Tag davor noch vorhanden."

Mrs Porkpie nickte zustimmend.

Beanstock dachte nach. Das war kein großer Kriminalfall, aber etwas seltsam hörte es sich schon an.

„Nun, behalten wir die Sache im Gedächtnis. Ich bin mir fast sicher, dass das Medaillon auftauchen wird. Es ist nur verlegt, glauben Sie mir. Wann besuchen Sie die Dame erneut?"

„In drei Wochen werde ich sie sehen. Wir wollen das Kloster in Pilpots besuchen. Dort gibt es eine Ostermesse, auf die wir uns sehr freuen."

„Gut. Warten wir ab."

Beanstock schickte Mrs Porkpie zurück in die Küche und nahm dann die Gästeliste für das traditionelle Osteressen zur Hand.

In zwei Wochen hatten die Baronets Gäste eingeladen.

Ihre Freunde aus Pilpots wurden natürlich erwartet, Lord Mortimer und Lady Marjorie, Pfarrer Wilson und der neue Vikar Burton, Ian McGregor, der alte Freund Sir Percivals kam aus London, die Freunde aus Edinburgh, Colonel Morris und Ehefrau würden anreisen. Außerdem hatte man Inspector Greenwood eingeladen. Ihre Ankunft noch nicht bestätigt hatten Lord Barrington und dessen zwei Töchter. Man wartete noch auf Antwort.

Beanstock zählte die Gäste durch und stutzte.

Dreizehn bei Tisch?

Waterhill

In diesem Ort, nicht weit von Parsley Field, waren die Einheimischen schon im Mittelalter ordentlich aufeinander losgegangen. Zu jeder Zeit hatte es Streit um dieses Stückchen Land gegeben. Zuerst gehörte es einem nicht besonders einflussreichen Angehörigen der königlichen Familie. Heinrich der Achte hatte genug mit der Wahl seiner Frauen und deren locker sitzenden Köpfen zu tun und hatte das Land an diesen Herrn einst verschenkt.

Danach kamen und gingen eine Vielzahl von Besitzern und jeder wollte etwas am Ort Waterhill verändern. So wurde gebaut und verändert und der Ort bestand nun aus einer Vielzahl interessanter Baustile.

Das Schloss, oder eher die Burg, in der die Herrschaften jeweils residierten, traf es nicht besser. Man fragte sich, was die Herrschaften sich dabei dachten. Schließlich gaben sie es wohl auf und verließen mit wehenden Rockschößen den Ort der Geldverschwendung.

Die Burg verfiel, bis ein Verein zur Erhaltung gegründet wurde, der das Gebäude übernahm. Im Moment beherbergte sie das örtliche Museum und eine gut gefüllte Bibliothek. Mrs Scarburg leitete die Bibliothek und war hoch angesehen im Ort. Sie lebte schon einige Jahre hier in Waterhill. Davor hatte sie lange Zeit in einem Buchantiquariat in London gearbeitet.

Bücher waren ihre heimliche Leidenschaft, solange sie

33

denken konnte. Ihr Vater, ein einfacher Landarbeiter, hatte kein Verständnis dafür gehabt. Doch sie hatte sich durchgesetzt und eine gute Ausbildung bekommen. Nach den langen arbeitsreichen Jahren in London hatte sie es etwas ruhiger angehen wollen und war nach Waterhill gezogen, um hier die Leitung der Bibliothek zu übernehmen. Dazu gehörte auch das Burgmuseum.

Sie war nun fünfzig Jahre alt, hatte niemals geheiratet und führte ihren üppigen vollen Haarschopf genau auf diese Tatsache zurück. Sie sah gut aus und kleidete sich stets zurückhaltend. Im Dienst trug sie dunkle Kostüme und bequeme Schuhe mit niedrigen Absätzen. Sie liebte alte Bücher. Der Verdienst war nicht sehr hoch hier in Waterhill, aber man konnte davon leben.

Auch heute lief sie wieder geschäftig durch die Räume, ihre Brille auf der Nase und den Notizblock in der Hand.

Sie richtete eine Pflanze, schob ein Buch an seinen Platz zurück, wenn es zu vorwitzig aus dem Regal schaute, und zog den Finger über ein Regalbrett, um den Sauberkeitsgrad zu überprüfen. Sie war, wie immer, nicht zufrieden.

„Mable!", rief sie laut. „Wo steckst du schon wieder?"

Mable antwortete nicht.

Mable stand vor der Burg und unterhielt sich mit dem ortsansässigen Antiquitätenhändler Mr John Eastwick. Er sah gut aus und reichte ihr in diesem Moment eine Zigarette. Mable rauchte zwar gar nicht, aber wenn dieser bei den Damen beliebte Mann, ihr eine Zigarette anbot, dann zierte sie sich nicht. Natürlich musste sie husten.

Mr Eastwick war charmant.

Er fragte sie nach ihren Dienstzeiten und wann denn Mrs Scarburg einmal nicht da sein würde.

Er könnte dann ganz unverbindlich einmal vorbeikommen. Eine Flasche Wein und eine gute Unterhaltung würden der guten Mable doch sicher zusagen.

Mable war begeistert.

Mr Eastwick hielt sich sehr oft in der letzten Zeit in der Burg auf und die gute Mable nahm an, dass er nur ihretwegen kommen würde. Sie fühlte sich geschmeichelt.

Zwei Ordensfrauen, eine davon im Habit einer Novizin, gingen an den beiden vorbei über die steinerne Brücke in die Burg. Die Nonne räusperte sich und sah Mable mit strafendem Blick an. Mable fühlte sich ertappt, warf die Zigarette fort und verabschiedete sich von Mr Eastwick.

Dann lief sie, so schnell es ging, über die große Freitreppe im Inneren in die Bibliothek. Sie nahm aus der Kammer einen Besen und ein Tuch und begann, irgendwo ziellos zu wischen.

Mrs Scarburg kam und erklärte ihr, dass sie wieder einmal nicht ordentlich die Regale abgeputzt hätte.

Die beiden Ordensschwestern erschienen. Sie stellten sich als Schwester Tutilona und Novizin Anna vor. Man wolle das Kloster wieder in das Gedächtnis der Einwohner zurückrufen und die Schwester berichtete von der schönen Kapelle und ihrem christlichen Auftrag, für die Menschen jederzeit da zu sein.

Mrs Scarburg war hoch erfreut und führte die beiden Damen in der Burg herum.

Nach einer Stunde verabschiedeten sich die beiden nicht ohne einen Segenswunsch für Mrs Scarburg und eine Einladung zur Ostermesse.

Am nächsten Tag bemerkte Mrs Scarburg, dass die handschriftliche Erstausgabe eines Gedichtbandes von Robert of Dale, einem Dichter des sechzehnten Jahrhunderts, aus einer der Vitrinen verschwunden war. Es war kein besonders wertvolles Buch, gehörte aber zu einer Reihe Erstausgaben, auf die man besonders stolz war.

Der Dichter hatte hier in der Nähe gewohnt.

Er sollte auch des Öfteren die Burg, den damaligen Besitzer und vor allem dessen Weinvorräte heimgesucht haben. Seine Gedichte waren durch den Weinkonsum seltsamerweise besser geworden und er hatte sich in der Umgebung einer wachsenden Bewunderergemeinde erfreut. Mrs Scarburg bemerkte den Verlust, als sie die Sauberkeit der Vitrinen überprüfte. Sie war untröstlich.

Die hinzugezogene Polizei sicherte Fingerabdrücke in riesigen Mengen, da an den Tagen davor mehrere Schülergruppen und etliche Touristen immer wieder ihren Finger auf das Glas gestupst hatten. Auch diese Tatsache machte Mrs Scarburg bewusst, dass sie sich um eine andere Hilfskraft bemühen musste. Mable war ungeeignet, die Räume in sauberem Zustand zu halten.

Die Suche nach dem Buch würde leider im Sande verlaufen, meinte Inspector Greenwood. Mrs Scarburg standen Tränen in den Augen. Dann entließ sie das Mädchen.

Mable nahm's gelassen, sie hatte noch ein Eisen im Feuer. Eine reiche Heirat wäre besser als eine langweilige Arbeit.

Mable hatte nichts Besseres zu tun, als dem Antiquitätenhändler Eastwick die ganze Geschichte sofort zu erzählen.

Sie saß in seinem Geschäft, schlürfte an einem Glas Wein und grinste übertrieben.

Mr Eastwick war mehr als verstimmt.

Er riss Mable das Glas aus der Hand und setzte sie unsanft vor die Tür. Mables Heulen war weithin zu hören. Sie wusste nicht, was sie falsch gemacht hatte.

Sie war fast schon daheim, wo sie ihrer Mutter beichten musste, dass sie die Stelle im Museum verloren hatte, als sie sich wütend umdrehte und zum Antiquitätenladen zurücklief. Was bildete sich dieser Kerl ein? Sie wollte ihn zur Rede stellen. Dieses blöde Buch.

Die Tür stand weit offen. Im Inneren war es dunkel.

„John? Sind Sie da? Ich möchte mit Ihnen über das Buch reden. Ich kann doch nichts dafür, dass es geklaut worden ist! Ich kann mir aber denken, wer es hat!", rief sie in den dunklen Laden hinein.

Sie machte einen Schritt.

Dann machte sie noch einen Schritt und dann sah sie mit sich weitenden Augen auf John Eastwick hinab.

Der Händler lag auf dem Rücken, die Augen weit offen und unter seinem Kopf breitete sich Blut aus.

Mable wollte schreien, aber dazu kam sie nicht mehr.

Der Schlag kam schnell.

Nun war sie mit dem Mann, den sie so gern geheiratet hätte, doch noch vereint.

Auch wenn die Geschichte nicht vor dem Altar, sondern in einer dunklen Kiste endete.

Als man sich am Nachmittag des nächsten Tages in Waterhill wunderte, dass der Antiquitätenhändler nicht auftauchte, kein Schild im Fenster stand, aber die Tür unverschlossen war, rief ein aufmerksamer Nachbar die Polizei an. Zumal eine Speditionsfirma soeben eine Truhe aus dem Geschäft abgeholt hatte, ohne dass der Besitzer anwesend gewesen war.

Den Spediteur kümmerte es nicht, er hatte seinen Auftrag und sein Geld bekommen und würde nicht leer zurückfahren.

Constable Donegal kam aus Parsley Field und untersuchte das Geschäft. Es gab kein Anzeichen eines Verbrechens. Alles schien in Ordnung zu sein. Natürlich machte sich Constable Donegal reichlich Notizen auf seinem Block. Er beschrieb genau, wie er das Geschäft vorgefunden hatte, die unverschlossene Tür, den fehlenden Händler, mit Angabe seines Geburtsdatums, bis hin zu der Tatsache, dass es gerade zu regnen begann und der Wetterdienst dies nicht vorausgesagt hätte. Inspector Greenwood würde hoch erfreut sein.

Also schloss der Constable das Geschäft sorgfältig ab und meldete, zurück in Parsley Field, das Verschwinden von Mr Eastwick.

Im selben Moment klingelte das Telefon in der Polizeidienststelle und eine aufgeregte Mrs Porterhouse schrie in den Telefonhörer, dass ihre Tochter Mable verschwunden sei.

Inspector Greenwood gab eine Fahndung nach den beiden heraus. Diese Sache erschien ihm seltsam. Ein Anruf im Museum der Burg ergab nichts. Mrs Scarburg erklärte, dass sie sich gezwungen gesehen hatte, Mable zu kündigen. Sie hatte das Mädchen seitdem nicht mehr gesehen.

Am nächsten Tag wollte der Inspector mit dem Constable nochmals das Geschäft in Waterhill genauer ansehen. Vielleicht fand man Korrespondenz, die die Sache klärte. Eine verschwundene junge Frau bereitete dem guten Inspector schon mehr Kopfschmerzen. Er müsste sich mit der Mutter des Mädchens unterhalten. Er hoffte, dass das Mädchen nur davongelaufen war.

Der Spediteur fuhr durch Parsley Field, hielt sich nach der Brücke links, durchquerte das große Tor und stoppte vor dem Eingang von Parsley Manor. Er griff nach der Speditionsliste und machte einen Haken. Das war für heute der letzte Auftrag.

Er sog an der Zigarette, die aus einem Mundwinkel herausragte. Dann ging er ganz nach hinten. Sein Helfer war bereits ausgestiegen und hatte die hintere Klappe geöffnet. Auf der Ladefläche stand nur noch diese alte Truhe.

Mit einem sportlichen Sprung landete er neben seinem Helfer auf der Ladefläche und beide begannen, die schwere Truhe nach vorn zu wuchten.

Inzwischen hatte sich die Tür zum Haus geöffnet und Beanstock stellte sich neben den Lastwagen. Dann erschien Lizzy mit Eimer und Lappen. Nachdem Beanstock den Lastwagen in der Einfahrt gesehen hatte, hatte Lizzy sofort den Auftrag bekommen, bevor die Truhe hereingebracht wurde, ordentlich den Staub abzuwischen. Der Wagen sah alles andere als sauber aus. Diese Spedition legte scheinbar keinen großen Wert auf eine ordnungsgemäße Lieferung.

Aus der Garage erschien Gonzales. Er wischte sich Öl mit einem Lappen von den Händen und sah sich neugierig den Wagen an.

„Nicht sehr gut gepflegt, oder Señor?", raunte er dem Butler zu.

Beanstock nickte zustimmend.

„Sehen Sie sich die Roststellen an. Irgendwann wird das Oberteil ohne die Räder weiterfahren. Der arme Wagen", sagte Gonzales bedauernd.

„Der arme Wagen? Was ist mit der armen Truhe? Lady Fedora hat sich so sehr auf dieses Möbelstück gefreut. Sie hat sie im Nachbarort Waterhill entdeckt und sich darin verliebt. Sehen Sie die Bemalung? Eine wunderbare Arbeit

39

aus der Tudorzeit. Der Antiquitätenhändler wurde bezahlt und macht sich nun scheinbar gar keine Sorgen mehr. Ich werde mich bei ihm beschweren."

Mit einem lauten Knall stand die Truhe vor dem Wagen auf dem Kies.

Beanstock vergingen die Sinne.

„Verdammt ist das schwer. Wo soll das alte Ding denn hin, Meister?", fragte der Spediteur.

„Sie gedulden sich bitte einen Moment, bis unser Hausmädchen den groben Schmutz entfernt hat", erklärte Beanstock.

Die beiden Arbeiter waren über eine Pause nicht böse, drehten sich eine neue Zigarette und gaben sich gegenseitig Feuer. Es war ein kühler Tag.

„Schon recht, das Ding ist so schwer, da ist eine Pause gut. Sie haben nicht zufällig ein Bier bei der Hand, Chef?", fragte der Helfer. Beanstock warf ihm einen bösen Blick zu.

„Ich lasse Ihnen gern Wasser bringen."

„Ach nein, dann nicht", antworteten die beiden im Chor.

„Hatten Sie von Mr Eastwick nicht Instruktionen, dass die Truhe für den Transport abgedeckt werden müsse?"

Die beiden Spediteure sahen sich an und schüttelten die Köpfe. Man könnte meinen, Zwillinge vor sich zu haben.

„Der war nicht da. Die Tür war aber schon auf und die Truhe stand ja gleich am Eingang. Da haben wir sie genommen und auf den Lastwagen gewuchtet. Das war eine ganz schöne Plackerei", erklärte der eine der Herren Beanstock. Sicher dachte er an ein Trinkgeld, aber Beanstock war nicht dazu bereit.

Lizzy wischte vorsichtig den Staub ab.

„Sehen wir doch lieber auch gleich im Innenraum nach,

ob alles in Ordnung ist. Ich möchte nicht unnötig viel Schmutz ins Haus holen", erklärte der Butler und griff zu dem Verschluss, öffnete den Riegel und hob den Deckel an.

Lizzy ließ den Eimer fallen und machte einen großen Schritt rückwärts. Den Spediteuren fielen die Zigaretten aus dem Mund und als Beanstock sah, dass Luci in diesem Moment von der Schule kam, sah er Gonzales nur kurz an und der Chauffeur dirigierte das Mädchen aus dem Weg. Luci war natürlich neugierig, was da los war. Aber Gonzales war unerbittlich.

„Du gehst hinein, meine Kleine. Das ist nichts für dich. Du sollst keine toten Menschen sehen", erklärte Gonzales und schubste Luci durch die geöffnete Tür in die Küche.

„Wie cool!", rief Luci. „Sind in der Truhe etwa tote Leute verstaut? Nie darf ich etwas wirklich Aufregendes sehen! Sind die Köpfe noch dran? Oder hat man sie zerstückelt?"

Gonzales schüttelte den Kopf.

„Ganz das Pflegekind von Señor Beanstock", murmelte er auf dem Weg zurück zum Vorplatz. Dann rieb er sich die Hände. *Ein neuer Fall für Beanstock und Gonzales*, dachte er bei sich.

Luci fügte sich und ging hinein. Da sie vor der Tür Lizzy entdeckt hatte, wusste sie genau, dass sie doch alles erfahren würde.

Beanstock sah sich die beiden Leichen an. Der Herr war Mr Eastwick, der Antiquitätenhändler.

Das Mädchen, das man ohne viel Pietät neben den Mann gestopft hatte, war ihm nicht bekannt. Es schien noch sehr jung zu sein.

Er seufzte.

Was würde Inspector Greenwood sagen, dass es schon

wieder eine Leiche auf Parsley Manor gab? Und nun waren es gleich zwei?

„Sie machen das doch mit Absicht, oder Mr Beanstock? Ich kann es einfach nicht fassen. Haben Sie einen Leichenmagneten in der Tasche? Oder rufen Sie immer hier, wenn jemand fragt, wo man einen Toten abladen kann? Wachsen die Toten auf Ihren Bäumen und fallen dann im Herbst runter wie altes Laub?", fragte der Inspector eine Stunde später fassungslos.

Beanstock war überaus froh, dass die Baronets mit ihren Freunden für Ostereinkäufe in London weilten.

Sir Mortimer und Lady Marjorie hatten die beiden heute früh abgeholt. Sie wurden erst zum späten Abend zurückerwartet.

Ein Spurensicherungsteam war unterwegs.

Constable Donegal stand etwas abseits und sah blass aus. Er hatte schon immer Probleme mit Leichen gehabt. Wie hätte man ahnen können, dass in dieser beschaulichen Gegend so viele Verbrechen geschahen? Er war mit Absicht hier in Parsley Field geblieben und hatte gemeint, vor derlei Dingen sicher zu sein. Ab und zu ein kleiner Diebstahl, Samstagabends ein betrunkener Randalierer oder ein Nachbarschaftsstreit über den Gartenzaun. Das hatte er sich erträumt. Der Inspector musste recht haben, es lag an diesem Butler.

Und nun sogar ein junges Mädchen. Ihm würde die Aufgabe zufallen, die Familie zu benachrichtigen.

„Die Truhe muss ich der Spurensicherung mitgeben. Das verstehen Sie sicher", sagte der Inspector zu Beanstock. „Ich kann nicht sagen, wann Sie das Ding zurückbekommen können."

„Und ich bin mir fast sicher, dass Lady Fedora keinen

gesteigerten Wert mehr auf das Möbelstück legt. Ich denke, Sie können Ihre Asservatenkammer mit dem Möbel schmücken. Sehr schade um diese Truhe. Ich muss natürlich Lady Fedora fragen. Das Geld bekommt man nicht zurück. Die Truhe war nicht gerade billig."

Inspector Greenwood nickte verstehend.

„Wer ist das arme Mädchen, wenn ich fragen darf?", kam es von dem Butler.

„Mable Porterhouse, wohnt in Waterhill, war im dortigen Museum angestellt, bis ein wertvolles Buch verschwand und sie von der Museumsleiterin Mrs Scarburg entlassen werden musste. Welche spezielle Verbindung zu Mr Eastwick besteht, ist nicht klar. Er war natürlich sehr oft im Museum. Daher kannte er vielleicht das Mädchen."

„Hätte das Mädchen das Buch entwenden können? Vielleicht war sie im Auftrag des Händlers unterwegs und dieses Buch ist der Schlüssel für den Mord?", sagte Beanstock.

„Warum sollte ein Buch zwei Morde rechtfertigen? Das ist weit hergeholt, Mr Beanstock. Das Buch war zwar eine kostbare Rarität, aber trotzdem nicht von hohem Wert. Ich denke da eher an eine Beziehungstat. Mable wollte hoch hinaus, den reichen Antiquitätenmann einfangen, und das gefiel ihrem jugendlichen Liebhaber nicht, der die beiden im Affekt umbrachte. Ende", meinte der Inspector.

Das Spurensicherungsteam kam an und untersuchte den Lastwagen und die Truhe. Fingerabdrücke von den beiden Fahrern wurden genommen. Constable Donegal nahm ihre Adressen und Aussagen auf und die beiden konnten endlich abfahren. Die Truhe wurde grob begutachtet, aber da im Inneren eine Decke gelegen hatte, war kein Blut aus der Truhe ausgetreten. Nachdem die Leichen vorsichtig herausgenommen und in die hässlichen Leichensäcke verpackt worden waren, transportierte man die Truhe ab.

Der Rechtsmediziner Dr. Seeker wagte eine vorläufige Beurteilung.

„Der Tod trat nach stumpfer Gewalteinwirkung ein. Ich denke an eine Eisenstange oder einen Leuchter. Im Antiquitätenladen, mit dem Leuchter, Professor Bloom", sagte Dr. Seeker und lachte über seinen Witz. Das Spiel *Murder* war vor ein paar Jahren auf dem Markt erschienen und hatte Riesenerfolg gehabt. 1949 bekam es den Namen *Cluedo* und erfreute sich einer wachsenden Fangemeinde.

Der Doktor räusperte sich entschuldigend.

„Beide kamen etwa zur selben Zeit ums Leben, zwischen zwanzig und zweiundzwanzig Uhr gestern Abend. Sie lagen wahrscheinlich bereits einen Tag in der Kiste, das sehe ich an den Flecken. Genaueres natürlich nach der Obduktion. Hallo, Mr Beanstock, warum wundert mich nicht, dass die Toten hier gefunden wurden? Ihre Bilanz wird immer besser. Wissen Sie, dass wir in der Rechtsmedizin eine kleine Wette laufen haben? Wann taucht Mr Beanstock wieder an einem Tatort auf. Ich habe gewonnen. Dieses Mal jedenfalls", sagte der Mediziner.

Er zog sich seine Handschuhe aus und reichte dem Butler die Hand. Inspector Greenwood fand das nicht erheiternd.

Constable Donegal dagegen konnte sich ein Kichern nicht verkneifen. Als sein Chef ihn böse ansah, schrieb er schnell in seinem Notizblock weiter.

„Was schreiben Sie schon wieder, Donegal, los wir fahren!", rief der Inspector aufgebracht.

Als am Abend Lady Fedora freudig erregt in die Halle kam

44

und nach der Truhe suchte, musste der Butler ihr erklären, was während ihrer Abwesenheit passiert war.

Sie war enttäuscht, aber Beanstocks Meinung, dass man auf die Truhe verzichten würde.

Lady Marjorie, My Ladys Freundin, verschränkte ihre Arme und sah den Butler abschätzend an.

„Schon wieder, Beanstock, wirklich? Ich bin fassungslos. Gut, dass wir hier unter Freunden sind und nichts zu befürchten haben. Wir haben doch nichts zu befürchten? Oder, Perci?", fragte sie mit einem Augenzwinkern ihren alten Freund.

Beanstock verbeugte sich leicht und kümmerte sich dann um das Dinner.

Die Herrschaften begaben sich in das Esszimmer, in dem ein wärmendes Feuer im Kamin brannte.

Die Abende waren immer noch kühl und schwere Wolken zogen über den Himmel.

Als der Butler in die Küche kam, saßen die Angestellten des Hauses am Esszimmertisch und sprachen über die Ereignisse. Luci saugte die Informationen auf wie ein Schwamm. Beanstock konnte sich im Moment nicht darum kümmern.

Das Dinner musste serviert werden.

Mrs Porkpie sauste in der Küche herum und Phillis arrangierte alle Speisen in Schüsseln und auf Platten.

Es duftete nach Zitronen.

Auf dem Küchentresen wartete bereits der hoch geschätzte *Lemon-Drizzle-Cake*. Sir Percival liebte diesen Kuchen und Mrs Porkpie war es eine Ehre, dieses zitronige Meisterwerk nach dem alten überlieferten Rezept der bekannten Köchin Mrs Bridges aus dem viktorianischen England zu backen.

Eine ordentliche Portion *Lemon Curd* durfte dabei nicht fehlen. Das Rezeptbuch *Practical Household Cookery* der Mrs Bridges wurde von Mrs Porkpie wie ein Schatz gehütet.

Lizzy hatte sich eine frische Schürze umgebunden und würde zusammen mit Mrs Argyle servieren.

Mr Beanstock ging zurück in den Essraum und schenkte Wein ein. Es wurde ein angenehmer und wunderbar ruhiger Abend.

Es gab viel zu erzählen. Lady Marjorie und Lady Fedora hatten ihren Schneider in London aufgesucht. Es hatte lange gedauert, bis sich die Damen geeinigt hatten, welche Stoffe verwendet werden sollten. In einigen Wochen war das jährliche Osterdinner geplant. Da mussten besondere Kleider her. Darum hatten sich die Herren in ihren Club zurückgezogen und einen angenehmen Tag mit Gesprächen und gutem Whisky verbracht.

Spät verabschiedeten sich die Freunde voneinander und Lady Marjorie nahm ihrem Gatten den Autoschlüssel aus der Hand. Sir Mortimer reagierte ärgerlich.

„Der letzte Whisky war auf jeden Fall zu viel, Morti. Ich fahre zurück", erklärte sie ihrem Mann, stieg in den Wagen und brauste in gewohnter Manier mit ihrem Gatten davon.

Lady Fedora und Sir Percival gingen lachend ins Haus und Beanstock verriegelte, wie an jedem Abend, sorgfältig die Tür. Dabei ging ihm das Buch nicht aus dem Kopf und irgendwo im Hintergrund tauchte plötzlich das vermisste Medaillon von Mrs Porkpies Freundin auf. Er konnte nichts dagegen tun. Sein Kopf funktionierte nun einmal so.

Inspector Greenwood würde nicht amüsiert sein.

Treffpunkt alte Eiche

Es duftete nach allem, was der kommende Frühling mit sich brachte. Blätter lagen immer noch in dichten Wolken auf dem Waldboden. Aber die ersten verschmitzten Blüten streckten ihre Köpfe schon zum Licht.

Die alte Eiche im Wald direkt hinter Pilpots war seit jeher ein beliebter Treffpunkt für Leute, die etwas zu verbergen hatten, oder einfach nur junge Leute, die einmal allein sein wollten. Nun war der kommende Frühling zu spüren und die Eiche würde wieder junges Volk herumstreifen sehen, vierbeiniges und zweibeiniges.

Die Uhr an der Kirche in Pilpots hatte bereits 23 Uhr geschlagen. Auf dem engen Waldweg erschienen Scheinwerfer und warfen unruhige Schattenspiele auf den weichen Boden. Ein Auto hielt und eine Gestalt stieg aus. Man konnte sie nicht erkennen, sie stand im Schatten. Außerdem trug sie einen langen dunklen Regenmantel.

Hinter der Eiche erschien ein Mann. Nur die Glut seiner Zigarette verriet seinen Standort. Der Mann kam langsam auf das Auto zu.

„Das genügt. Was weißt du über das Buch?", fragte die Gestalt am Wagen.

Die Stimme schien hinter einem Tuch hervorzukommen. Sie klang seltsam hohl.

„Bevor ich fragen konnte, war dieses dämliche Weib

gestorben. Hatte wohl zu früh und zu fest geschlagen. East-wick wusste jedenfalls nicht, wo es war. Er war ausgerastet, als das Mädchen ihm erzählt hat, dass es gestohlen worden war. Mann, hat der sich aufgeregt. Hat die Alte raus-geschmissen."

Der Mann machte einen Schritt auf den Wagen zu und verdrehte den Kopf. Er wollte zu gern wissen, wer sein Auftraggeber war.

„Bleib dort stehen. Was hat das Mädchen gesagt, die genauen Worte."

Der andere Mann schien sich zu zieren und warf die Kippe seiner Zigarette fort. Dann leierte er seine Antwort ohne Betonung herunter.

„*John? Sind Sie da? Ich möchte mit Ihnen über das Buch reden. Ich kann doch nichts dafür, dass es geklaut worden ist! Ich kann mir aber denken, wer es hat.* Genau das hat sie gesagt. Sie war mir zu nah gekommen und hatte Eastwick auf dem Boden gesehen. Ich musste handeln, bevor sie losschreien konnte."

„Gut. Holen Sie Ihren Lohn ab. Wie vereinbart."

Die Gestalt am Wagen zog etwas aus der Manteltasche.

Der Andere leckte sich in freudiger Erwartung über die Lippen und machte einen Schritt vorwärts. Das zischende Geräusch kam ihm seltsam fehl am Platze vor. Aber der plötzliche Schmerz in seiner Brust war echt. Er sah an sich hinunter und bemerkte den sich ausbreitenden Fleck. Ein Metallbolzen steckte in seiner Brust. Als er den Boden berührte, war bereits alles vorbei.

Die Gestalt am Auto ging zu der Leiche und stupste mit dem Fuß daran. Dann zog sie mit einem Ruck den Bolzen aus der Brust, wischte ihn am Mantel des Mannes sorg-fältig ab und ging zu dem Wagen zurück.

Die Scheinwerfer entfernten sich und nach kurzer Zeit lag der Wald wieder ruhig und verlassen da.

In der darauffolgenden Nacht regnete es stark und die letzten Spuren wurden verwischt.

Eine Bande Wildschweine tummelte sich an der Eiche und suchte nach leckeren Eicheln, die die Eiche gern abgab. Dann erschnüffelten sie den Kadaver und suchten dort noch etwas herum. Aber da war nichts Interessantes zu finden. Also machten sie sich auf den Weg.

Ein Igel kam auf seinem Weg nach Hause vorbei und regte sich furchtbar auf, dass er einen Umweg um diesen Mann am Boden machen musste. Seine Beine waren nun mal nicht sehr lang, da musste man seine Schritte schon genau planen.

Ein paar Mal bekam der Mann Besuch von einigen Raben, die dann aber, als am frühen Morgen Spaziergänger mit Picknickkörben in den Wald einfielen, schnell das Weite suchten. Daraufhin verging den Spaziergängern der Appetit auf das mitgebrachte Frühstück.

Eine Stunde später stand Inspector Greenwood neben der Leiche und sah Dr. Seeker zu.

Der Rechtsmediziner summte leise vor sich hin.

Der Inspector hatte schon mit vielen Vertretern der Rechtsmedizin zu tun gehabt, aber die Leichtigkeit des Dr. Seeker an Tatorten war nicht zu überbieten.

„Was können Sie mir sagen?", fragte der Inspector.

„Ich kann Ihnen sagen, dass ich heute meine Wette in Bezug auf Beanstock verliere. Sehr schade. Unser Freund hier am Boden kann nun leider keine Ostereier mehr suchen. Todesursache: massive Gewalteinwirkung auf den oberen Thorax, will heißen, ein Geschoss hat ihn niederge-streckt. Es war sicher keine Kugel, ich würde eher einen

Bolzen oder etwas Ähnliches vermuten. Sehen Sie das kreisrunde Loch?", fragte der Rechtsmediziner und wies auf die Wunde. „Kreisrund und glatt. Mehr nach der Obduktion. Ich sollte vielleicht erwägen nach Parsley Field zu ziehen, oder Inspector? Ich bin doch meistens hier bei Ihnen."

Dr. Seeker lachte schallend. Dann erhob er sich und winkte die Helfer herbei. Der Tote wurde verpackt und abtransportiert.

Die Spaziergänger, die in kleinen Gruppen herumstanden und verstörte Blicke zu der Leiche warfen, wurden nach der Aufnahme ihrer Daten nachhause geschickt.

Durch die vielen Tierspuren am Tatort war, abgesehen von einer Zigarettenkippe, rein gar nichts mehr zu finden. Die Taschen des Toten waren auch leer, also musste erst ermittelt werden, wer der Mann war. In der Nähe wurde ein Wagen entdeckt, der wahrscheinlich dem Mann gehörte, auch darin fanden sich keinerlei Papiere. Aber anhand des Kennzeichens sollte man mehr erfahren können.

Am Abend desselben Tages saß Beanstock neben Luci am Küchentisch und kontrollierte ihre Hausaufgaben.

Luci wackelte unruhig auf ihrem Stuhl herum und sah oft zur Uhr an der Wand, deren Sekundenzeiger unaufhörlich davonlief.

„Hast du noch etwas vor, Luci?", fragte nun Beanstock, ohne von dem Schreibheft in seiner Hand aufzusehen.

Er hatte die Blicke des Mädchens natürlich bemerkt.

„Ich wollte noch so gern mit Junior hinausgehen. Es ist doch noch hell und ich könnte Mr Herringbone besuchen", erklärte Luci und fühlte sich wieder einmal ertappt von ihrem Pflegevater.

Beanstock schloss das Heft und lächelte das Mädchen wissend an.

„Ich weiß, dass du ab und zu noch im Baumhaus bei Bronté und Tara vorbeischaust. Du kennst mich doch, ich sehe so gut wie alles, was hier passiert."

Luci sah beschämt zu Boden. Man konnte einfach nichts heimlich unternehmen. Sie musste dringend ihre Strategie überdenken.

„Ich habe doch gar nichts dagegen. Du hast deine Aufgaben sehr gut erledigt und du darfst gern noch einmal für eine kurze Zeit zu Bronté gehen. Aber du weißt auch, Abmeldung bei mir oder Mrs Argyle ist Vorbedingung. Sieh mal, mein Kind, wir müssen doch jederzeit wissen, wo du dich aufhältst. Verstehst du das?"

Luci nickte.

„Ich habe gesehen, dass ihr in der Geschichtsstunde viele interessante Dinge über die Renaissance erfahren habt. Ich habe die Absicht, am Sonntag mit dir die Burg in Waterhill zu besuchen, das ist ein wunderbares Zeugnis aus der Zeit Heinrich des Achten. Ich denke, das wird dir viele neue Eindrücke verschaffen."

Luci sah ihren Pflegevater abschätzend an.

„Sie wollen nicht dorthin, weil das tote Mädchen da gearbeitet hat?", fragte sie dann und verschränkte die Arme.

Beanstock sah sie betroffen an. Gonzales hatte recht, das Mädchen entwickelte schon die gleichen Antennen wie er selbst.

„Sehen wir uns einfach die Burg an. Wenn auch noch Zeit für ein paar Recherchen ist, umso besser", sagte er.

„Hat King Heinrich auf der Burg auch eine Frau gehabt und köpfen lassen? Liegen da Köpfe rum in den Verliesen?", fragte Luci, neugierig geworden.

Beanstock schüttelte nur den Kopf.

„Geh noch etwas hinaus und pass auf Junior auf, wenn du bei Bronté im Baumhaus sitzt. Vor allem aber denk an die Zeit. Es ist bereits halb sieben Uhr. Um acht Uhr solltest du zu Bett gehen. Na los, ab mit dir!", rief der Butler.

Luci flitzte davon und wenige Sekunden später hörte man von draußen das fröhliche Kläffen von Junior, der sich freute, noch einmal laufen zu dürfen.

Die Burg in Waterhill

Es war Sonntag.

Beanstock machte sich mit Lucinda auf den Weg nach Waterhill gemacht.

Gonzales konnte die beiden nicht fahren, weil er Sir Percival und seine Gattin zu ihren Freunden nach Pilpots bringen musste. Nicht umsonst vermutete Gonzales wieder einen neuen Kriminalfall.

Beanstock und Lucinda nahmen nach dem Mittagessen den Zug vom Bahnhof in Parsley Field.

Vom Bahnhof Waterhill gingen sie durch den kleinen hübschen Ort vorbei an netten Cottages und einfachen Mehrfamilienhäusern. Sie überquerten einen Platz mit einem Brunnen, in dessen Mitte eine alte halb verwitterte Steinfigur auf einem runden Sockel thronte. Lucinda betrachtete die Figur, sie kniff die Augen zusammen und dann schüttelte sie den Kopf.

„Was soll das sein, Mr Beanstock? Ist das ein Mann, eine Frau, ein Ziegenbock oder eine Obstschale?", fragte sie ihren Pflegevater.

Beanstock sah hinauf zu dem Stein und überlegte kurz.

„Nun, ich würde meinen, also ich denke, dass es sich hier um die naturgetreue Nachbildung eines wie auch immer handelt", antwortete er, sah das Mädchen zweifelnd an und beide zuckten die Schultern.

Um den Platz gab es verschiedene Geschäfte.

Unter anderem war hier auch das verwaiste Antiquitätengeschäft des toten Mr Eastwick.

Ein Schild an der Tür verhieß dem Näherkommenden, dass das Geschäft bald zu vermieten sein würde. Man solle im gegenüberliegenden Geschäft nachfragen.

Dort gab es einen Souvenirshop mit einem Café und einen Gemischtwarenladen. Aus dem Café trat ein älterer Herr auf die Straße und kam zu Beanstock und Lucinda geschlendert.

„Hallo, die Herrschaften. Haben Sie Interesse an diesem wunderschönen modernen Geschäft? In ein paar Tagen wird es bereit sein, einen neuen Mieter zu finden. Ich könnte Ihnen mit dem Preis entgegenkommen", erklärte der Herr.

Er trug einen karierten Anzug und hatte die Angewohnheit, seine Daumen in den Hosenträgern zu verhaken. Dabei wippte er auf seinen Schuhen auf und ab und grinste breit. Er hatte ein rundes Gesicht mit rosaroten Wangen und einer dicken Knollennase.

Lucinda fand das alles sehr interessant und versuchte, sich alle Einzelheiten einzuprägen, um sie später in ihrem geheimen Detektivnotizbuch zu vermerken.

„Ist der Vorbesitzer nicht unter seltsamen Umständen ums Leben gekommen?", fragte Beanstock.

„Das wissen Sie schon", sagte der Mann sichtlich enttäuscht. „Aber es gab kaum Blutspuren im Inneren und die sind schnell gewischt. Ich würde Ihnen einen guten Preis machen. Ach, das sagte ich bereits", fiel es ihm dann ein.

„Führen Sie das Café auf der anderen Seite?", fragte Beanstock.

„Ja, und den Souvenirladen", erklärte der Mann und fasste neuen Mut, seinen mit einem Makel versehenen

Laden doch noch an den Mann zu bringen.

„Haben Sie irgendetwas gesehen oder gehört am Abend des Mordes?", wollte Beanstock wissen.

„Was soll ich gesehen haben? Um die Zeit bin ich zuhause und höre Radio. Ich liebe diese kleinen Hörspiele zur Nacht, wissen Sie? Um noch einmal auf die Miete …"

Beanstock unterbrach den Mann.

„Nein, wir sind nicht interessiert. Vielen Dank."

„Sie müssen wissen, wir wollen bald ein Detektivbüro eröffnen und das geht nur in einer großen Stadt. Da wäre ein Mord im Büro sicher schon ein gutes Aushängeschild gewesen, aber …" Lucinda wurde von Beanstock mit einem Räuspern in ihrem Redeschwall unterbrochen. Nun sah sie auch das verdatterte Gesicht des Mannes.

Der Mann nickte kurz mit dem Kopf und verschwand schnellen Schrittes in seinem Café.

Ein mittelalterlich gestaltetes Schild an einer der Straßen, die von dem Platz abgingen, versprach die Burg von Waterhill in zehn Gehminuten.

Nachdem die beiden ein kleines Wäldchen durchquert hatten, leuchteten durch die noch kahlen Zweige die Zinnen der alten Burganlage.

Es war eine Viereckanlage mit Treppentürmen an den vier Ecken. Man konnte die Versuche der Vorbesitzer sehen, aus der zugigen Burg etwas Wohnliches zu machen. Die Rundbogenfenster hatte man beibehalten, aber dahinter später große Sprossenfenster eingebaut.

Das grobe Mauerwerk war mit Arabesken verziert worden und in den Nischen neben der Brücke standen Statuen nach griechischem Vorbild ohne viel Stoff. Lucinda fragte sich, ob die armen Frauen und Männer nicht frieren würden. Immerhin war es März.

Im Innenhof erklärte Beanstock Lucinda mehr über die ausgefallenen Ideen der Burgherren.

Eine Schar Raben machte sich über Körner her, die am Südturm ausgestreut worden waren.

„Wer füttert wohl hier die Raben? Ist sicher eine alte Tradition auf der Burg. Das macht man ja am Tower in London auch so ähnlich. Nicht auszudenken, wenn es keine Raben mehr im Tower geben würde. Die Monarchie würde untergehen. Das sagt die Legende", erklärte Beanstock.

Einen Moment sahen die beiden den Vögeln zu, wie sie sich um die Körner stritten.

„Sieh mal, Luci, das in der Mitte dort ist eine Zisterne. Gut zu gebrauchen, wenn man belagert wurde. In den Gebäuden hat man reihum Arkadenfenster eingebaut mit Bordüren aus der Zeit des Rokokos. In den Türmen sind nur kleine Rundbogenfenster. Außer im Südturm. Da hat man sogar ein wunderschönes Buntglasfenster eingesetzt. Siehst du, Luci, wie die Sonne sich darin spiegelt? Ein seltsames Sammelsurium an Stilrichtungen. Es erinnert mich etwas an unsere Kirche in Parsley Field. Gehen wir hinein", sagte der Butler.

Beanstock und Luci sahen sich bereits in der großen Empfangshalle einer riesigen Menge von Ahnengemälden gegenüber.

„Das ist ungewöhnlich. Eigentlich vermutet man eine Ahnengalerie, wie der Name es sagt, in einer Galerie, also einem weitläufigen Flurbereich", erklärte Beanstock Luci, die mit offenem Mund die Bilder betrachtete, die sich bis zur hohen Decke aneinanderreihten.

„Vielleicht wollten die Besitzer der Burg gleich am Eingang den Leuten Angst einjagen. Wie seltsam die früher ausgesehen haben. Schauen Sie sich den Mann da ganz oben an, den mit dem hässlichen blauen Hut und der krummen Nase. Sogar Junior sieht besser aus. Wie zornig manche schauen. Außer der Dame oben rechts. Die lächelt wenigstens. Aber ansonsten ist das auch ein gruseliges Bild mit den vielen Raben und dem Schneegestöber", sagte Luci und wies mit dem Finger auf eines der Bilder.

„Das ist keine Angehörige der Waterhill Linie", sagte jemand hinter dem Rücken der beiden. Luci drehte sich erschrocken um.

„Es wird vermutet, dass es sich bei der Dame um die Frau des Dichters handelt, der hier auf der Burg oft anzutreffen war. Aber das ist nicht belegt. In der Hand hält sie eine sogenannte Witwenblume. Wunderschön ausgearbeitet. Es ist eines der größten Gemälde. Warum die Dame so verewigt wurde, ist nicht mehr nachvollziehbar. Vielleicht hatte der Hausherr ein Auge auf sie geworfen. Das wäre dann der grimmige Herr mit dem blauen Hut, der dritte Lord Waterhill, Lord Arthur. Er lebte hier ziemlich lange Zeit und soll ein rechter Geizhals gewesen sein."

„Ich wollte den Mann ganz bestimmt nicht beleidigen. Entschuldigung", sagte das Mädchen kleinlaut.

„Keine Angst. Du kannst ihn nicht mehr beleidigen. Er ist ja schon viele hundert Jahre tot. Obwohl der ein oder andere Besucher schon von geisterhaften Erscheinungen erzählt hat. Ich bin Mrs Scarburg, die Museumsleiterin", stellte sich die Dame lächelnd vor.

„Sehr erfreut, mein Name ist Beanstock und das neben mir ist mein Pflegekind Lucinda. Eine ansehnliche Sammlung an Ahnengemälden haben Sie hier."

„Ja, die Herrschaften, die hier gewohnt haben, wollten unbedingt alle in Öl verewigt werden. Bis hin zu den Jagdhunden wurde alles gemalt. Siehst du da oben zwischen den beiden alten Damen den Kater?"

Lucinda verrenkte sich fast den Hals, um das Bild zu sehen. Es stellte einen riesigen rötlichen Kater dar, der wie ein König auf einem Samtkissen thronte und Luci einen Blick zuwarf, der sie erschauern ließ.

„Der scheint ziemlich eingebildet gewesen zu sein", flüsterte sie.

„Das, mein Kind, ist der hoch angesehene Earl of Drizzle. Er war der Liebling der beiden alten Damen, die du daneben siehst. Sie waren die letzten Besitzerinnen der Burg Waterhill. Sie haben ihn ohne Ende verwöhnt, bis der gute Kater meinte, die Burg gehöre ihm. Am Ende war kein Geld mehr da und die beiden Damen zogen mitsamt dem Kater in ein Stift für alleinstehende adlige Damen. Danach verfielen die Gebäude, bis eine Stiftung übernahm. Es wurde ja immer gemunkelt, dass der dritte Waterhill, dieser Geizhals, irgendwo ein Vermögen versteckt haben soll. Aber das gehört in das Reich der Legenden. Möchten Sie vielleicht noch die Bibliothek sehen? Sie ist wunderbar", berichtete Mrs Scarburg stolz.

„Das wäre sehr nett, Mrs Scarburg. Sagen Sie, ich hörte, dass ein kostbares Buch gestohlen wurde? Wie konnte das passieren?", fragte der Butler so ganz nebenbei.

Luci grinste.

Mrs Scarburg wies den beiden Besuchern den Weg zur Treppe und in die erste Etage.

Hier befand sich die Bibliothek.

Vorbei ging es an den ungewöhnlichsten Mordwaffen, die hier die Wände schmückten.

Neben Pfeil und Bogen hingen Schwerter, Morgensterne und Armbrüste.

„Ach, erinnern Sie mich nicht daran. Ich bin untröstlich.

Ausgerechnet die handschriftliche Ausgabe der Gedichte unseres Robert of Dale. Ich kann es mir nicht erklären. Zuerst hatte ich die Putzfrau in Verdacht. Aber stellen Sie sich vor, man hat sie ermordet. Wie schrecklich das ist."

Luci blieb vor einer Armbrust stehen.

„Die sieht gefährlich aus. Kann man damit heute noch schießen?", fragte sie neugierig und streckte ihre Hand zu den Bolzen aus, die in einem Köcher daneben hingen.

„Vorsicht, die sind noch genauso scharf wie vor Jahrhunderten. Man könnte immer noch jemanden damit verletzen. Ich muss es wissen, denn ich war in meiner Zeit in London in einem Bogenclub. Ich habe es bis zum Meister gebracht", berichtete die Dame stolz.

Mr Beanstock hörte diese Tatsache und dachte an den Toten im Wald von Waterhill, der mit einem Bolzen aus einer Armbrust umgebracht worden war. Das hatte er von Constable Donegal erfahren.

Der gute Donegal war ein guter Informant geworden.

„Würden Sie bemerken, wenn Bolzen und Armbrust fehlen würden? Bei dieser unübersichtlichen Menge an Mordgeräten?", fragte Beanstock.

„Ich kenne hier jeden Nagel, Mr Beanstock. Mir entgeht so schnell nichts", sagte sie etwas verschnupft.

Der Diebstahl des Buches ist Ihnen entgangen, dachte sich Beanstock.

„Waren denn an dem Tag des Diebstahls viele Besucher hier?", fragte er weiter. Er musste vorsichtig sein, damit die Dame keinen Verdacht schöpfte. Luci grinste immer noch.

„Nun, ein paar Besucher waren es schon. Ein Ehepaar mit seinen beiden Kindern, furchtbare Bengel, nicht so ein nettes Fräulein wie du, Lucinda. Ständig musste ich hinterher sein und etwas ordnen. Dann haben sich die Ordensschwestern vorgestellt und ich musste kurzzeitig die Familie aus den Augen lassen. Aber ich hatte immer meine Aufmerksamkeit bei den Kindern, das steht außer Frage. Am Abend kam dann noch der Vorsitzende der Stiftung, Mr Brown. Aber da hatte ich das Museum bereits geschlossen. Es ist mir unverständlich, wie das passieren konnte."

Beanstock hörte mit Erstaunen von den Ordensschwestern. Das waren langsam ein paar Zufälle zu viel.

Wie konnte das sein? Vielleicht sollte er dem Kloster einen Besuch abstatten. Hatte Mrs Porkpie nicht erwähnt, dass in ein paar Wochen eine Ostermesse abgehalten werden würde? Das wäre eine gute Gelegenheit.

Im Moment hatte er nicht viel Zeit, da in ein paar Tagen das Osterdinner bei den Baronets stattfinden sollte. Es gab noch viel zu tun, da auch Übernachtungsgäste erwartet wurden.

In ihrer Zelle im Kloster Pilpots saß die Novizin Anna und blätterte in einem alten Gedichtband. Nach kurzer Zeit legte sie ihn beiseite und stöhnte.

„Wie langweilig, da sind ja nur Gedichte drin und so alte Dinger. Vor allem ist es handgeschrieben. Wer soll das denn entziffern? Ich hätte nach einem Liebesroman suchen sollen. Na gut, dann nicht. Das Buch wird nicht viel bringen", murmelte sie.

Sie zog ihr Bett von der Wand und lockerte einen der Steine im Mauerwerk. Eine Öffnung erschien, in der schon einige Dinge lagen. Anna legte das Buch hinein und steckte den Stein zurück. Dann kam das Bett wieder an seinen Platz und sie nickte zufrieden.

Die Glocke zur Abendandacht erklang. Sie brachte ihr Ornat in Ordnung und setzte ihr nettes Novizinnengesicht auf. Dann machte sie sich auf den Weg in die Kapelle.

Dreizehn bei Tisch

Ein anstrengender Tag stand den Angestellten auf Parsley Manor bevor.

Beanstock hatte zur üblichen Zeit am Morgen die Aufgaben verteilt. Jeder wusste, was zu tun war.

Mrs Argyle und Lizzy kümmerten sich um die Schlafzimmer für die Gäste.

Das rote Zimmer wurde für Lord Barrington vorbereitet und für seine beiden Töchter das angrenzende weiße Zimmer mit dem hübschen Vergissmeinnichtmuster auf Tapete und Gardine.

Ian McGregor, der alte Freund Sir Percivals, wurde aus London erwartet und sollte in das grüne Zimmer einziehen. Das bekam der Archäologieprofessor stets, wenn er sich auf Parsley Manor aufhielt. Seit dem Vorfall mit dem Skarabäus und dem Schatz des Teremun hatten sich die Freunde nicht mehr gesehen. Sir Percival freute sich ganz besonders auf ein Wiedersehen.

Für Colonel Edward Morris und seiner Frau Gladis hatte sich Lady Fedora etwas ausgedacht. Die Wände in ihrem Schlafzimmer waren mit einer rot und grünkarierten Tapete versehen und dazu passten Bettbezüge und Handtücher im angrenzenden Bad genau. Die beiden sollten sich hier wie in ihrem schottischen Zuhause in Edinburgh fühlen.

Sofort nach dem Frühstück machten sich die Hausdame

und Lizzy an die Arbeit, alles herzurichten.

Beanstock wusste, dass er sich auf Mrs Argyle und Lizzy verlassen konnte.

Etwas anders sah es mit Harrison aus.

Der wortkarge Mann sollte noch einmal sämtliche Kamine in den Zimmern auf ihre Funktionstüchtigkeit prüfen und genügend Holz bereitstellen. Das Haus hatte zwar eine moderne Heizung, aber die Kamine wurden gerade im Frühjahr immer noch gern angefeuert. Der Butler dachte an Walter. Er war im Haus der Lady Sherry auch für die Kamine zuständig und hatte es jeden wissen lassen.

Beanstock würde später noch einmal die Arbeit von Harrison prüfen. Man konnte sich auf ihn verlassen, aber Kontrolle war in seinem Fall immer angebracht. Der gute Harrison vergaß schnell etwas. Vor allem bei den Kaminen musste man sehr vorsichtig hantieren, um keinen Schmutz zu verursachen. Das hatte der Knecht noch nicht verinnerlicht. Wenn die Gäste erschienen, war es dann seine Hauptaufgabe, die Koffer in die Zimmer zu bringen.

Dabei würde ihm Gonzales behilflich sein. Beanstock konnte dann zumindest sicher sein, dass in jedem Zimmer der richtige Koffer landen würde. Nichts war für einen Gast schlimmer, als wenn ein Herr nach anstrengender Reise den Koffer öffnete und anstatt des Smokings ein rosafarbenes Tutu in den Händen hielt. So geschehen im letzten Jahr, als die Nichte Lady Fedoras ein paar Tage auf dem Anwesen verbracht hatte. Der Herr mit dem fehlenden Smoking war der neue Verleger My Ladys gewesen. Eine peinliche Angelegenheit.

Die Küche war auf die Gästeschar mehr als sehr gut vorbereitet.

Seit Tagen wurde gebacken und gekocht. Mrs Porkpie

liebte solche großen Feiern. Da konnte sie zeigen, was in ihr steckte. Heute Abend würde es zum Dinner ein wunderbares Stew geben und für die Festivität, zu der dann auch Gäste aus Parsley Field erwartet wurden, hatte Mrs Porkpie ein Menü vorgeschlagen, das ihr ganzes Können zeigen würde. Phillis wurde ordentlich von der Köchin herumgescheucht.

Aber das Mädchen nahm es gelassen. Sie war das gewöhnt. Irgendwann wollte sie selbst eine große Köchin sein, wenn nicht hier, dann in einem anderen herrschaftlichen Haus. Dann würde sie die Küchenmädchen herumscheuchen. Bei dem Gedanken musste sie bereits jetzt lächeln.

Mrs Porkpie sah das Lächeln und wunderte sich.

„Nicht so viel an andere Dinge denken, Mädchen, hast du den Pudding fertig? Er muss die genaue Temperatur haben, wenn man die weiche Butter unterrührt!", rief sie und blätterte dabei in ihrem Lieblingsbuch „*Mrs Bridges Practical Household Cookery*".

Wo war das Rezept für diese ganz spezielle Lammkeule geblieben, dachte sie und blätterte weiter.

„Ja, Mrs Porkpie, ich schaffe das schon", antwortete sie und schälte weiter Gemüse für die Suppe.

Der Gärtner hatte nach dem Frühstück seinen täglichen Rundgang durch den Gemüsegarten etwas schneller beendet, war nun im Gewächshaus und bereitete die Blumen für die Zimmer und vor allem für das abendliche Dinner vor.

Lady Fedora hatte sich etwas Buntes gewünscht.

Damit er in die richtige Stimmung kam, begann der Gärtner mit seinem tiefen Bariton Frühlingslieder zu brummen.

Sein grauer Kater Mortecai sah den Gärtner verwundert an. Dann zog er sich in sein Schlafkörbchen im Wohnzimmer der Wohnung zurück. Das war ihm dann doch zu viel. Mussten denn diese Menschen immer Lärm machen?

Am Nachmittag war Beanstock nach einem Rundgang durch die Gästezimmer zufrieden.

Dann begab er sich in das Esszimmer, wo der Gärtner gerade die Gestecke für das Dinner am Abend brachte. Lizzy hatte die lange Tafel vorschriftsmäßig gedeckt und nahm Mr Herringbone nun die Blumen ab, um sie auf ihren Platz zu stellen. Beanstock zog sein Lineal aus der Jackettasche und überprüfte die Abstände.

„Das haben Sie sehr gut gemacht, Lizzy. Die Gestecke sehen wunderbar aus, Herringbone. Ich sehe es mit Wohlgefallen, dass Sie meinem Rat gefolgt sind und im Haus Überschuhe tragen", sagte Beanstock und nickte den beiden zu.

Vor dem Haus fuhr der Bentley vor und Gonzales öffnete die Tür für Professor McGregor, den er soeben vom Bahnhof abgeholt hatte. Er war der erste Ankömmling.

Beanstock begrüßte ihn und nickte Harrison zu, der sich in seinem guten Anzug nicht besonders wohl fühlte und ständig an dem Kragen herumzog. Harrison nahm die Koffer und Taschen aus dem Kofferraum.

„Hallo, Beanstock, ich grüße Sie. Haben Sie inzwischen wieder einmal Mumien gesichtet?", rief der Professor und klopfte dem Butler auf die Schulter. Das fiel etwas heftig aus und Beanstock wäre fast ins Stolpern gekommen.

Gonzales, der mit einer Reisetasche an ihm vorbeilief, musste sich unglaublich zusammenreißen, um nicht laut zu lachen.

„Willkommen auf Parsley Manor, Professor. Sir Percival und Lady Fedora werden hocherfreut sein, Sie zu sehen", sagte Beanstock und hielt ihm die Haustür auf.

Aus dem Salon kam Sir Percival und nahm seinen Freund in Empfang. Dann kamen auch schon die nächsten Übernachtungsgäste.

Lord Barrington, ein Cousin dritten Grades Sir Percivals, reiste mit dem eigenen Wagen und seinen beiden Töchtern an. Gonzales übernahm den Wagen, einen *Aston Martin DB,* und brachte ihn in die Garage.

Die beiden jungen Damen waren scheinbar nicht sehr gern nach Parsley Field gekommen.

Bereits nachdem sie ausgestiegen waren, beschwerten sie sich lautstark bei ihrem Vater. Die Fahrt von London war zu lang, das Auto zu eng und unbequem, ihre Kleider waren zerknittert, die Heizung nicht genug aufgedreht und man stellte dem Vater eine schwere Erkältung in den nächsten Tagen in Aussicht.

„Warum musstest du uns in dieses gottverlassene Nest schleppen?", fragte eine der beiden Damen, ohne sich im Geringsten zu sorgen, dass Beanstock und Gonzales alles hören würden.

„Mary Viktoria und Beatrice Adele, es reicht!", rief ihr Vater, der sicher keine besonders nette Anreise gehabt hatte.

„Nehmt euch zusammen und vor allem benehmt euch wie Ladys. Eure Mutter wollte, dass ihr mitkommt zu eurem Onkel und so ist es nun Mal. Findet euch damit ab!"

An der Mauerecke zum Küchengarten stand Luci und beobachtete die Szene. Sie kicherte. *Was waren denn das für zwei komische Mädchen? Die führten sich ja auf wie der Kaiser von China auf dem Marsch durch die Mongolei,* dachte sie und hielt ihre Hand vor den Mund, damit Mr

Beanstock nichts bemerkte.

Auf der Mauer lag Mortecai.

Er blinzelte und sah sich die interessanten Neuankömmlinge an. Er schnurrte leise.

So sicher, wie in seinem Napf am Sonntag wieder ein Hering liegen würde, so sicher war er, dass diese Mädchen keine Schmusekatzen mochten.

Also drehte er sich zur Seite und blickte in die andere Richtung.

Dort war sein Freund Herringbone mit den letzten Aufräumarbeiten beschäftigt. Mit routinierten Bewegungen befreite er die abgeernteten Beete vom Schmutz des vergangenen Jahres und steckte kleine Blumenzwiebeln in die Erde. Die letzte Nacht war noch ziemlich kalt gewesen. Da musste man vorsichtig sein. Er streckte den Rücken kurz und sah sich nach Luci um, die immer noch um die Ecke blickte und lachte.

„Was gibt es denn zu kichern, kleine Lady?", fragte er nun.

Luci beendete ihre Observierung und lief zu dem Gärtner.

„Die Gäste sind angekommen. Da sind zwei Mädchen dabei, die gar nicht nett zu sein scheinen. So dürfte ich mich nicht benehmen. Da würde Mr Beanstock aber was dagegen haben, das ist mal klar", erklärte sie dem grinsenden Herringbone.

„Am besten, du hältst dich von den beiden fern. Ist ja auch nicht deine Liga. Na los, geh spielen oder mit Junior raus. Ich denke, der arme Junior wird heute im Haus nicht viel Zuwendung erhalten. Wenn Gäste da sind, hat Sir Percival andere Aufgaben."

Luci nickte ihm zu und hüpfte durch die Küchentür ins

Haus. Nach einer Weile erschien sie umgezogen in Hose und Jacke. Sie lief zur hinteren Hausseite, wo der Bootroom eine Tür zum Garten besaß.

Um diese Zeit war der Raum nicht abgeschlossen. Sie öffnete die Tür, nahm die Leine vom Haken und legte sie dem sich wild gebärenden Junior an.

Dann verschwanden die beiden in Richtung des Wäldchens, das sich vor der Brücke über den *Shirty* entlang des Flusses zog.

Auf dem Waldweg stand ein dunkler Wagen. Im Wagen saß eine schwarz gekleidete Gestalt, die Kapuze ins Gesicht gezogen.

Luci wunderte sich und fasste die Leine des Hundes etwas fester. Sie erinnerte sich, dass ihr Pflegevater ihr mehrmals verboten hatte, allein im Wald spazieren zu gehen. Sie solle den Weg durch das Dorf nehmen oder in Richtung des Bauernhofes gehen. Der Wald sei gefährlich.

Langsam ging sie an dem Wagen vorbei. Als sie ein Stück entfernt war, sah sie sich um. Die Gestalt im Wagen sah stur geradeaus in Richtung Parsley Manor. Das war schon etwas verdächtig.

Luci nahm sich vor, Mr Beanstock zu erzählen, was sie beobachtet hatte.

Da war auch wieder ein Eintrag in ihr Detektivbuch fällig. Sie hatte sich den Wagen genau angesehen. Das Kennzeichen konnte sie sich nicht merken, das Nummernschild war ganz verschmiert, aber im Rückfenster lagen Bücher. Das konnte sie genau sehen. Eine der Seitenscheiben hatte einen feinen Riss.

Beim nächsten Mal sollte sie ihr Notizbuch einstecken.

Aber wie sollte sie erklären, was sie im Wald gemacht hatte? Da würde ihr schon eine Ausrede einfallen. Schlimm nur, dass ihr Pflegevater Lügen immer gleich erkannte.

Als sie ein gutes Stück von dem Wagen entfernt war, startete er und fuhr davon.

Luci atmete auf.

Irgendwie hatte sie den Spaß am Waldspaziergang verloren und stand unschlüssig auf dem Weg. Junior hechelte aufgeregt neben ihr und sah sie an.

„Ach, weißt du was, wir gehen zu Bronté. Das ist lustiger, oder mein Bester?", fragte sie den Hund, dem das eigentlich egal war. Hauptsache er konnte rumtoben.

Also drehte das Mädchen um und lief mit dem Hund über die Brücke zum Bauernhof.

Das abendliche Dinner verlief nicht so harmonisch, wie Lady Fedora angenommen hatte.

Sie verspürte den Wunsch, den beiden Töchtern von Lord Barrington einmal ordentlich die Meinung zu sagen. Seine Lordschaft hin oder her. Aber sie war ganz Lady und hielt sich zurück. Es war nicht ihre Aufgabe.

Bereits kurz nach der Ankunft hatten sich die Mädchen in ihrem Zimmer umgesehen und die Nasen gerümpft. Hatte man keine besseren Zimmer? Schließlich war man jemand.

„Das ist eben nur das Haus eines einfachen Baronets", ließ am Ende die etwas jüngere Beatrice verlauten und warf sich auf das breite Bett.

„Hängen Sie die Sachen vorsichtig auf, wie war Ihr Name? Sie da, Hausmädchen, diese Kleider kosten mehr, als Sie in einem Jahr verdienen", erklärte die ältere Mary.

Filomena Arbuckle, die sich wirklich bemühte, ruhig zu bleiben, lächelte und knickste nett.

„Filomena ist mein Name, Lady Mary. Ich bin die Zofe

Lady Fedoras. Wenn Sie noch etwas brauchen sollten, wenden Sie sich an mich oder Lizzy, das Hausmädchen." Sie knickste und verließ den Raum. Dann erst erlaubte sie sich, zu schnaufen, und ihrem Gesicht, eine leichte wütende Röte anzunehmen.

Lady Fedora kam in diesem Moment an der Tür vorbei und sah, dass etwas nicht stimmte. Sie konnte es sich zusammenreimen. Die beiden Mädchen waren ihr während eines anderen Besuchs bereits mehrfach unangenehm aufgefallen. Sie nickte ihrer Zofe aufmunternd zu. Mehr konnte sie nicht tun.

Als Filomena den Dienstbotentrakt erreichte, wo die Vorbereitungen für das abendliche Dinner in vollem Gange waren, sah Beanstock ebenfalls sofort, dass etwas passiert war.

Er sah von seiner Arbeit auf.

„Probleme, Miss Arbuckle?", fragte er leise.

„Nichts, was nicht zu lösen wäre, Mr Beanstock."

„Lizzy!", rief sie etwas zu laut und hatte damit die Aufmerksamkeit aller Anwesenden.

Sie räusperte sich kurz.

„Lizzy, ich helfe dir jetzt mit den Tabletts", sagte sie in einem weicheren, leisen Ton.

Lizzy grinste.

Sie konnte sich schon denken, was passiert war. Wie froh war sie gewesen, als Mrs Argyle ihr die Aufgabe gegeben hatte, den Professor und Lord Barrington zu betreuen.

Der Colonel und seine Frau Gladis dagegen waren eher pflegeleicht.

Sie waren vor einer Stunde angekommen. Beanstock kümmerte sich persönlich um die Gäste aus Schottland. Sie waren sehr mit ihrem Zimmer zufrieden und die Gattin des Colonels bewunderte vom Fenster aus den wunderschönen Garten.

Das Dinner verlief dann dementsprechend angespannt.

Die einzigen Personen, denen wieder einmal nichts auffiel, waren der Professor und Sir Percival.

Die beiden Freunde hatten sich viel zu erzählen und brachten die ein oder andere Anekdote zum Besten über die Expedition nach Ägypten.

Colonel Morris fand das sehr interessant und wäre am liebsten dabei gewesen. Kurz versuchte er, eine Anekdote aus seiner Indienzeit zu erzählen, wurde aber von seiner Gattin daran gehindert.

Lady Fedora war so glücklich, dass die beiden hier waren. Anschließend bei Kaffee und Tee im Salon gab es viel zu lachen.

Die beiden jungen Damen verabschiedeten sich früh und begaben sich auf ihr Zimmer. Durch diesen Umstand wurde es dann noch lustiger.

Man holte die Karten heraus und der Professor zeigte ein paar Tricks, die er sich angeeignet zu haben glaubte. Leider funktionierten die meisten nicht, was dann wiederum Lachanfälle heraufbeschwor.

Lord Barrington setzte sich an das Klavier und spielte.

Beanstock servierte Champagner und Whisky. Es wurde ein schöner Abend.

Luci hätte so gern die hübschen Kleider gesehen. Aber sie durfte nicht. Lizzy erzählte ihr davon.

„Sei nicht traurig. Du verpasst nichts. Dein Kleid mit den kleinen Röschen, das dir Lady Fedora geschenkt hat, ist das allerschönste. So ein Kleid hatte niemand. Morgen Abend, zum Osterdinner wird es bestimmt ein paar hübsche

Kleider zu sehen geben. Ich werde Mr Beanstock fragen, ob du mit mir kurz zuschauen darfst. Versprochen."

Als sie am Abend im Bett lag, fiel ihr wieder ein, dass sie ja Mr Beanstock von der Person im Wald erzählen wollte. Sie griff nach ihrem Notizbuch und trug alles, was sie noch wusste, ein. Es klopfte.

Es war spät. Luci bekam einen Schreck. Sie sollte seit Stunden schlafen.

Die Tür öffnete sich einen Spalt und Mr Beanstock steckte den Kopf herein.

„Luci, warum ist denn bei dir noch Licht? Weißt du überhaupt, wie spät es ist? Zum Glück ist morgen Sonntag und schulfrei. Kannst du nicht schlafen?", fragte er besorgt.

„Entschuldigung. Ich hatte noch etwas zu durchdenken. Und ich musste noch etwas in mein Heft eintragen, das ich Ihnen morgen erzählen wollte", antwortete das Mädchen und gähnte.

Beanstock kam ins Zimmer und setzte sich auf den Stuhl an dem kleinen Tisch.

„Na dann. Raus mit der Sprache. Was ist so wichtig, dass es dich wachhält?"

Luci klappte ihr Heft wieder auf und berichtete von der Begegnung im Wald.

Sie stellte es so hin, dass Junior sich losgerissen hatte, weil er das fremde Auto untersuchen wollte, und Luci hinterherlaufen musste. Sie konnte also nichts dafür.

Beanstock hatte ihr aufmerksam zugehört.

„Das ist wirklich sehr interessant. Ich werde es im Kopf abspeichern. Nun wird aber geschlafen. Das hast du gut beobachtet. Gute Nacht, Luci", sagte er und ging zur Tür.

Bevor er die Tür ganz schließen konnte, meldete sich Luci noch einmal. Die Stimme war schon sehr schläfrig und sie gähnte beim Sprechen.

„Das sind aber keine netten jungen Ladys, die beiden Mädchen, die heute angekommen sind."

„Eine Bewertung steht uns nicht zu. Gute Nacht." Damit schloss Beanstock leise die Tür.

In diesem Moment kam Mrs Argyle durch den Flur. Sie wartete kurz.

„Damit hat sie aber vollkommen recht", flüsterte sie dem Butler zu.

Beanstock räusperte sich.

„Wenn es Ihnen recht ist, übernehme ich ab Morgen die beiden Ladys", schlug der Butler vor.

„Das kommt nicht in Frage", erklärte sie resolut. „Ich werde die beiden schon zur Raison bringen. Filomena wurde von mir bereits instruiert. Sie wird sich um die Gattin des Colonels kümmern, dann haben Sie mehr Zeit für die männlichen Gäste. Ich übernehme die beiden Ladys persönlich. Wäre ja gelacht", sagte sie und schwebte hoch erhobenen Kopfes davon.

Diese überaus kämpferische Seite der Hausdame war dem Butler neu.

Tee und Scones in Waterhill

„Meine liebe Mrs Scarburg, ach darf ich vielleicht Violetta sagen? Es ist mir eine so große Freude, Sie hier in meinem Café zu haben. Wie wäre es mit einem kleinen Sherry oder ein paar saftigen Scones zu Ihrem Tee? Es wäre mir eine Freude, Sie einzuladen, ein so hoch angesehenes Mitglied unserer Gemeinde Waterhill …"

Wenn die Bibliothekarin Mrs Scarburg den Caféhausbesitzer hier nicht unterbrochen hätte, wäre ihr schlecht geworden. So etwas hatte sie in der gesamten Zeit hier in Waterhill noch nicht erlebt.

An jedem letzten Tag der Arbeitswoche, bevor das Wochenende eingeläutet wurde, saß sie hier um Punkt sechzehn Uhr, schlürfte ihren Tee und gönnte sich ein saftiges Scone mit ordentlich *clotted Cream* obenauf. Das war ein Ritual geworden. Danach ging sie jedes Mal noch für eine Stunde in die Burg.

Pünktlich um achtzehn Uhr schloss das Burgmuseum und die Bibliothek. Also, was sollte das heute für eine seltsame Ansprache sein?

„Mr Aberforth …", begann Mrs Scarburg. Sie wurde unterbrochen.

„Sagen Sie doch bitte Aldwin, meine liebe Violetta", sagte der Caféhausbesitzer schmeichelnd.

Mrs Scarburg räusperte sich laut.

Die Kellnerin, die bis jetzt mit ihren Augen tief über der

74

neuesten Ausgabe der *Vogue* gehangen hatte, blickte auf und schüttelte leicht den Kopf.

Sie schloss die Zeitschrift, rückte ihre Brille zurecht und ging langsam mit einem Tablett zum Tisch der Bibliothekarin.

„Wie immer, Mrs Scarburg?", fragte sie und stellte sich neben ihren Chef, dem das nicht zu gefallen schien.

„Mr Aberforth." Die Bibliothekarin betonte die Anrede besonders. „Vielen Dank, ich nehme das Übliche und zu so früher Stunde ist Alkohol nicht angebracht." Sie hüstelte und sah auf ihre Uhr.

„Wie schade. Aber ich darf Sie vielleicht heute Abend zu einem leckeren Glas Wein einladen? Wissen Sie, ich interessiere mich wahnsinnig für Antiquitäten und so etwas. Da würde ich gern Ihren Rat einholen zu einer Anschaffung, die ich gedenke zu machen. Aber wenn Sie natürlich keine Zeit haben? Sehr schade ist das." Mr Aberforth drehte sich ganz langsam vom Tisch weg und hob seinen rechten Fuß, um zu gehen. Er wusste, dass er sie jetzt geködert hatte.

„Nun, wenn Sie natürlich einen fachlichen Rat benötigen, stehe ich gern zur Verfügung. Ich schließe um achtzehn Uhr das Museum. Morgen Abend könnte ich einen Blick auf Ihre Anschaffung werfen. Im Moment muss ich mich um so viele Dinge kümmern. Ich suche immer noch nach einer Reinigungskraft und unser Hausmeister macht mich in letzter Zeit wahnsinnig mit seinen Raben. Ich habe ihm bereits mehrmals ermahnt, sie nicht zu füttern. Sie verschmutzen uns den gesamten Innenhof. Aber er meint, es sei hier Tradition auf der Burg. Wenn man das nicht mehr tun würde, wird die Burg bald in Schutt und Asche liegen. So ähnlich hat er sich ausgedrückt. Was für ein dummer

Aberglaube", erklärte Mrs Scarburg.

Die Kellnerin verdrehte die Augen. Ihr Chef war ein seltsamer Vogel. An manchen Tagen war er streng, an anderen wieder viel zu nett. Man konnte bei ihm nie sicher sein, ob man gerügt oder gelobt wurde. Rosa kannte das schon.

Aber was er hier mit dieser vertrockneten Bibliothekarin abzog? Das entzog sich ihrem Verständnis. Sollte er auf seine alten Tage noch auf Freiersfüßen wandeln wollen? Na, das konnte ja lustig werden. Auf jeden Fall war es eine Geschichte für die monatlichen Mädelsabende.

Nachdem die Dame dann endlich ihren Tee und das unvermeidliche Scone verspeist hatte, machte sie sich auf den Weg zum Museum. Und ohne es zu wollen, ging sie beschwingten Schrittes durch das kleine Birkenwäldchen und über den Burghof.

Der Hausmeister, ein stiller Mann in den 50ern mit einem vollen grauen Haarschopf, warf den Raben die tägliche Portion Futter vor den Südturm. Das war Tradition.

Als er die Museumsleiterin kommen sah, wollte er schnell davongehen.

„Weitermachen, Mr Pritter, weitermachen", sagte sie und ging an ihm, sogar mit einem Lächeln auf dem Gesicht, vorbei.

Mr Pritter war es unheimlich.

Er sah auf die Körner am Boden, auf die Raben, die sich darum balgten, und erwartete am Abend seine Kündigung auf dem Tisch zu finden.

Als nichts dergleichen geschah, nahm er an, dass die gute Dame krank sein müsse, und schob es auf das Wetter.

Das Wetter sollte immer im Auge behalten werden. Er wusste das, aber die Museumsleiterin sicher nicht. Seine

Raben, seit langer Zeit bezeichnete er sie so, zeigten ihm genau an, wenn sich das Wetter ändern sollte. Aber man glaubte ihm ja nicht.

„Hannibal, nicht hacken!", rief er einem der Raben zu. „Lass die anderen auch ran!"

Am Abend war er in seinem Zimmer, das sich in dem alten Gesindetrakt der Burg befand. Er öffnete seinen Schrank und griff hinein. Eine lederne Tasche kam zum Vorschein. Mr Pritter öffnete sie.

Stolz tätschelten seine Finger über die gut geölte Armbrust und die Bolzengeschosse in dem Köcher. Es war eine besondere Armbrust. Sie war aus Eichenholz und hatte filigrane Einlegearbeiten an Schaft und Lauf. Die letzten Burgbesitzerinnen, zwei alte Damen mit einem riesigen Kater, hatten sie ihm zum Abschied überlassen.

Er war einst guter Schütze gewesen, früher, als er noch jünger gewesen war. Als die beiden Damen hier noch das Sagen gehabt hatten, hatte er hier sehr gern gearbeitet. Niemand hatte an seiner Arbeit herumgenörgelt und vor allem nicht an seinen Raben.

Aldwin Aberforth saß in seinem Büro hinter dem Café und sah auf das Blatt Papier. Er konnte es drehen und wenden, es blieben die gleichen roten Zahlen. Mit Schwung warf er das Blatt in die offene Schreibtischschublade und knallte sie so laut zu, dass sich einer der Gäste im Café an einem Scone verschluckte und husten musste.

Er griff zu der Tageszeitung, schlug sie auf und vertiefte sich in seine zweite Leidenschaft, galoppierende Pferde, die um den Sieg kämpften. Wobei die Pferde kaum je einen Cent zu sehen bekamen und sich wahrscheinlich auch niemals vorstellen konnten, das gewonnene Geld bei einem guten Whisky in einem Pub auszugeben. Ein Sack Hafer war den guten Galoppern lieber. Aldwin Aberforth dagegen war der Cent viel lieber. Noch besser gefielen ihm Pfundscheine.

Aber seine Glückssträhne ließ sich sehr viel Zeit. In den letzten Monaten war sie nicht aufgetaucht. Dabei wusste Aldwin ganz genau, dass nur noch ein Wetteinsatz nötig war, um an das ganz große Geld zu kommen. Er brauchte dringend diese Glückssträhne.

Vor zwei Monaten hatte er sich Geld geliehen und nun war der Tag der Rückzahlung bereits verstrichen. Diese Kreditgeber in London waren nicht für ihre Geduld bekannt. Ein Termin war ein Termin.

Aber Aldwin hatte das Geld bereits ausgegeben und verloren. Das Café schlitterte am Rand des Bankrotts.

Und da war dann auch noch seine erste, wichtigere Leidenschaft. Sehr viel besser noch als die Pferderennen gefielen ihm die Karten.

Einmal im Monat fuhr er nach London und versuchte sein Glück beim Poker. Er war nicht der schlechteste Spieler, aber irgendwie hatte er in der letzten Zeit immer das falsche Blatt auf der Hand.

Thomas Knittle hatte eines Tages in seinem Café gestanden und die Rückzahlung des Kredits verlangt. Er war nur ein Handlanger gewesen, aber sehr gefährlich.

Dieses Mal hatte Aldwin dann doch einmal Glück gehabt. Er war den Geldeintreiber losgeworden.

Knittle war tot und konnte nicht mehr reden. Trotzdem blieben seine Schulden real. Wer würde als Nächster im Ort auftauchen?

Er musste dieses Buch bekommen. Aldwin hoffte inständig, dass er der Einzige war, der über das Buch

Bescheid wusste. Der Antiquitätenhändler hatte es gewusst und ihm in einer weinseligen Nacht in seiner plappernden angeberischen Art davon erzählt. Aber den Herrn war er auch los. Schade war es um die kleine Mable Porterhouse schon, sie war ein hübsches Ding gewesen. Wo gehobelt wurde, fielen Späne.

Aber wo war dieses vermaledeite Buch?

Aldwin Aberforth hoffte inständig, aus Mrs Scarburg etwas herauszubekommen. Oder kannte sie die Geschichte und hatte das Buch selbst verschwinden lassen?

Aldwin brummte der Kopf von den vielen unbeantworteten Fragen.

Sein Blick fiel auf die Flasche Rotwein, die mit einer großen Schleife auf dem Tisch stand. Ein Bote hatte sie für ihn abgegeben. Auf der Karte stand nur ein Glückwunsch zum Geburtstag. Aber er hatte gar nicht Geburtstag.

Noch nicht.

Da hatte sich irgendjemand sicher vertan mit der Adresse. Er zuckte die Schulter.

Dann griff er in die rechte offene Schreibtischschublade und holte die Flasche Whisky heraus. Er goss sich ein großes Glas voll ein und schüttete die goldgelbe Flüssigkeit in seinen Mund.

Nun ging es ihm besser.

Das Osteressen

Seit dem frühen Morgen brodelte und dampfte es in der Küche von Parsley Manor.

Mrs Porkpie stand indessen mit hoch erhobenem Zeigefinger vor Phillis und redete auf sie ein. Das Mädchen hatte den Kopf gesenkt und schien bereits den Tränen nah.

„Wie oft habe ich dir gesagt, dass man Lebensmittelverschwendung nur vorbeugt, wenn man rigoros und achtsam mit den Resten umgeht. Nun sieh dir die abgeschnittenen Brotkrusten von den Sandwiches der vergangenen Tage an. Was siehst du?"

Phillis stand vor dem Regal mit der Schüssel, in der sich verschimmelte Weißbrotkrusten türmten.

„Es war so viel zu tun. Ich habe es vergessen", erklärte das Küchenmädchen und hoffte, mit dieser Erklärung alles gesagt zu haben.

„Es ist deine Aufgabe, die Krusten zu trocknen und zu Semmelbröseln zu verarbeiten. Auch wenn es einmal hektisch in der Küche zugeht, darf man seine Aufgaben nicht vernachlässigen. Du warst wieder sehr spät im Bett. Ich habe dich gehört. Wo warst du wieder?", fragte die Köchin und verschränkte die Arme abwartend.

Seitdem Phillis´ Eltern nicht mehr in Parsley Field wohnten und ihre Mutter kränklich war, hatte es sich Mrs Porkpie zur Aufgabe erkoren, das Mädchen vor Dummheiten zu bewahren.

„Ich war spazieren. Ich wollte noch etwas Luft schnappen nach dem aufregenden Tag", erklärte sie.

„Wollte denn Sammy auch Luft schnappen? Oder hatte er keine Lust?", fragte die Köchin lauernd. Sie wusste eigentlich genau, wo Phillis gewesen war. In der letzten Zeit traf sie sich mit dem Sohn von Bauer Pitsch, obwohl dieser etwas zu jung für sie war.

„Sammy hatte kaum Zeit", sagte Phillis und sofort fiel ihr der Fehler auf. Man hatte sie überrumpelt. Wiederum senkte sie den Kopf beschämt.

„Phillis, mein Kind, ich weiß, es ist nicht einfach für dich. Aber du willst doch einmal eine sehr gute Köchin werden. Also denk an deine Aufgaben und sei etwas achtsamer. Einverstanden? Wirf die Krusten fort und setz das Huhn für die Vorsuppe auf. Na los!", rief die Köchin und schob das Küchenmädchen aus der Tür der Vorratskammer.

Mrs Porkpie seufzte. Aber war sie nicht in diesem Alter genauso gewesen? Man sollte als erwachsener Mensch nicht zu streng auf die Jugend hinabsehen.

Dann nahm sie den großen Rührlöffel und wendete den Rotkohl. Es duftete bereits im Raum wunderbar nach Gewürzen. In einer großen Schüssel stand die Füllung für die Lammkeule bereit. Mrs Porkpie verwendete dafür Cranberrys, Kastanien, Nüsse und Pilze.

Lizzy kam mit dem großen Tablett herein. Sie hatte im Esszimmer das Frühstücksgeschirr abgeräumt.

Hinter ihr brauste Mrs Argyle mit hochrotem Kopf durch die Tür. Gonzales stand mit einer Tasse Kaffee im Essraum der Dienstboten. Er stellte die Tasse in die Spüle und zog seine gute Chauffeurjacke an. Die Herrschaften würden den Lunch bei Sir Mortimer und Lady Marjorie auf dem Wasserschloss einnehmen. Gonzales fuhr die Baronets und ihre Freunde mit dem Bentley. Es wurde zwar etwas eng, aber es würde gehen. Lord Barrington und seine Töchter wollten mit dem eigenen Wagen folgen. Dadurch bekamen die dienstbaren Geister auf Parsley Manor genügend Zeit, um alles für das abendliche Dinner vorzubereiten.

„Ist alles in Ordnung, Mrs Argyle?", fragte Gonzales, da er die Wut in den Augen der Hausdame bemerkte.

„Es geht mir sehr gut. Ich brauche nur einen Moment", sagte sie vielleicht eine Spur zu laut. Lizzy kicherte, während sie das Geschirr abspülte.

„Die beiden jungen Ladys habe unsere liebe Mrs Argyle gewaltig geärgert", flüsterte sie Phillis zu, die einen neugierigen Blick auf die Hausdame warf.

„Was haben sie schon wieder angestellt?", flüsterte sie zurück.

„Es war im Frühstücksraum. Zuerst haben sie die Hausdame immerzu Filomena gerufen, obwohl sie wussten, dass sie so nicht hieß. Als sie deshalb von Lady Fedora informiert wurden, dass das falsch sei, meinten die beiden ganz frech, alle Dienstboten sähen doch gleich aus. Außerdem könnten sie sich nicht jeden Beliebigen hier im Haus merken. Dauernd wollten sie etwas Anderes essen oder trinken. Der Tee war zu kalt, dann war er zu heiß, der Toast war nicht knusprig und das Porridge ekelhaft. Zum Glück waren die Baronets und ihre Freunde zu diesem Zeitpunkt bereits mit dem Frühstück fertig und haben diese Dinge nicht mitbekommen. Sie waren auf ihren Zimmern, um sich für den Ausflug fertig zu machen. Mr Beanstock hat es aber bemerkt und war nicht besonders amüsiert. Er hat sich fast totgeräuspert."

„Ihr Vater sollte den beiden einmal gehörig die Meinung

sagen. Aber wir können da nicht viel machen", sagte Phillis und rührte dann in einem Topf mit Apfelsoße, die es zur Lammkeule neben der Bratensoße geben würde.

Die beiden bemerkten nicht, dass Luci hinter der Tür zur Küche stand und alles mit angehört hatte.

Sie kniff die Augen leicht zusammen und überlegte angestrengt.

„Ihr könnt nichts tun, aber ich bestimmt", flüsterte sie und lief zurück auf ihr Zimmer.

Am Abend waren alle Gäste wieder zurück und machten sich in ihren Zimmern frisch.

Die anderen Gäste wurden um neunzehn Uhr erwartet.

Das traditionelle Osteressen, das die Baronets in jedem Jahr veranstalteten, wurde von den Gästen sehr gern angenommen.

Es gab alles, was zu diesem Fest dazugehörte, wunderschöne Dekorationen, ein wundervolles Menü, gefärbte und bemalte Eier und natürlich für jeden Gast ein Geschenk. Nach dem Essen wurde meist musiziert. Manchmal lud man Musiker dazu ein, aber in diesem Jahr übernahm Lord Barrington die musikalische Untermalung. Er war ein ausgezeichneter Klavierspieler, hatte sogar schon vor der Queen spielen dürfen und man freute sich schon darauf.

Der Butler Lord Mortimers, Henry, würde am Abend mit seiner Lordschaft nach Parsley Manor kommen und beim Dinner helfen. Somit war Harrison von dieser Aufgabe befreit, die ihm furchtbare Angst bereitet hatte. Er war einfach nicht für das Servieren gemacht. Vor schwerer Arbeit hatte er sich noch niemals gedrückt, aber mit einem Tablett servieren und dann auch noch in diesem unbequemen dunklen Anzug, das war für ihn sehr unangenehm. Er hatte aufgeatmet, als Mr Beanstock ihm von der Übereinkunft mit dem Butler Henry berichtet hatte.

Kurz vor dem Dinner erschien Lady Fedora in der Küche. Vor so großen Ereignissen machte sie sich immer gern selbst ein Bild, ob alle Vorbereitungen termingerecht erledigt wurden. Sie trug ein wunderschönes langes grünes Seidenkleid und Filomena hatte ihre Frisur mit einer Smaragdbrosche versehen.

Lizzy winkte Luci, die im Essraum am Tisch saß und in einem Buch las. Sofort kam das Mädchen gelaufen.

„Sie sehen so wunderschön aus!", rief sie, als sie Lady Fedora sah und zauberte damit ein Lächeln auf das Gesicht My Ladys.

„Wenn du dich ganz still verhältst, darfst du in der Halle zusehen, wenn die Gäste kommen. Na, was denkst du, kleine Luci? Würde dir das gefallen?", fragte My Lady das Kind.

Luci strahlte und nickte. Lizzy zwinkerte ihr zu.

Ein kurzer Wortwechsel mit Mrs Porkpie überzeugte My Lady, dass alles in ihrem Sinne laufen würde.

Sie streichelte Luci über den Kopf und ging zurück in die Halle. Dort wartete Beanstock, denn der erste Wagen fuhr vor.

Gonzales öffnete Lord Mortimer und Lady Marjorie die Wagentür. Henry, der Butler Sir Mortimers, verbeugte sich kurz und ging dann sofort in den Küchenbereich, um zu helfen. Kurz danach kam auch schon Inspector Greenwood in seinem Dienstwagen. Er brachte Pfarrer Wilson und den Vikar Burton mit.

Professor McGregor stand in der offenen Tür zum Salon. Ab und zu versuchte er, den unbequemen Kragen seines Smokinghemdes zu lockern. Der ausgezeichnete Gin in seiner Hand versöhnte ihn aber wieder mit der Tatsache, dass er heute Abend nicht seinen geliebten karierten Tweedanzug tragen konnte.

Plappernd und kichernd, so gar nicht ladylike, erschienen die Töchter Lord Barringtons auf der Treppe. Luci verrenkte sich fast den Kopf, um zu sehen, was die beiden Damen trugen. Mary Victoria, die jüngere der beiden, kam in einer rosa Wolke mit einer rosafarbenen Feder im dunklen Haar. Ihre Schwester Beatrice Adele, die etwas zu tief in den Farbkasten gegriffen hatte, trug ein langes fliederfarbenes Kleid, besetzt mit vielen kleinen blinkenden Steinen und erinnerte Luci an den Weihnachtsbaum vom vergangenen Jahr.

Luci grinste.

Mein Kleid mit den Röschen ist viel schöner. Lizzy hatte recht, dachte sie.

Lady Marjorie ging in diesem Moment an ihr vorbei und hatte sie bemerkt. Sie beugte sich zu ihr herab und flüsterte.

„Wie geht es denn unserer Prinzessin?", fragte sie und lächelte. Lady Marjorie drückte Luci eine winzige Schachtel in die Hand und zwinkerte ihr zu. Dann folgte sie ihrem Gatten in den Salon, um einen Aperitif zu nehmen. Beanstock war vollauf mit dem Mixen der Martinis und Gin Tonics beschäftigt. Aber er wusste, dass Luci in der Halle neben der Tür stand und zuschauen durfte. Als alle Gäste ihren Drink hatten, sah er kurz aus dem Salon und nickte dem Mädchen zu. Sie verstand und ging zurück in den Dienstbotenbereich. Sie hatte genug gesehen.

Dann fiel ihr das Päckchen ein, das Lady Marjorie ihr zugesteckt hatte. Sie setzte sich im Essraum an den Tisch und faltete ganz vorsichtig das glänzende Papier auseinander. Neben ihr saß Gonzales, grinste und schlürfte seinen starken Kaffee.

In der Küche ging es hoch her. Die Suppe würde in zehn Minuten aufgetragen werden und Lizzy und Henry standen mit Tabletts bereit.

„Was hast du denn bekommen, mi pequeña?", fragte der Chauffeur und sah neugierig in die kleine Schachtel.

„Oh, sehen Sie nur, Mr Gonzales, das ist ein Herz an einer Kette!", rief Luci fröhlich aus. „Und auf dem Herz ist ein L graviert. Ich habe mich gar nicht richtig bedankt."

Gonzales nahm ihr die zarte Kette aus der Hand und legte sie dem Mädchen um. Sie wollte sie so gern jedem zeigen, aber da war es Zeit für das Essen und es wurde hektisch in der Küche. Als der Butler kurz danach erschien, zeigte Luci ihr wunderschönes Geschenk und fragte, wann sie denn Lady Marjorie danken könnte.

„Heute passt es nicht. Ich werde Lady Marjorie berichten und wir finden sicher an einem anderen weniger hektischen Tag die Möglichkeit für deinen Dank. Das ist etwas ganz Besonderes, Luci."

Dann musste Beanstock gehen. Das Dinner begann und seine Aufgabe war das Einschenken der verschiedenen Weine. Mrs Argyle war bereits im Essraum und half mit der Suppe.

Beanstock schenkte den ersten Wein des Abends ein. Als er mit der Karaffe zu Lady Marjorie kam, bedankte er sich leise bei ihr für das wundervolle Geschenk.

My Lady nickte lächelnd.

„Das Kind bringt frischen Wind nac Parsley Manor, lieber Beanstock. Das wissen Sie doch, oder? Seitdem Lucinda hier auf Parsley Manor weilt, ist meine Fedora viel gelassener und fröhlicher. Ich glaube, ein Kind im Haus tut jedem gut. Ist es nicht so?"

Beanstock nickte und ging zum nächsten Gast.

Das Dinner war ein großer Erfolg. Wieder einmal drohte Lord Mortimer, Mrs Porkpie abzuwerben, aber das war mehr ein Spaß als ernst gemeint. Nach dem Dessert ging man in den Salon zu Kaffee und Whisky.

Lord Barrington setzte sich ans Klavier, während seine Töchter wieder einmal auffielen, weil sie die Augen über die Musikauswahl ihres Vaters verdrehten und ihn auslachten.

Mrs Argyle, die Kaffee servierte, schnaubte leise.

Dann kam Henry, der Butler der Southcoffeltons, mit einem Berg Geschenke in den Salon.

Lady Fedora verteilte die kleinen Päckchen.

Kurz stutzte sie, als sie den beiden jungen Ladys die Schachteln übergab.

Hatte sie die Geschenke nicht anders verpackt? *Nun ja, vielleicht werde ich langsam alt und vergesse Dinge einfach*, dachte sie und verteilte weiter.

Beanstock hörte, wie Lady Mary ihrer Schwester etwas zuflüsterte.

„Was kann da schon drin sein. Sieh dir diesen winzigen Salon an und das Kleid von Lady Fedora, naja, ein billiges Ding. Ich lach mich tot." Dabei riss sie ohne große Vorsicht das glänzende Papier von dem Päckchen.

Dann stutzte sie. Was war da in ihrem Paket? Das sollte wohl ein Scherz sein. Erst wurde Mary Victoria hochrot und danach ihre Schwester Beatrice Adele leichenblass.

„Was soll das denn für ein billiger Scherz sein!", rief sie aus und hielt ein Stück Kohle in der Hand.

Dunkler Kohlenstaub rieselte auf das fliederfarbene Kleid. Sie versuchte, ihn fortzuwischen, und machte es noch schlimmer.

„Igitt, in meinem Paket ist ein ekliger Regenwurm!",
rief Beatrice aus und sprang, wie von einer Biene gestochen, aus ihrem Sessel auf.

Lady Fedora sah nervös zu Beanstock und machte große
Augen.

Beanstock nahm den beiden Damen die Ostergeschenke
ab und brachte sie in den Dienstbotenbereich.

Dort saß Luci. Beanstock wusste genau, was sie getan
hatte.

Er sah sie anklagend an und schüttelte den Kopf.

„Ich denke, du gehst jetzt besser auf dein Zimmer. Das
besprechen wir morgen. Was hast du mit den Geschenken
getan?"

„Sie liegen bei den Ladys auf den Betten. Es ist nichts
weggekommen. Sie waren so böse zu der lieben Mrs Argyle. Das geht doch nicht, Mr Beanstock", erklärte sie kleinlaut und ging dann mit gesenktem Kopf an ihm vorbei auf
ihr Zimmer.

Gonzales hatte sich die Hand vor den Mund gehalten,
damit niemand sah, dass er fast platzte vor Lachen. Aus der
Küche kam ein Kichern und Mrs Porkpie wischte sich
bereits die Lachtränen aus den Augen, während sie die
Lammkeule begoss.

Beanstock räusperte sich.

Dann drückte er die beiden Schachteln Herringbone in
die Hand, der neben Gonzales am Tisch saß und ein Brot
aß.

„Ich glaube, dieser Wurm gehört in Ihren Gartenbe-
reich", sagte Beanstock und ging zurück in den Salon.

Hier ging es lustig zu.

Die beiden jungen Ladys waren mit wütendem Gesicht

auf ihre Zimmer gegangen.

Ihr Vater saß am Piano und spielte.

Lady Marjorie schien zu weinen, aber bei genauem Hinsehen, bemerkte Beanstock, dass sie nur ausgiebig lachte.

Pfarrer Wilson sammelte die letzten Krümel des Kuchens von seiner Soutane, Vikar Burton sprach leise ein Gebet und Lady Fedora saß zufrieden lächelnd in einem Sessel und ließ sich zusammen mit Gladis Morris einen Sherry schmecken.

Ian McGregor unterhielt sich mit Inspector Greenwood über die Möglichkeit der Fingerabdrucknahme von Papier.

Sir Percival und sein Freund, Colonel Morris, standen neben dem Piano und brummten in einem tiefen Bariton den Text der Lieder.

„Das hat sie gut gemacht. Die beiden Ladys brauchten einmal einen Dämpfer", flüsterte Mrs Argyle dem Butler zu, als sie die Kanne mit dem Kaffee abstellte.

„Ihr könnt euch gar nicht vorstellen, was die beiden im Schloss Sir Mortimers verlauten ließen", sagte ganz leise Henry und sah sich vorsichtig um. „Lady Marjorie war sehr verstimmt über das Benehmen der beiden Ladys."

„Glücklicherweise hat Luci die richtigen Geschenke im Zimmer der jungen Damen abgelegt. Es ist also letztendlich kein Schaden entstanden. Mrs Argyle, Sie kümmern sich morgen mit Filomena um das verschmutzte Kleid", erklärte Beanstock.

„Seien Sie bitte nicht zu streng zu Luci, die kleine Lady hat es nur gut gemeint. Sie hat manchmal bessere Manieren als manch einer, der in ein adliges Haus hineingeboren wurde", sagte Mrs Argyle leise.

Im Waterhill Café stand Mr Aberforth an diesem Abend

wutschnaubend vor seiner Kellnerin Rosa und wollte von ihr wissen, wo die Flasche Rotwein hingekommen war.

Sie hatte auf seinem Schreibtisch gestanden. Er hatte vorgehabt, sie heute Abend Mrs Scarburg zu kredenzen. Nun musste er sich um Ersatz kümmern. Die Kellnerin stritt alles ab und drehte sich einfach weg, um in ihrer Zeitschrift zu lesen.

Was erlaubte der Kerl sich? Schließlich schuldete er ihr noch den Lohn der letzten Woche. Er sollte froh sein, dass sie noch hier war. Stattdessen schickte er sie zornig nach Hause.

Dem jungen Mädchen war es mehr als recht. Ihr Chef war in der letzten Zeit immer wunderlicher geworden.

Am monatlichen Mädelsabend hatte sie sich bei ihren Freundinnen bitter beklagt.

Nicht nur, dass er ihr Geld schuldete. Er wurde immer aggressiver und verschwand auch öfter für ganze zwei Tage. Manchmal war er Rosa sogar unheimlich. Er sah sie auch immer so seltsam an, wenn er meinte, dass sie es nicht bemerkte. Ihre Freundinnen rieten ihr dringend zu einem Arbeitswechsel. Suchte nicht das Burgmuseum eine neue Hilfskraft? Kannte sie nicht Mrs Scarburg sehr gut? Gleich morgen würde sie im Burgmuseum fragen.

Ihr Lebensziel war zwar nicht, den Staub von irgendwelchen Ritterrüstungen zu wischen oder Bücherwürmer aus alten langweiligen Büchern zu vertreiben, aber es war ein Job und es gab wahrscheinlich pünktlicher Geld als im Café.

Aldwin Aberforth musste eine neue Flasche Wein beschaffen. Das war sehr ärgerlich.

Als er zurückkam, war Rosa gegangen.

Das Mädchen war viel zu neugierig. Das konnte er nicht

gebrauchen. Er hatte auf einen der Tische eine Kerze gestellt und vorsichtshalber zwei Gläser gesäubert.

Nun saß er am Tisch, trommelte mit den Fingern der rechten Hand auf der Tischplatte und wartete.

Es war neunzehn Uhr vorbei.

Das Burgmuseum war geschlossen. Wo blieb Mrs Scarburg? Er musste endlich herausbekommen, wo das Buch geblieben war.

Das Glockenspiel über der Tür erklang.

Endlich erschien die Dame. Seine Nerven waren angespannt. Lächelnd erhob er sich und streckte ihr die Hand zur Begrüßung entgegen.

Dann erlebte er eine Überraschung.

Am nächsten Morgen stand Lord Barrington vor dem Eingang von Parsley Manor und verabschiedete sich von den Gastgebern. Seine beiden Töchter saßen bereits im Wagen und sahen starr geradeaus.

„Es war wie immer eine wunderbare Zeit bei euch. Ich habe es sehr genossen. Wir sehen uns in London", sagte er, winkte den Baronets ein letztes Mal zu und stieg in das Auto.

„Die beiden Ladys waren aber heute sehr schweigsam, findest du nicht, Darling?", flüsterte Lady Fedora ihrem Gatten zu, während sie süffisant dem davonfahrenden Wagen nachwinkte.

„Was für verzogene Kinder. Ich bin froh, dass sie fort sind. Sehr unhöflich, sich noch nicht einmal zu bedanken. An Lucis Stelle hätte ich die Geschenke versteckt wie der Osterhase die bunten Eier", polterte Sir Percival und lachte herzhaft. Dann rieb er sich die Hände und ging in die Bibliothek, wo sein guter Freund Ian McGregor auf ihn wartete. Er würde noch ein paar Tage bleiben. Die Gäste aus Schottland wollten am Nachmittag den Zug zurück nach Schottland nehmen.

Ihr Enkelkind würde bald geboren werden und Gladis Morris und ihr Mann waren schon sehr aufgeregt.

An der Tür standen Beanstock und die Hausdame. Sie lächelte zufrieden.

„Die beiden Ladys waren heute sehr still beim Frühstück", bemerkte der Butler und sah Mrs Argyle interessiert an.

Mrs Argyle lächelte weiterhin. Sie sagte nichts und ging hoch erhobenen Hauptes zufrieden ins Haus an ihre Arbeit zurück.

Nur sie wusste, was am Morgen vorgefallen war. Die beiden Töchter von Lord Barrington hatten die Hausdame gerufen. Als Mrs Argyle erschienen war, hatte das Zimmer wie ein Schlachtfeld ausgesehen. Überall auf Möbel und Boden lagen die Kleider herum, eine der wertvollen Vasen Lady Fedoras war zerbrochen und auf dem guten Parkett waren Wasserflecken. Die beiden Ladys lagen auf ihren Betten und grinsten ihr aufreizend entgegen.

„Machen Sie hier endlich Ordnung, Filomena!", sagte Lady Mary und grinste, während Lady Beatrice Kaugummi kauend in einer Zeitschrift blätterte.

Das war zu viel.

Selbst eine Lady legte nicht derlei Benehmen an den Tag. Mrs Argyle hatte energisch die Tür geschlossen. Es musste niemand hören, was sie sagen würde.

„Ich war in meiner Jugend kurzzeitig bei der Herzogin von Kent als Zofe tätig. Es gab viel Arbeit und als Dienstbote musste man seinen Platz kennen. Man ordnete sich unter und erledigte, was nötig war, vorschriftsmäßig.

Und wenn man alles zur Zufriedenheit der Herzogin erledigt hatte, wurde man auch schon einmal gelobt. Aber niemals, ich betone das, niemals gab es einen Tag, an dem sich Ihre Königliche Hoheit, die Herzogin von Kent, Mitglied der königlichen Familie, Ehefrau eines Prinzen, Trägerin des Royal Victorian Order, in irgendeiner Weise danebenbenommen oder Dienstboten schlecht und unangemessen behandelt hätte.

Adel verpflichtet im britischen Königreich und das ist so sicher wie das Amen in der Kirche", sagte sie, die Hände gefaltet und in überaus ruhigem Ton. Obwohl es in ihr sicher brodelte, wie im Ätna auf Sizilien.

Sie machte eine kleine Pause und sah die beiden Ladys abwartend an.

Lady Beatrice hatte ihren Kaugummi verschluckt und Lady Mary stand der Mund so gar nicht ladylike offen.

„Ich denke, Sie haben noch zu tun, bevor Ihr Vater mit Ihnen die Rückreise nach London antreten wird. Im Bad finden Sie einen Eimer und Lappen. Wasser tut dem Parkett nicht gut. Ihre Koffer stehen im Schrank, bereit, gepackt zu werden. Ich würde Ihnen gern helfen, aber ich denke, Sie sollten erst einmal innerlich eine Lady werden, bevor Sie Dienstboten befehligen", hatte sie hinzugefügt, die Tür geöffnet und war gegangen.

Den anschließenden Streit, der aus dem Zimmer der beiden Ladys durch die obere Etage erklungen war, hatte man sogar noch in der Halle hören können.

Ich kann froh sein, dass wir nicht mehr im vorigen Jahrhundert leben. Sonst hätte ich meine Koffer packen müssen. Vor allem haben wir sehr gute Arbeitgeber, die sich ihrer Stellung in der Gesellschaft zwar bewusst sind, aber trotzdem ihre Menschlichkeit bewahrt haben, dachte

Mrs Argyle.

Mr Beanstock hätte ihr sicher zugestimmt.

Ostermesse in Pilpots

Eine Woche nach dem festlichen Essen auf Parsley Manor wurde im Kloster des Ordens *unserer lieben Dame vom Hofe* die abendliche Messe vorbereitet.

Schwester Tutilona war am Ende ihrer Geduld. Das ließ sie sich natürlich nicht anmerken. Es wäre unchristlich und nicht im Sinne des Ordens. Aber sie erlaubte sich ein kurzes Schnauben. Die drei Novizinnen würden niemals den richtigen Ton treffen. Seit zwei Wochen versuchte sie, den drei Mädchen *Christ the Lord is ris´n today* beizubringen. Julia war noch die Begabteste. Sie hatte eine ganz hübsche Sopranstimme. Die anderen beiden waren hoffnungslos unmusikalisch. Die Oberin hatte sich dieses Lied ausdrücklich gewünscht. Nicht besser sah es mit den Ordensschwestern aus. Ein Brummer dort und ein Quietscher da. Hatte man dann endlich einmal einen gemeinsamen Ton getroffen, war Schwester Aloysia eingeschlafen und schnarchte lautstark in ihrem Rollstuhl.

Auf einer Leiter stand Schwester Euthymia und wedelte mit einem Staubwedel den letzten Schmutz von dem heiligen Georg. Sie redete leise mit ihm und war mit dem Ergebnis zufrieden. Immer wieder verzog sich ihr Gesicht schmerzlich, wenn Marla oder Anna, die Novizinnen, den Ton nicht trafen und herumkrächzten wie kranke Elstern. Sie stieg von der Leiter und gesellte sich zu Tutilona, beugte sich zu ihr und flüsterte etwas in das Ohr der Schwester, das sofort ein Lächeln auf deren Lippen zauberte.

„Warum bin ich nicht schon früher darauf gekommen? Vielen Dank, Schwester", sagte sie und wandte sich den drei jungen Mädchen zu.

„Wir machen es etwas anders, meine Lieben. Julia, du übernimmst den Gesangspart. Ihr beiden anderen werdet Instrumente bekommen. Marla, du nimmst die Triangel und du, Anna, übernimmst das Glockenspiel." Tutilona zeigte den Mädchen, welche Noten zu spielen waren. Es war eine einfache Aufgabe. Sie hob die Arme und gab das Zeichen.

Julia begann mit ihrer hellen, wunderschönen Stimme zu singen und auf ein Zeichen hin erklangen die Instrumente. Es war wunderbar und Tutilona wäre im siebten Himmel, wenn das keine Blasphemie wäre.

Die Mutter Oberin Zeta wollte diese erste große Messe in der neu renovierten Klosterkapelle zu etwas ganz Besonderem machen.

Dafür wurde geputzt und gewienert, die Heiligenfiguren vom Baustaub gesäubert und die alte Schwester Aloysia saß seit dem vorigen Tag an einem Tisch im Refektorium und bastelte aus Eibenzweigen, die die Novizinnen am Vortag geschnitten hatten, Girlanden für die Bankreihen und einen großen Kranz für den Altar. Jede Girlande bekam ein paar Frühlingsblumen und eine große weiße Schleife. Besonders viel Mühe gab sich die alte Aloysia mit dem Kranz für den Altar.

Sie steckte viele bunte Blüten hinein. In der Mitte würde am Ende eine große weiße Altarkerze stehen.

Am Abend war alles bereit.

Pfarrer Sorrel stand neben dem Altar. Er wollte nach

den Gesangseinlagen der Schwestern ein Gebet sprechen.

Die Novizinnen waren in einer ihrer Zellen und bereiteten sich vor. Julia war furchtbar nervös. Sie hatte noch niemals vor Publikum gesungen. Ängstlich knetete sie ihre Hände. Sie waren schon ganz rot. Marla, ihre Freundin, versuchte sie zu beruhigen.

„Dir geht es natürlich prima. Du bist ja vom Haken und musst nur bimmeln. Ich schaffe das nicht", erklärte Julia, den Tränen nah.

„Vielleicht brauchst du nur etwas Ermunterung", meinte Anna und verließ die Klosterzelle. Nach einigen Minuten war sie zurück. Unter ihrem Ornat beulte sich etwas.

„Sieh dir das an", sagte sie stolz und zog eine Flasche unter der Kutte hervor. Sie griff zu dem Zahnputzbecher und goss eine ordentliche Menge ein.

„Das trinkst du und dann geht es dir besser. Vertrau mir. Mein Vater war immer der Meinung, dass mit einem ordentlichen Schluck aus der Flasche alles besser geht."

Julia griff zu dem Becher und sah interessiert hinein.

„Woher hast du den Wein? Ist das etwa der Messwein vom Abendmahl? Bist du verrückt? Wenn die das merken", sagte Julia.

„Aber nein, den habe ich nicht aus dem Kloster. Du kannst ihn ruhig trinken."

Julia nippte an dem rötlichen Getränk.

„Schmeckt sehr gut, etwas bitter vielleicht, aber gut", sagte sie und leerte den Becher in einem Zug. Die Farbe kam auf ihre Wangen zurück und sie konnte wieder lächeln. Dann machten sich die drei Novizinnen für den Abend fertig. Sie zogen frische Kleidung an und machten sich auf den Weg in die Kapelle, die sich langsam mit Besuchern füllte.

Die ersten Klänge der Orgel und das Licht vieler Kerzen verzauberten den Raum.

Die Kapelle war gut gefüllt.

Mr Beanstock saß in der dritten Reihe neben Mrs Porkpie und Miss Hasting. Zwischen den Damen saß Luci und hatte leuchtende Augen. Sie konnte sich nicht sattsehen an den Kerzen und den schönen grünen Girlanden.

Die Ordensschwestern betraten den Raum und ein Gebet wurde gesprochen. Dann sangen die Besucher zum Spiel der Orgel.

Der Auftritt der Novizinnen war gekommen.

Julia begann mit ihrer hellen Stimme zu singen und die Instrumente erklangen auf ein Zeichen. Julia war immer noch sehr blass, aber jetzt begann sie zu schwanken. Anna bekam Angst, dass sie zu viel von dem Wein getrunken haben könnte. Solange die Ordensschwestern es nicht bemerkten, war alles gut.

Aber dann war diese Hoffnung dahin.

Julia hörte auf zu singen und fiel zu Boden. Marla schrie auf vor Schreck. Schwester Tutilona lief zu dem Mädchen und aus dem Hintergrund kam die Mutter Oberin Zeta gelaufen. Pfarrer Sorrel kniete bereits neben dem Mädchen.

„Ist ein Arzt hier?", rief er laut.

Beanstock war auf den Beinen und auf dem Weg nach vorn. Aber es meldete sich kein Arzt.

Ein ängstliches Raunen ging durch die Halle.

Beanstock kniete bei der jungen Frau nieder und prüfte ihren Puls. Er konnte nichts spüren. Ein Blick in das bleiche Gesicht des Mädchens und Beanstock wusste es. Er stand langsam auf.

„Es tut mir sehr leid. Die junge Frau ist tot", sagte er zu

den Umstehenden.

Marla begann zu schreien und Anna ließ das Glockenspiel scheppernd auf den Boden fallen.

Ihr fiel sofort etwas ein.

Der Wein.

Sie hatte sich nichts dabei gedacht, ihn mitzunehmen. Der Gedanke, wie schwierig es sein würde, die Flasche vor Schwester Zita in der Kutte zu verbergen, hatte sie gereizt. Sie sollte wohl vorsichtiger mit ihren Eroberungen sein. Aber davon lassen konnte sie nicht mehr.

So viel Spaß und Glück hatte sie noch niemals im Leben verspürt. In ihrem früheren Leben bei ihrer hartherzigen Mutter hatte sie manchmal das Gefühl gehabt, gar nicht am Leben zu sein. Als hätte jeder neue Tag, den sie bei dieser Frau durchleben musste, ein Stück weiter zum Abgrund geführt.

Anna hatte etwas tun müssen. So viel innere Kraft hatte sie noch besessen, um zu dieser Erkenntnis zu gelangen.

Wenn sie am Abend in ihrer Zelle saß und ihre neuen Reichtümer begutachtete, fühlte sie bei jedem Gegenstand, den sie zur Hand nahm, die freudige Aufregung erneut. Wie an dem Tag, als sie die Dinge mitgenommen hatte.

Sie musste die Flasche loswerden. Anna war sich sicher, dass das Gift, wenn es denn welches war, für jemand ganz anderen bestimmt gewesen war.

Sie dachte an den Tag, als sie die Flasche eingesteckt hatte. Es war im Café gewesen, im Hinterzimmer bei diesem komischen Vogel, Aberforth. Wer wollte diesen Kerl umbringen?

Marla sah Anna seltsam von der Seite an.

Vermutete sie etwas?

Nach einer halben Stunde durchquerten Inspector

Greenwood und sein Constable den Gang. Für die Anwesenheit des Butlers hatte er nur ein müdes Lächeln übrig. Constable Donegal schrieb eifrig in seinen Block.

Eine weitere halbe Stunde später beugte sich Dr. Seeker über das tote Mädchen.

Er schnupperte an ihrem Gesicht, sah sich die Fingerkuppen an, warf einen Blick in die offenen Augen und begutachtete die Farbe der Lippen genauestens.

„Was meinen Sie, Dr. Seeker, eine natürliche Ursache?", fragte der Inspector.

Dr. Seeker wandte sich an Beanstock.

„Wie hat sich das Mädchen in den letzten Minuten verhalten? Sie waren hier vor Ort."

Beanstock dachte einen Moment nach.

„Die Novizin begann zu schwanken. Sie wirkte blass und hielt sich des Öfteren den Magen, als ob sie Schmerzen hätte. Dann schien sie Atembeschwerden zu haben und schließlich hielt sie die Hände an ihr Herz und schnappte nach Luft."

Dr. Seeker hatte genug gehört.

„Tut mir leid, Inspector, es sieht nach Gift aus. Mehr natürlich nach der Obduktion. Ihre Pupillen sind erweitert, ihre Haut ist verändert und der Griff zum Herzen deutet auf Herzstillstand. Das kann unmöglich natürlich sein bei diesem jungen Mädchen. Den Zeitpunkt des Todes brauche ich wohl nicht mehr zu ermitteln. Es waren ja viele dabei. Armes Ding", sagte er.

Dann winkte er seinen Helfern, die mit einem schwarzen Sack kamen und die Novizin hineinlegten.

Die acht Ordensschwestern standen im Hintergrund und waren im Gebet vertieft. Die Mutter Oberin trat zu dem Inspector.

„Darf ich die beiden Novizinnen in ihre Zimmer schicken? Sie sehen ja, wie mitgenommen sie sind. Ich glaube nicht, dass Sie heute noch etwas von ihnen erfahren. Was für ein schrecklicher Unfall." Sie bekreuzigte sich und senkte den Kopf zum Gebet.

„Ein Unfall war es leider nicht, Mutter Oberin", sagte Beanstock leise und handelte sich einen bösen Blick von dem Inspector ein.

„Wie meinen Sie das?", fragte Schwester Zeta entsetzt. „Sie müssen sich irren."

„Haben heute Abend alle Schwestern zusammen gegessen und vor allem, haben alle die gleichen Speisen und Getränke zu sich genommen?", fragte er weiter, ohne sich um das Räuspern des Inspectors zu kümmern.

„Aber natürlich. Wir nehmen alle Mahlzeiten gemeinsam ein. Was soll das bedeuten?"

Beanstock sah sich nach den Novizinnen um.

Miss Hasting hatte ihm berichtet, dass Anna bei ihr mit der Oberin zu Besuch gewesen war, als das Medaillon verschwunden war.

Er sah, dass das Mädchen sehr aufgeregt war und ihre Hände zitterten. Das musste aber nicht bedeuten, dass sie etwas verheimlichte. Schließlich war gerade ihre Mitnovizin vor ihren Augen gestorben.

Inspector Greenwood war mit den anderen Zeugen beschäftigt und hatte der Oberin erlaubt, die beiden Mädchen in ihre Zellen zu schicken. Er wollte später mit den beiden reden.

Beanstock folgte den beiden unauffällig. Luci war bei den beiden Damen sicher. Obwohl sie ihm sehnsüchtig hinterherschaute. Zu gern wäre sie mit dabei gewesen.

Er sah die Novizinnen in eine der Zellen gehen. An der

Tür angekommen hörte er lautstarken Streit. Leider konnte er die Worte nicht verstehen. *Gutes Holz, diese Klostertüren,* dachte er und strich über die dicke Holztür. *Ungeeignet für Horchposten.*

Beanstock klopfte und sofort verstummten die beiden.

Zaghaft wurde die Tür geöffnet. Als Anna sah, dass es nicht der Inspector war, atmete sie erleichtert auf.

Hatte sie vielleicht doch etwas zu verbergen?

„Mein Name ist Beanstock. Ich war in der Kapelle, als es passierte. Ich habe mich gefragt, ob ich etwas für die Damen tun kann. Das war doch sicher ein gehöriger Schock", sagte er und war mit einem Schritt in der Zelle.

Die beiden jungen Damen sahen sich fragend und verwirrt an. Was sollten sie sagen, ohne sich in Gefahr zu bringen?

Beanstock konnte sehen, wie die beiden versuchten, sich über ihre Aussagen klar zu werden.

„Wir haben nichts Verbotenes getan. Ich weiß wirklich nicht, was Sie hier wollen", sagte Marla und sofort verdrehte Anna die Augen. Nun wusste dieser Mann auf jeden Fall, dass sie etwas Falsches gemacht hatten. Anna versuchte, die Situation zu retten.

„Ich kann mir überhaupt nicht denken, wie das passiert ist. Wir waren den ganzen Tag zusammen und mit der Vorbereitung der Messe beschäftigt. Gehören Sie zur Polizei? Wenn das nicht der Fall ist, sollten Sie jetzt gehen. Wir brauchen keine Hilfe", erklärte Anna und verschränkte die Arme abwartend.

„Ich wollte Ihnen nichts unterstellen. Nur meine Hilfe anbieten. Hat denn die arme Schwester Julia irgendetwas zu sich genommen? Ich möchte nicht, dass Sie beide in Gefahr geraten."

Marla und Anna sahen sich an. Marla sagte lieber nichts mehr. Sie war viel zu nervös. Beanstock nahm sich vor, einmal allein mit der Novizin zu reden. Anna war da ein ganz anderer Fall. Sie war schlau, intelligent und auf ihre Art undurchschaubar. An sie kam man nicht so leicht heran. Das hatte der Butler sofort bemerkt.

Natürlich hatte er auch bemerkt, dass Anna ständig versuchte, immer genau vor dem kleinen Tisch zu stehen. Was stand dort, was er nicht sehen sollte? Beanstock vermutete, dass Julia vor der Messe irgendetwas Verbotenes zu sich genommen hatte. Er verbeugte sich leicht, machte einen Schritt zur Tür und es sah so aus, als würde er gehen.

Das war der Moment, in dem die Aufmerksamkeit der Novizin Anna nachließ.

Beanstock machte einen schnellen Schritt zurück und da sah er die Flasche auf dem Tisch.

Er griff danach und hielt sie hoch.

„Hat Julia diesen Wein getrunken?", fragte er und sah in das schuldbewusste Gesicht von Marla. Sie fing sofort an zu weinen. Anna verdrehte wiederum die Augen.

„Ja, na gut, wir haben ihr einen Schluck von dem Rotwein gegeben. Sie war so furchtbar nervös und wir hielten es für eine gute Idee. Sie denken doch nicht etwa, dass wir etwas mit ihrem Tod zu tun haben?", fragte Anna.

„Du hast ihr den Wein gegeben! Ich war das gar nicht!", schrie nun Marla und ließ sich auf das Bett sinken.

„Woher hatten Sie den Wein? Hier aus dem Kloster? Ist es Messwein?", fragte Beanstock und sah sich die Flasche genauer an. Nein, das war sicher kein Messwein. Es war ein wirklich guter Burgunder. Beanstock kannte sich aus in der Weinwelt. Außerdem war am Flaschenhals eine goldfarbene Schleife befestigt. So kam Messwein nie daher.

„Wo haben Sie den Wein bekommen? Es ist äußerst wichtig. Denn es könnte durchaus sein, dass Julia nicht das Ziel war, sondern der wahre Besitzer dieses Weins", sagte der Butler und sah Anna genau an. Sie musste den Wein mitgebracht haben. Da war er sich sicher.

„Ich habe den Wein geschenkt bekommen. Das sieht man doch an der Schleife, oder? Er stand eines Tages in meiner Zelle. Woher soll ich wissen, von wem sie kam? Hier waren in den letzten Tagen so viele fremde Menschen. Handwerker, Angehörige der Nonnen, Besucher, die sich rumführen ließen. Unsere Zellen sind niemals abgeschlossen. Dann war ich sicher das Ziel der Vergiftung", erklärte Anna und versuchte, eine Träne, aus ihrem Auge zu drücken.

Beanstock bekam hier nicht mehr sehr viel heraus. Aber, dass die Flasche einfach so eines Tages auf dem Tisch gestanden hatte, glaubte er dem Mädchen nicht. Sie war schlau. Und langsam bekam Beanstock den Eindruck, jemand ganz anderes vor sich zu haben. Auf keinen Fall war Anna eine Novizin, die den christlichen Idealen nacheiferte. Er sollte sich über die Herkunft des Mädchens erkundigen. Vielleicht wurde die Geschichte dann verständlicher.

Für den Moment nahm er die Flasche an sich. Zum Glück trug er Handschuhe. Sonst würde Inspector Greenwood wieder einmal wütend schnauben. Als er mit dem Beweisstück zurück in die Kapelle kam und die Flasche an Constable Donegal übergeben war, erklärte er dem Inspector, was er erfahren hatte.

Mutter Oberin Zeta war entsetzt.

„Wie kommt Anna dazu? Aber vor allem, wer hatte vor, eine meiner armen Novizinnen zu töten? Bitte entschuldigen Sie mich, ich werde ein Gebet sprechen."

Sie ging mit langen energischen Schritten in Richtung der Unterkünfte davon. Anna und Marla würden heute noch einige Fragen und Vorwürfe ertragen müssen.

Wirre Fäden

Beanstock, Luci und Mrs Porkpie kehrten an diesem Sonntag spät aus Pilpots zurück. Den letzten Zug hatten sie verpasst und der Butler hatte im Herrenhaus anrufen und Gonzales bitten müssen, sie abzuholen. Es war ihm sehr unangenehm, aber glücklicherweise benötigten Sir Percival und Lady Fedora an diesem Abend keinen Chauffeur.

Sie hatten einen langen Spaziergang durch die frühlingshaften Wälder rund um Parsley Field unternommen und waren zum abendlichen Dinner von Mrs Argyle bestens versorgt worden.

Gonzales fuhr am Kloster vor und Luci hüpfte in den Wagen. Sofort berichtete sie dem Chauffeur, was vorgefallen war.

„Wollen Sie diesen Fall etwa ohne mich lösen, Señor Beanstock? Das ist nicht in Ordnung", sagte er und zwinkerte Luci zu, die neben ihm saß.

Nachdem sie Miss Hasting an ihrem Cottage abgesetzt hatten, fuhr Gonzales in Richtung Parsley Field.

„Was meinen Sie, Señor, was hat das Kloster mit den beiden in der Truhe zu tun?"

Beanstock war noch nicht klargeworden, was oder wer hier mit wem agierte und was das eigentliche Motiv war. Es waren so viele wirre Fäden, die es zu entwirren galt, dass ihm ganz schwindlig wurde. Aber sein Instinkt, der ihn noch niemals im Stich gelassen hatte, sagte ihm, dass es eine Verbindung zum Kloster gab.

Wie aus heiterem Himmel hörte er die Worte der Museumsleiterin, Mrs Scarburg: *„Ich muss es wissen, denn ich war in meiner Zeit in London in einem Bogenclub. Ich habe es bis zum Meister gebracht."* Das hatte die Dame gesagt, als Luci sie nach den Bögen und Pfeilen an den Wänden gefragt hatte. Der Mann im Wald wurde mit einem Bolzen aus einer Armbrust getötet.

Constable Donegal war zum Glück eine gute Informationsquelle. Beanstock nahm sich vor, noch einmal mit dem Constable über die beiden Toten in der Truhe, ihre Verbindung zur Burg und vor allem über die Novizin Anna zu sprechen. Bestimmt war auch die Identität des Toten im Wald schon bekannt. Man hatte den Wagen gefunden und sicher anhand des Kennzeichens den Halter des Fahrzeugs ermittelt. Welche Verbindung gab es zu diesem Mann?

Und warum fielen ihm in diesem Moment auch noch das verschwundene Medaillon von Miss Hasting und die Flasche Rotwein ein?

Drei vollkommen unterschiedliche Dinge, die scheinbar keine Gemeinsamkeiten aufwiesen.

Aber da dachte er an den Vorfall auf Parsley Manor, als auch sehr unterschiedliche Dinge verschwunden waren, eine Flasche Burgunder, eine Pastete und ein Rosentopf. Letztendlich hatte Beanstock den Fall gelöst. Es war ganz einfach gewesen.

Der Sohn des Bauern Pitsch hatte mit einer Dame seiner Wahl ein Picknick veranstalten wollen. Die Dinge waren zurück nach Parsley Manor und Sammy Pitsch mit einer Entschuldigung davongekommen.

Hier lag der Fall aber ganz anders.

Und immer wieder kam er zum Ende seiner Überlegungen zurück zur Burg in Waterhill. Das verschwundene Buch. Was war so wichtig an einem Buch, das seit Jahrhunderten in der Burg herumgelegen, niemanden bis zu diesem Zeitpunkt scheinbar interessiert hatte und plötzlich so in den Mittelpunkt geraten war. Er hatte eine plötzliche Eingebung. Seine Miene hellte sich auf und Gonzales sah es im Rückspiegel.

„Oh, oh, Señor Beanstock hat etwas herausbekommen. Diesen Gesichtsausdruck kenne ich. Soll ich wieder eine Taschenlampe holen? Oder brauchen wir einen ordentlichen Knüppel?"

Luci lachte ausgelassen über die Worte des Chauffeurs.

„Ich werde mich zu gegebener Zeit melden, Gonzales. Nun muss Luci erst einmal schlafen gehen. Das war ein aufregender Tag. Wir haben auch noch nicht über deine Strafe gesprochen. Für, du weißt schon was", erklärte Beanstock.

Mrs Porkpie tätschelte Luci die Schulter.

„Denken Sie daran, sie hat es gut gemeint und wollte Mrs Argyle helfen", sagte sie und öffnete die Wagentür, denn in diesem Moment war Gonzales vor dem Haus vorgefahren.

Nachdem sie eine Kleinigkeit gegessen hatte, schickte Beanstock Luci zu Bett und versprach, später noch einmal nach ihr zu sehen. Dann ging er in die Bibliothek und kredenzte den beiden Herren dort einen guten Whisky.

„Ich möchte mich entschuldigen, Sir. Wir sind aus Pilpots später als erwartet zurückgekommen und ich musste Gonzales und den Wagen in Anspruch nehmen. Es gab einen Vorfall während der Ostermesse, dadurch mussten wir dort ausharren", erklärte er, während er die goldgelbe

Flüssigkeit in Gläser goss und den Herren reichte.

„Mrs Argyle und Lizzy haben alles gut organisiert. Wir haben schon gehört. Lord Mortimer rief vor gut einer Stunde an und berichtete, was in Pilpots passiert ist. Was für ein Schlamassel", sagte Sir Percival und nahm einen großen Schluck von dem duftenden Whisky.

„Im Zusammenhang mit dieser furchtbaren Geschichte würde ich gern eine Frage stellen, wenn es nicht zu unpassend ist", sagte Beanstock mit Vorsicht.

„Immer heraus mit der Sprache, was wollen Sie denn wissen? Sind Sie schon wieder auf der Jagd? Haben Sie in Schottland noch nicht genug erlebt?", fragte Sir Percival und grinste breit.

„Ich hätte eine Frage, die ich gern Ihnen und vor allem auch dem Professor stellen würde."

„Nun lassen Sie sich nicht so lange bitten und raus damit", erklärte Professor McGregor.

„Es geht um die Burg Waterhill. Sind Sie mit der Geschichte und vielleicht sogar mit dem Dichter Robert of Dale vrtraut? Da soll es einen Gedichtband gegeben haben, der vor ein paar Wochen gestohlen wurde. Ich frage mich, warum man einen Gedichtband stiehlt, vor allem, wenn man weiß, dass dieses Buch nicht sehr kostbar zu sein scheint? Ich würde gern wissen, welchen Inhalt das Buch hat. Vielleicht kann man daraus etwas schließen."

Der Professor stand auf und ging mit dem Whiskyglas in der Hand im Raum auf und ab. Sir Percival ging zu einem seiner Bücherregale und suchte. Er nahm manchmal ein Buch heraus, sah hinein, stellte es wieder zurück. Dann hatte er gefunden, was er gesucht hatte.

„Also in diesem Gedichtband sind verschiedene Autoren aus dieser Zeit. Vielleicht finden wir auch ein Gedicht von diesem Robert of Dale, obwohl ich mich an diesen Namen nicht erinnern kann", erklärte Sir Percival und begann in dem Buch zu blättern.

„Robert of Dale. Das war in der Epoche Heinrich des Achten. Ich glaube, die Burg ist noch älter, wurde aber zu Heinrichs Zeiten erweitert und umgebaut. Dieser Dichter war nicht sehr bekannt und ist in Vergessenheit geraten, als er irgendwann von der Bildfläche verschwand. Darum gibt es von ihm nicht viel zu finden in den Bibliotheken. Er war noch recht jung, als er verschwand, glaube ich mich zu erinnern. Aber soll sehr oft und gern im Weinkeller der Burg mit dem Burgherrn gezecht haben. Perci, erinnere dich, wir sprachen über die Burgen der Umgebung, als ich dir mit deinen Recherchen zu den Legenden geholfen habe", sagte Ian McGregor und setzte sich wieder.

„Richtig, ich erinnere mich. Aber ich weiß auch, dass es sehr wenig Material gerade aus dieser Zeitepoche gab. Der Burgherr hieß Lord Arthur of Waterhill. Er soll ein unglaublich geiziger Herr gewesen sein und hatte wohl auch manche Bluttat auf dem Gewissen. Verheiratet war er auch, mit einem unscheinbaren Mädchen aus dem Umkreis Heinrich des Achten, die aber sehr bald nach der Geburt des einzigen Kindes das Zeitliche segnete. Über das Kind ist nichts bekannt, der feine Lord allerdings hatte wohl noch eine weitere Frau. Es ist sehr nebulös. Die Dame ging auch ziemlich bald in die Gruft und der Lord wurde immer wunderlicher oder starb er vor der Dame? Dieser Dichter, wie gesagt, ging dort ein und aus und zechte mit dem Lord im Weinkeller", erklärte der Baronet.

„Aber da war doch noch etwas mit dieser zweiten Frau. Ich erinnere mich an eine Legende, nach der es die Frau des Dichters gewesen sein soll, der Burgherr sie unbedingt sein Eigen nennen wollte und ihren Gatten unsanft verschwinden ließ. Die Dame wollte den alten gruseligen Burgherren nicht haben, fügte sich letztendlich, lebte nach der Hochzeit aber nicht mehr lange. Wie gesagt ist es nur eine Legende. Es gibt keinerlei Aufzeichnungen, das hat sich unter den Bewohnern von Waterhill so erhalten. Natürlich hat dann jede Generation wieder etwas dazu gedichtet. Unter anderem erzählt man, dass irgendwo ein Schatz vergraben liegen soll. Das erzählen so viele alte Geschichten, dass man denken könnte, unter jedem alten Stein müsste eigentlich Gold herumliegen", dozierte der Professor weiter und lachte.

Er war in seinem Element und deshalb waren die beiden Herren auch so lange freundschaftlich verbunden. Sie liebten es, in alten Legenden herumzustöbern.

Sir Percival gab dem Butler den Gedichtband.

„Ein kleines Sonett ist darin von Robert of Dale, aber mehr leider nicht. Darin schreibt er über die Schönheit und Güte einer jungen Maid, vielleicht war es seine Gattin."

Beanstock dankte den Herren. Er hatte sich mehr davon versprochen, aber das Bild wurde langsam deutlicher. Er erinnerte sich an das Gemälde der schönen Frau in der Burggalerie. Sie hielt eine Witwenblume in Händen. Vielleicht ein Hinweis, dass der Burgherr sich des Dichters entledigt hatte, um die Witwe heiraten zu können. Aber warum sollte das mit den heutigen Ereignissen zusammenhängen?

Verrannte er sich in diese alten Geschichten, ohne dass es mit den Morden etwas zu tun hatte? Vielleicht war dieses Buch gestohlen worden, weil es einfach eine Gelegenheit dazu gegeben hatte.

Der tote Antiquitätenhändler fiel ihm ein. Das Mädchen

Mable war auf keinen Fall für den Herrn eine Art Liebesabenteuer gewesen. Das passte nicht. Er wollte etwas von dem Mädchen haben oder erfahren. Und damit war er schon wieder auf der Burg und bei dem Buch.

Wie passte da der Tote im Wald hinein? Hatte er einen Auftrag erhalten und als etwas schiefgelaufen war, hatte sich sein Auftraggeber des Mitwissers entledigt? Das war schon eher nachvollziehbar.

Morgen würde er sich mit dem Constable unterhalten.

Er wusste, dass Inspector Greenwood in London bei Dr. Seeker weilte. Das Obduktionsergebnis war sicher auch sehr interessant. Es war eindeutig Gift gewesen, aber welches?

Wie sollte er diese ganzen losen Fäden nur zusammenbringen? Es war ein kniffliges Rätsel.

Beanstock liebte es.

Am nächsten Tag mussten Bestellungen in Parsley Field abgeholt werden. Das war für Beanstock die Gelegenheit, kurz mit Constable Donegal zu sprechen.

Der Polizist stand am Tresen der Polizeistation und schrieb etwas in einen seiner Blöcke. Der Bleistift in seiner Hand war schon ganz klein und verschwand fast zwischen den großen Fingern.

Wahrscheinlich beugte sich der Constable deshalb so dicht über den Block. Zwischen den Zähnen erschien die Zunge und schrieb sozusagen mit.

Beanstock kannte das Problem mit den zu kurz gewordenen Bleistiften und hatte dem Constable etwas mitgebracht. Als Einstieg zu einem informativen Gespräch.

Er legte das Geschenk auf den Tresen.

Constable Donegal sah sich das Ding an.

„Was soll das sein, Mr Beanstock? Ist das ein Beweisstück?", fragte er verwirrt und drehte und wendete das seltsame Ding.

Beanstock nahm ihm den Bleistiftstummel aus der Hand, öffnete mit dem Ring den Extender, schob den Stummel hinein und schloss mithilfe des Rings das Ganze wieder. Nun hatte der Constable wieder einen langen Stift.

„Das ist ein Pencil Extender, Mr Donegal, damit verlängert man zu kurz gewordene Bleistifte und kann sie so bis fast zum Ende nutzen. Eine wunderbare Erfindung. Ich dachte, er könnte Ihnen nützlich sein", erklärte der Butler.

„Das ist sehr nett. Ich habe schon eine große Zigarrenkiste voll solcher Stummelchen. Aber sie waren mir immer zu schade, um sie wegzuwerfen."

Er widmete sich erneut seinem Block und schrieb. Dann fiel ihm auf, dass der Butler abwartend vor dem Tresen stand.

„Achso, was kann ich denn für Sie tun, Sir?", fragte er nun und strich dabei mit seinem Finger fast zärtlich über den Extender.

„Ich habe mich gefragt, ob Sie mit der Identifikation des Toten im Wald weitergekommen sind. Und weiß man schon, welches Gift im Kloster verwendet wurde?"

Constable Donegal hustete kurz und sah sich um, als ob der Inspector hinter der Tür hervorspringen könnte.

„Es ist alles noch nicht offiziell, aber der Mann im Wald war ein gewisser Thomas Knittle, ein ziemlich übler Bursche aus London, der in einige kriminelle Machenschaften verwickelt war. Angefangen von Erpressung bis hin zum Schulden Eintreiben für einen bekannten Kredithai. Der Bursche schreckte auch vor Mord nicht zurück. Man konnte ihm selten etwas anhaben. Wie er sich in den Wald

113

bei Pilpots verlaufen und weshalb er ausgerechnet da sein Leben verloren hat, ist noch nicht bekannt. Aber es war ein Bolzen aus einer Armbrust."

Das brachte Beanstock noch nicht viel weiter. Er vermutete, dass jemand Knittle für eine Straftat angeheuert hatte.

„Wie sieht es denn mit der Spurensicherung an der Truhe aus? Hat man dort vielleicht Fingerabdrücke von Knittle gefunden? Ich könnte mir denken, dass es da eine Verbindung gibt."

„Wie haben Sie sich das denn wieder zusammengereimt? Ja, dort waren Spuren von Knittle zu finden. Er war unvorsichtig gewesen und hatte scheinbar keine Handschuhe getragen. Somit können wir den Mord an den beiden Menschen in der Truhe Knittle zuschreiben. Aber wir haben kein Motiv. Der Inspector vermutet, dass er das Antiquitätengeschäft ausrauben wollte und die beiden ihn überrascht haben."

Das überzeugte Beanstock nicht.

Warum sollte ein Verbrecher extra aus London anreisen und hier allein und ohne Vorbereitung einen Laden ausrauben? Da passte etwas nicht zusammen. Kostbarkeiten gab es in dem Geschäft seiner Recherche nach auch nicht.

In diesem Moment erschien Gonzales in der Polizeistation. Er hatte die Bestellungen bei Mrs Bloom abgeholt und wollte nun den Butler wieder aufsammeln. Den letzten Satz des Constable hatte er gehört.

„Das ist un poco loco, oder? Warum sollte jemand den weiten Weg ausgerechnet in den kleinen Ort Waterhill zurücklegen, um hier einen winzigen Antiquitätenladen zu berauben? Da müsste er dann schon genau wissen, dass es etwas zu holen gibt", sagte Gonzales und handelte sich einen erstaunten Blick von Beanstock ein.

„Sehr gut, Señor Gonzales, Sie sagen es", sagte Beanstock.

Dann sahen die beiden den Constable fragend an.

„Woher soll ich das denn wissen, ich schreibe hier nur die Protokolle und kümmere mich um die Aufnahme von Beschwerden und Anzeigen. Übrigens, Mrs Pommerton haben Sie knapp verpasst. Sie hat sich über Sir Percival beschwert", sagte Donegal und grinste breit.

Beanstock war erschüttert und Gonzales überrascht.

„Sir Percival? Der ist doch die netteste Person in Parsley Field. Maldita sea todo! Was wollte die alte Schabracke?", fragte Gonzales aufgebracht.

„Auch, wenn wir nicht die Meinung der Dame teilen, ist das kein Grund zu fluchen, Gonzales", ermahnte der Butler.

„Auch, wenn es stimmen könnte", setzte er ganz leise hinzu.

Donegal las aus der Anzeige vor.

„Sir Percival, dieser dickliche Landadlige, die Worte der Dame, nicht meine", betonte der Constable, „ist zu keinerlei Gespräch bereit. Sie hätte angeblich bereits mehrmals vorgesprochen. Man würde ja auch niemals eingeladen, wenn ein Fest auf Parsley Manor gegeben wurde. Dafür aber diese unglaublich lächerliche Frau des Apothekers Hoppleton, mit ihrer aufgetürmten Frisur und der aufgedonnerten Tochter. Die lud man ein. Sie, Mrs Pommerton, war ja schließlich die ehemalige angesehenste Lehrerin an der Schule gewesen. Sie bekam immer noch hunderte Dankesschreiben ihrer ehemaligen Schüler. Was ich bezweifle", fügte Donegal hinzu. „Da wäre es doch nicht zu viel verlangt, dass der Baronet sie empfangen würde."
Donegal machte eine kurze Pause, um Luft zu holen.

Beanstock lehnte sich über den Tresen und sah auf die Notizen.

„Haben Sie das alles so genau mitgeschrieben? Unglaublich. Es wundert mich nicht, dass Sie einen Zigarrenkarton voller Bleistiftwinzlinge haben. Was ist denn nun die Anklage der Mrs Pommerton?", fragte Beanstock.

„Sie wollte sich bei Sir Percival über den Schmuck zum nächsten Kirchenfest beschweren, der bereits von den Damen des Gemeinderates vorbereitet wird. Es wäre, ihre Worte, eine Ansammlung von Hässlichkeiten, die sich nur eine Person wie die Hoppleton ausgedacht haben konnte. Sie wäre dafür viel besser geeignet und wollte Sir Percival dazu bringen, die Apothekerfrau auszuschließen und Mrs Pommerton als Bevollmächtigte für den Kirchenschmuck einzusetzen. Aber der eingebildete Landadlige war ja zu keinem Gespräch bereit. Und sein dummer Hund Junior hätte letztens ihren armen Wellensittich Geronimo durch sein lautes Bellen so erschreckt, dass ihm die Federn ausfallen würden. Also sollte Inspector Greenwood vermitteln. Der weiß noch nichts von seinem Glück", erklärte der Constable, nahm sein Taschentuch aus der Hosentasche und wischte sich den Schweiß von der Stirn.

Gonzales sah den Butler an und wusste, das würde ein Nachspiel haben.

„Nun, was wissen Sie über die Novizinnen des Klosters, vor allem die Novizin Anna?", fragte Beanstock nach einem tiefen Atemzug, der ihn beruhigen sollte.

Der Constable blätterte in einem anderen Notizblock.

„Anna Smith, seit ungefähr vier Wochen ein Mitglied des Ordens. Sie kommt aus Peppermintfield, nicht weit von Parsley Field, ein winziger Flecken. Ihr Vater ist vor ein paar Jahren verstorben, ihre Mutter lebt noch dort mit einem jüngeren Bruder. Unauffällig und nicht sehr redselig."

Der Constable sah von seinen Notizen auf.

„Achja, und das Gift war ein Eibenauszug, hat Dr. Seeker gemeint. Die Eiben wachsen ja in unglaublicher Menge am Kloster. Vielleicht kommt das Gift von dort."

„Hm, ich kann mir irgendwie nicht vorstellen, dass jemand vom Kloster dieses Gift hergestellt hat. Ich denke, derjenige, der die Flasche Rotwein vergiftet hat, hatte ein anderes Ziel im Auge und sicher keine Nonne", erklärte Beanstock.

Der Constable sah auf die Uhr an der Wand.

„Der Inspector wird sicher bald aus London zurückkommen. Ich glaube nicht, dass er sich freuen würde, Sie hier zu sehen, Sir", erklärte er.

Beanstock bedankte sich und nickte ihm zu.

„Was wollen Sie wegen der alten Miesmuschel unternehmen?", fragte Gonzales, als sie unterwegs nach Parsley Manor waren.

Beanstock räusperte sich.

Im Wäldchen neben dem Parsley Manor Anwesen stand ein dunkler Wagen. Das Nummernschild war nicht lesbar. Viel zu viel Schmutz verschmierte die Zahlen und Buchstaben. Ein Seitenfenster hatte einen Riss, aber das war unwichtig geworden. Bald schon würde man ein viel besseres Auto erwerben können. Die Gestalt, dick vermummt in einen dunklen Kapuzenmantel, saß vollkommen reglos auf dem Sitz und starrte in Richtung des Herrenhauses, wo gerade der Wagen der Baronets zum Haus fuhr.

Die Gestalt unter der Kapuze drehte sich in dem Wagen um. Ein Stapel alter Bücher lag im Fond des Wagens. Auf dem Rücksitz lag, gut verdeckt unter einer Decke, die Armbrust bereit. Eine dicke Zornesfalte lag auf dem Gesicht. Der Butler war zu neugierig geworden. Dumm gelaufen, dass dieser Idiot Knittle die beiden Toten ausgerechnet in die Truhe gestopft hatte, die nach Parsley Manor geliefert worden war. Man durfte nicht mit Dilettanten arbeiten. Das war einfach inakzeptabel.

Das eigene Können war hier gefragt und man konnte etwas, man war ein Champion.

Man würde ans Ziel kommen, koste es, was es wolle.

Noch immer war nicht herauszubekommen, wo das Buch abgeblieben war. Verdammt, man hätte es einfach an sich nehmen sollen, als man die Gelegenheit dazu gehabt hatte. Aber damals hatte man noch nichts über den Inhalt des Buches gewusst. Als man es erkannte, war es verschwunden.

Die behandschuhte Hand trommelte nervös auf dem Lenkrad.

Der Caféhausbesitzer war auch zu neugierig.

Es war allgemein bekannt in Waterhill, dass er gern mit dem Antiquitätenhändler Eastwick die Nächte durchzecht hatte. Dieser Dummkopf hatte sicher in einer weinseligen Nacht alles über das Buch ausgeplaudert. Eastwick hatte das Potenzial des Buches auch zu spät erkannt. Das war Glück.

Der Rotwein für den Caféhausbesitzer hatte nicht gereicht. Man musste sich etwas einfallen lassen.

Wieso war eine Novizin im Kloster in Pilpots plötzlich an dem Eibengift gestorben?

Wie war der präparierte Wein dorthin gekommen?

Diesem Idioten Aberforth war es zuzutrauen, dass er den Wein dem Kloster gespendet hatte. Nur um sich zu profilieren.

Man musste sich noch weiter umhören, bevor man endlich auf die Suche gehen konnte.

Es war so frustrierend.

Nach all der langen Zeit hatte man endlich eine Möglichkeit gefunden, rehabilitiert zu werden, den Platz einzunehmen, der einem nach dem Geburtsrecht zustand. Schließlich war man jemand. Dagegen war dieser dickliche Baronet in Parsley Field doch gar nichts.

Die Gestalt drehte sich erneut zu der Armbrust um. Dieser Butler sollte seine Nase lieber in seine Angelegenheiten stecken. Die Hand strich fast zärtlich über die Waffe und die Bolzen. Sonst müsste man vielleicht zur Jagd blasen. Ja, man würde sich etwas einfallen lassen. Das hatte man doch immer.

Bevor man die Wahrheit damals erfahren hatte, war so viel, viel zu viel, Zeit vergangen gewesen. Wenn man noch etwas von dem Glück haben wollte, musste man schnell handeln.

Am Abend des gleichen Tages berichtete Beanstock dem Baronet und seinem Gast von der Anzeige der Mrs Pommerton.

Der Professor hatte nur einen Lacher dafür übrig.

Sir Percival schüttelte traurig den Kopf.

„Leider kann ich darüber nicht mehr lachen, mein bester Ian. Diese Dame macht mir das Leben manchmal ziemlich bitter. Das ist nicht die erste Beschwerde, die ich von ihrer Seite erhalte. Sie ist ziemlich kleinlich und regt sich über alles und jeden auf. In diesem Fall gebe ich nicht nach. Ich werde Mrs Hoppleton, die Gattin unseres hochgeschätzten Apothekers, nicht ersetzen. Sie macht ihre Sache seit

Jahren sehr gut und unser Pfarrer ist ausgesprochen zufrieden mit ihrer Arbeit. Punkt", sagte der Baronet. Man bemerkte deutlich seine Verstimmung.

„Weiß man schon, welches Gift verwendet wurde und wie der Mann im Wald umgekommen ist?", fragte der Professor. Er wollte seinen Freund gern auf ein anderes Thema bringen.

Beanstock goss den Herren einen Whisky ein und servierte ihn am Kamin. Harrison machte abends immer noch Feuer in der Bibliothek und im Salon. So war es gemütlicher.

„Es war ein Eibengiftauszug. Sicher aus den Nadeln oder den Samen extrahiert. Das sogenannte Taxin wird meist über den Magen aufgenommen und verursacht nach dreißig Minuten Krämpfe, Schwindelgefühl und Kreislaufschwäche. Der Tod tritt durch Atemlähmung und Herzversagen ein. Es ist kein Gegenmittel bekannt. Man hätte der Novizin nicht mehr helfen können. Der Herr im Wald bei Pilpots wurde mit einer Armbrust umgebracht", erklärte Beanstock.

„Wie furchtbar traurig. Ihr Wissen über Gifte ist sehr interessant, Beanstock. Woher wissen Sie so viel darüber?", fragte Sir Percival und nippte gedankenverloren an seinem Glas.

„Ich hatte schon früher mit diesem Gift zutun, leider. Ich habe mir damals alles gut gemerkt, obwohl ich noch recht jung war", erklärte der Butler.

„Wussten Sie, Beanstock, dass der englische Langbogen, den man auch mit viel Erfolg in der Schlacht bei Hastings 1066 verwendet hatte, fast ausschließlich aus Eibenholz bestand? Diese Bögen waren gefürchtet, waren sie doch so lang wie der Bogenschütze selbst. Mindestens ein Meter achtzig, stellen Sie sich das vor. Man konnte noch in gut vierhundert Metern Entfernung das Ziel treffen", dozierte der Professor.

„Aber wir haben die Schlacht doch verloren, Ian. Du bist ja richtig begeistert", sagte Sir Percival.

„Nun ja, King Harald war nicht erfolgreich, das stimmt. Aber die einfallenden Normannen mit eben diesen Langbögen waren unbesiegbar. Der arme Harald wurde niedergemetzelt und die Normannen unter Wilhelm dem Eroberer, wie man ihn dann nannte, übernahmen die englische Herrschaft. Und alles nur wegen dem Eibenholz."

„Das ist aber sehr weit hergeholt, alter Freund", rief lachend Sir Percival. „Die Niederlage bei Hastings wird auch noch andere Gründe gehabt haben."

Die beiden Herren prosteten sich amüsiert zu.

„Gut, dass diese Zeiten vorbei sind. Ich würde doch wie ein Schluck Wasser an diesem langen Bogen hängen, wenn ich mit den Normannen in Hastings gelandet wäre. Mich hätte es garantiert zuerst erwischt", erklärte witzelnd der Professor, griff in eine Tasche seines geliebten karierten Tweedanzugs, nahm eine Tüte heraus und steckte sich eines der süßen Toffees in den Mund. Dann hielt er Beanstock und Sir Percival die süßen Sachen hin.

Beanstock lehnte ab, aber Sir Percival griff sehr gern zu.

Beanstock fragte, ob sie alles hätten, und ging dann zurück in den Dienstbotenbereich.

Als am Morgen darauf Rosa das Café betrat, standen auf einem der Tische eine niedergebrannte Kerze, zwei Gläser und eine Flasche Wein. Die Flasche war noch voll.

Scheinbar war Mrs Scarburg schlau gewesen und nicht erschienen.

Von ihrem Chef war keine Spur zu sehen. Aber das war für Rosa nichts Neues. Er verschwand ja des Öfteren einfach.

Sie räumte den Tisch ab, kochte Tee, stellte die Scones von letzter Woche auf den Tresen, sie sahen noch gut aus und vertiefte sich in die *Vogue*.

Sie nahm sich vor, in der Mittagspause zur Burg zu gehen und Mrs Scarburg nach dem Job zu fragen. Dann würde sie ihre paar Sachen zusammenpacken und gehen. Den Brief mit der Kündigung hatte sie in der Tasche. Da würde dieser affektierte Kerl aber Augen machen. Rausfallen würden ihm die Augen. Rosa musste laut lachen.

Mrs Violetta Scarburg bittet zum Tee

Sie war verstimmt. Zumindest dieses Gefühl erlaubte sie sich an diesem Morgen.

Am vorigen Abend war es spät geworden, sehr spät. Als sie um achtzehn Uhr den alten Schlüssel in das Türschloss der Außentür gesteckt hatte, hatte sie einen so gewaltigen Schreck bekommen, dass ihr kurzzeitig die Worte gefehlt hatten.

Ihre Gedanken hatten schon weit weg von der Burg und ihren Problemen im Café des Aldwin Aberforth geweilt. Er war kein hübscher Mann und reich war er wohl auch nicht, aber sie fühlte sich von seiner Einladung geschmeichelt. Also hatte sie am Morgen ihr grünes Kostüm mit den kleinen Schößchen angezogen. Kurz hatte sie überlegt, ob das Violette mit der Schärpe oder das Taubenblaue mit der Blume am Knopfloch nicht angemessener und schicker gewesen wäre, aber dann hatte sie sich für das Grüne entschieden. Es zeigte Eleganz und war trotzdem nicht zu aufreizend.

Und dann hatte er vor ihr gestanden. Der Schreck hatte ihr noch Stunden danach in den Gliedern gesteckt.

Otis Brown, der Vorsitzende des Vereins zur Rettung der Burg Waterhill und hoch angesehenes Mitglied des *White's Club London*. Dieser Club war einer der ältesten Gentleman Clubs Londons und zugleich einer der renommiertesten. Ab und zu darauf hinzuweisen, war Mr Otis Brown wichtig.

Der Club war berüchtigt für seine außergewöhnlichen Wetten. Bereits in der Zeit der Französischen Revolution wetteten die Clubmitglieder gern und viel.

So soll einmal ein gewisser Lord Alvanley 3.000 Pfund darauf gewettet haben, dass ein bestimmter Regentropfen schneller den Fensterrahmen erreichen würde als ein anderer. Es war nicht bekannt, welcher Regentropfen die Wette gewann und was der Gewinner mit dem Geld anfing. Ein Regenfass erstehen? Sicher nicht.

„Meine liebe Mrs Scarburg. Ich wollte Sie nicht erschrecken. Wie mir das leidtut. Bitte nehmen Sie meine Entschuldigung entgegen", hatte Mr Brown gesagt, wobei sich bei ihm alles anhörte, als würde er mit einer hohen Tenorstimme singen.

Er war ein Mann von fünfzig Jahren, groß und überaus schlank. Im Gegensatz dazu hatte er ein rundliches Gesicht, das von einer Fülle lockiger rötlicher Haare umrahmt wurde. Die rotgeäderte Knollennase setzte dem Ganzen die Krone auf. Er trug ausschließlich dunkle Tweedanzüge und hohe Stiefeletten. Er lebte die meiste Zeit in London, wo er ein kleines Kurzwarengeschäft betrieb. Wenn er in Waterhill weilte, wohnte er in der angesehenen Pension der Witwe Truelove. In der letzten Zeit kam das sehr oft vor.

„Mr Brown, was kann ich für Sie tun? Die Sitzung des Vereins ist erst in einer Woche, soviel ich weiß", sagte Mrs Scarburg, als sie sich etwas erholt hatte. Dann schloss sie mit einer rigorosen kräftigen Bewegung die Tür ab.

„Ich fürchte, Sie müssen noch etwas vorbereiten. Es ist mir sehr unangenehm, aber die Sitzung ist bereits am morgigen Nachmittag angesetzt. Ich habe gerade mit Mrs Truelove gesprochen. Es sind einige Unstimmigkeiten in

Bezug auf die Museumseinnahmen aufgetreten. Wir müssen unbedingt sofort darüber reden. Das verstehen Sie doch sicher, meine liebe Violetta", erklärte er und sah Mrs Scarburg mit verklärtem Blick an.

„Aber ich habe noch gar nichts vorbereitet. Ich hatte gerade vor … also ich wollte soeben … wann ist die Sitzung?", fragte Mrs Scarburg traurig.

„Morgen zur Teezeit. Ich werde frühzeitig anwesend sein und Sie unterstützen. Das ist mir doch eine Herzenssache. Dann sind da auch noch die Vorbereitungen zum jährlichen Burgfest. Es gibt so unendlich viel zu bereden, meine liebe Violetta."

Mrs Scarburg steckte den Schlüssel zurück in das Schloss und öffnete die Tür.

„Ich werde die Akten sofort heraussuchen. Wir sehen uns dann morgen, Mr Brown", sagte sie und ging hinein. Sie würde ihre Verabredung verpassen. Als sie in ihrem Büro war und die Nummer des Cafés wählte, meldete sich dort niemand. Wie schade und wie unangenehm. Sie war nicht gern unpünktlich.

Dann nahm sie die nötigen Akten und Rechnungsbücher aus dem Schrank und begann die Zahlenreihen durchzugehen und sich Notizen zu machen. Was hatte Mr Brown gemeint mit der Aussage, es hätte Ungereimtheiten gegeben?

Bei ihr gab es keine Ungereimtheiten.

Vielleicht, in einer Stunde, würde sie bei dem Café vorbeischauen. Sicher war Mr Aberforth noch dort.

Sie wollte sich wenigstens bei ihm entschuldigen.

Aber dazu kam es nicht. Das Café war dunkel und die Tür verschlossen.

Mrs Scarburg schnaubte kurz durch die Nase, warf den

Kopf in den Nacken und ging heim.

Sie hatte sich eine ganze Stunde verspätet, trotzdem hätte ein Gentleman noch abgewartet. Gut so. Sie verzichtete auf diesen Herrn lieber, bevor es unangenehm wurde.

So wanderte denn das schöne grüne Kleid zurück in den Schrank und Mrs Violetta Scarburg ins Bett.

Schlaf wollte sich nicht einstellen. Immerzu ging ihr das Gespräch mit Otis Brown durch den Kopf. Es seien Ungereimtheiten aufgetreten. Sie konnte es sich nicht erklären.

Morgen würde sie um eine ausführliche Erklärung bitten. Noch niemals hatte man ihr vorgeworfen, etwas unterschlagen oder nicht ordnungsgemäß abgerechnet zu haben. Eine Frechheit war das.

Mrs Scarburg steigerte sich immer mehr in den Ärger hinein und wurde dadurch immer aufgeregter. Da war an Schlaf kaum zu denken.

Also stand sie gegen Mitternacht auf, ging in die Küche und bereitete sich einen Kräutertee. Der sollte sie beruhigen.

Sie griff nach ihrem zuletzt angefangenen Buch, Jane Austens *Stolz und Vorurteil,* und vertiefte sich in die Lektüre. Aber auch *Mr Darcy* konnte sie nicht ablenken. Ständig glitten ihre Gedanken zu der bevorstehenden Sitzung ab. Als sie bemerkte, dass sie eine Seite mehrmals gelesen hatte, ohne den Inhalt zu verstehen, legte sie das Buch zurück auf den Tisch.

Sie stand auf, ging zum Fenster und sah auf die Straße.

Nichts rührte sich. Es war so dunkel, dass man die andere Seite nur schemenhaft sah. Die Straßenbeleuchtung sollte im nächsten Jahr endlich weiter gebaut werden. Bis jetzt hatte man nur den Dorfkern erleuchtet.

Ein Wagen fuhr langsam vorbei.

Nach einer Weile ging Mrs Scarburg zurück in ihr Bett. Wenn dieser Otis Brown etwas zu bemängeln hätte, würde er es bereuen, sich mit ihr angelegt zu haben. Mit diesem tröstlichen Gedanken schlief sie endlich ein.

Die Uhr der nahen Kirche schlug zwei.

Eine Einladung für Parsley Manor

Phillis hatte verschlafen, wieder einmal, auch die Weckversuche des Hausmädchens Lizzy waren ungehört verklungen. Als der Butler für den täglichen Report an diesem Morgen in der Küche erschienen war, hatte die Köchin schimpfend und brummelnd am Herd gestanden und das Frühstück für die Baronets selbst zubereitet.

Das war eigentlich Phillis' Aufgabe, aber die stand noch im Nachthemd im Bad und wusch sich den Schlaf aus den Augen.

Beanstock hatte kommentarlos zu dem silbernen Tablett gegriffen und das Frühstück im Salon vorbereitet. Danach hatte er sich kurz an den Esstisch gesetzt, um die Arbeiten des Tages zu verteilen.

Mrs Porkpie kam mit hochrotem Kopf aus der Küche und stellte ihm, vielleicht eine Spur zu laut, den Teller mit dem Porridge auf den Tisch. Beanstock sah sie entgeistert an, konnte ihren Frust aber nachempfinden.

Er würde sich heute, wenn Zeit war, mit Phillis eingehender unterhalten.

Das Küchenmädchen erschien und man sah sofort, dass etwas nicht stimmte. Mrs Argyle stand auf und sah sich das Mädchen genauer an.

„Was ist los, Phillis? Du siehst nicht gut aus? Wie geht es dir?", fragte sie besorgt. Nun kam auch Mrs Porkpie aus der Küche und fühlte die Stirn des Mädchens.

„Du bist ja schweißgebadet und fiebrig. Was tut weh?",
fragte sie.

Phillis setzte sich mit einem tiefen Seufzer. Filomena
Arbuckle, die Zofe Lady Fedoras, rückte ein Stück zur
Seite, als hätte sie Angst, sich anzustecken. Zur Unterstüt-
zung dieser Tatsache holte Phillis mehrmals Luft, um dann
ausführlich und furchtbar laut zu niesen.

Mr Herringbone sah auf sein Brot auf dem Teller, er saß
Phillis gegenüber. Dann schob er ihn weit von sich.

Gonzales grinste, rückte aber vorsichtshalber etwas
weiter von dem Niesmonster fort. Man konnte nicht
wissen, wohin die Krankheitserreger flogen.

„Es begann heute Nacht. Mir ist so schlecht gewesen
und ich war die halbe Nacht im Bad. Mein Hals tut weh
und die Nase läuft ständig", erklärte Phillis und schnaufte.

„Ab ins Bett. Ich werde Dr. Winterbottom rufen. Du
solltest dich von den anderen etwas fernhalten. Wir können
hier keine Epidemie brauchen, vor allem, da ein Gast im
Haus weilt", erklärte Beanstock und erhob sich. Der Appetit auf sein tägliches Porridge war ihm vergangen.

Nachdem Phillis nach oben gegangen war, ging er in die
Halle, sah auf seine Taschenuhr und überlegte, ob er den
guten Doktor wirklich so früh stören durfte.

Es war sieben Uhr dreißig und die Sprechstunde in der
Praxis begann erst um acht Uhr.

Glücklicherweise würden die Baronets und ihr Gast,
Professor Ian McGregor, erst gegen neun Uhr zum Frühstück erscheinen. Genug Zeit, um diese Krise zu meistern.
Er dachte an Luci. Das Kind musste unbedingt von Phillis
ferngehalten werden.

Beanstock nahm den Hörer vom Apparat und wählte

die Nummer des Doktors. Er meldete sich und hörte sich die Symptome an, die der Butler beschrieb. Dann beruhigte er ihn und erklärte, dass er im Moment einige Patienten mit diesen Krankheitsmerkmalen hatte. Der Sohn von Bauer Pitsch lag auch bereits seit gestern zuhause und kurierte seine Erkältung aus. Dr. Winterbottom versprach im Laufe des Tages zu kommen.

Soso, dachte Beanstock. *Der Sohn von Bauer Pitsch, Sammy, lag also mit den gleichen Symptomen danieder. Da wird sich Phillis angesteckt haben.*

Beanstock musste schmunzeln. Die Standpauke wegen der Verspätung am Morgen würde er sich also sparen können.

Als er zurück in der Küche war und berichtete, dass der Doktor unterwegs wäre, atmete Mrs Porkpie auf.

Beanstock setzte sich zurück an den Tisch und nahm sein schwarzes Notizbuch. Die Anweisungen des Tages waren fällig.

Außerdem musste jemand als Hilfe für Mrs Porkpie abgestellt werden. Er sah in die Runde der kleinen Gemeinschaft. Es war ein Gast im Haus und die Mahlzeiten durften nicht verspätet aufgetragen werden. Die Köchin wusste, was ihm durch den Kopf ging.

„Wie wäre es, wenn ich Miss Hasting frage, ob sie ein paar Tage aushilft? Sie war mit mir zusammen auf der Kochschule und kennt sich bestens aus. Sie würde es sicher gern übernehmen", berichtete Mrs Porkpie und biss herzhaft in ihr Butterbrot.

Beanstock dachte einen Moment nach.

Dann sah er zu Mrs Argyle. Sie war immer die zweite Person, an die er sich wandte, wenn es Personalentscheidungen gab.

Sie nickte ihm zu.

„Gut, wir wollen es versuchen. Bitte kontaktieren Sie die Dame, Mrs Porkpie. Lizzy, Sie bereiten bitte eines der leeren Dienstbotenzimmer für die Dame vor. Sie sollte so lange hier bei uns wohnen. Gut, dann ist das geklärt. Ich werde nach dem Frühstück der Herrschaften mit My Lady sprechen", sagte Beanstock sehr zufrieden mit diesem Arrangement.

„Ich bin ein guter Koch, Señor Beanstock, das wissen Sie doch sicher noch aus Schottland, oder? Wenn mehr Hände gebraucht werden, bin ich zu allem bereit", erklärte Gonzales und klatschte unternehmungslustig in die Hände.

Zur Freude aller stimmte er ein spanisches Lied an.

„Buena Comida y Amor, maravilloso, si Señor!", sang er voller Inbrunst. Bis sich der Butler zu einem Räuspern herabließ und ihn mit großen Augen musterte.

Gonzales verstummte.

„Ich denke, Ihr Arbeitsbereich ist besser die Garage und der Wagenbestand. Aber gut zu wissen, dass Sie sich bereit erklären, Kartoffeln zu schälen. Ich komme gern darauf zurück", sagte der Butler und sah den Chauffeur lächelnd an.

Gonzales verschluckte sich fast an seinem Kaffee. Kartoffelschälen hatte er nicht mit seinem Angebot gemeint. Das hatte er in der Army schon ständig tun müssen.

Lady Fedora war einverstanden, Miss Hasting als Hilfe für Mrs Porkpie zu holen.

Besorgt fragte sie nach dem Küchenmädchen und ob sie etwas tun könnte. Der Butler riet von einem Besuch ab, da die Möglichkeit einer Ansteckung bestand.

Inzwischen war der Arzt bei Phillis gewesen, verordnete Bettruhe, viel Trinken und Tabletten gegen die Übelkeit.

Er war optimistisch, dass es der jungen Frau in ein paar Tagen wieder bessergehen würde. Dann wäre auch die Möglichkeit einer Ansteckung minimiert.

Beanstock atmete auf.

„Kümmern Sie sich gut um Phillis, Beanstock. Das arme Kind. Lassen sie ihr von Herringbone ein paar Blumen bringen. Das heitert mich auch immer auf, wenn ich krank bin", sagte Lady Fedora.

Beanstock hatte, wie an jedem Morgen zum Frühstück der Baronets, die Post an den Tisch gebracht.

Eine Karte kam aus Schottland von den Freunden der Baronets.

Colonel Morris und seine Gattin Gladys waren Großeltern eines gesunden Mädchens, Mary, geworden und sehr glücklich.

„Was für eine Freude. Wir müssen an ein Taufgeschenk für die kleine Mary denken. Irgendwann sollten wir die frischgebackenen Großeltern auch besuchen. Was denkst du, Perci, Darling?", fragte Lady Fedora.

Sir Percival stimmte ihr nur zu gern zu.

„Sehr gern. Ich hatte vor, in diesem Jahr das Loch Ness in Schottland zu besuchen. Was denkst du über Nessie, Ian?", fragte er seinen Freund.

Der Professor sah belustigt in die Runde.

„Ich denke eine Menge nach über Nessie. Das sagenumwobene Monster von Loch Ness wird wohl niemals aufhören, uns zu beschäftigen. Ich muss zugeben, dass ich noch nicht dort in der Nähe von Inverness war. Kennt ihr das Tierschutzgesetz von 1934?", fragte er lächelnd.

Seine Freunde schüttelten den Kopf.

„In diesem Gesetz heißt es, falls das Ungeheuer von Loch Ness tatsächlich existieren sollte, wird es sofort unter

132

Naturschutz gestellt. Ihr seht, man hat sich an höchster royaler Stelle mit dem Tier befasst. Ich denke ja, die Einwohner der Region, die wirklich ziemlich verlassen dasteht, haben nach einer verlässlichen Einnahmequelle gesucht und irgendein schottischer Witzbold kam auf die Idee, dass im See ein Monster haust. Wenn man der Geschichte Glauben schenkt, gab es bereits um das Jahr 565 eine Sichtung. 1934 tauchte sogar ein sehr unscharfes Foto des Tieres auf. Ich würde es zu gern einmal sehen, aber fürchte, dass es sich lieber versteckt, bei diesem Rummel, den um ihn gemacht wird. Wahrscheinlich sitzt es in seiner unterirdischen Höhle und überlegt, wann die verrückten Menschen endlich Ruhe geben und es zufriedenlassen", erklärte der Professor und lachte schallend.

„Na dann, mein Freund, du begleitest uns. Wie wäre es?", sagte Sir Percival und ließ scheinbar keine andere Antwort als ein Ja zu.

„Gern, Perci, natürlich nur zu rein wissenschaftlichen Zwecken", sagte Professor McGregor und schien sehr zufrieden mit der Aussicht auf eine Reise zum zweitgrößten Süßwassersee Schottlands zu sein.

Sir Percival rieb sich die Hände.

„Darling, eigentlich hatte ich von Baby Mary, den Freunden in Edinburgh und unserer Reise zur Taufe gesprochen. Wie ist daraus jetzt eine wissenschaftliche Expedition zum Loch Ness geworden?", fragte Lady Fedora überrascht.

„Ja nun, warum verbinden wir nicht beides? Wenn wir einmal dort sind", sagte Sir Percival und sah seine Frau mit flehendem Blick an. Er liebte nun einmal Legenden und Sagen.

Seine Frau konnte sich seinem Blick nicht entziehen

und nickte seufzend.

Ein etwas größerer Brief lag noch ungeöffnet auf dem Frühstückstisch. Sir Percival griff danach und Beanstock reichte ihm den Brieföffner.

Kurz las er, dann hellte sich seine Miene auf.

„Wie überaus schön. Wir sind zum Burgfest in Waterhill eingeladen. Ian, du fährst doch bestimmt nicht vor dem Sonntag zurück. Am Samstag kommst du mit nach Waterhill. Die Burg ist so interessant. Ich bin sicher, die Southcoffeltons sind auch eingeladen. Beanstock, waren Sie nicht letztens mit Luci dort? Wie war Ihr Eindruck?", fragte Sir Percival seinen Butler.

„Eine überaus interessante Kombination verschiedener Baustile. Jeder Besitzer hat verändert und angebaut. Vor allem die Gemäldegalerie in der Eingangshalle ist bemerkenswert vielfältig", sagte der Butler, verneigte sich kurz und ging mit der Teekanne in die Küche, um frischen Tee aufzubrühen.

Das Frühstück würde noch etwas länger dauern, da die Herrschaften viel zu erzählen hatten.

Durch den Treppenaufgang zur Dienstbotenetage konnte man jemanden laut niesen hören, sodass die Teller im Schrank zu klirren schienen.

Mrs Porkpie zog den Kopf kurz ein.

Es folgte ein weiteres lautes Niesen.

„Sie hört nicht auf zu niesen. Wenn sie auf dem Weg ins Bad ist, hallt es durch die ganze Etage. Da hat sie sich aber eine schlimme Sache eingehandelt", sagte die Köchin und rührte in einem Suppentopf, aus dem es wunderbar nach Sellerie, Möhre und Porree duftete.

Beanstock erklärte ihr, dass er den Sohn der Pitsches, Sammy, der Ansteckung für schuldig hielt.

134

Mrs Porkpie schüttelte den Kopf über die Unvernunft von Phillis.

„Haben Sie Miss Hasting informiert, Mrs Porkpie?", fragte er kurz danach, während er den Tee aufbrühte.

„Sie ist bereits unterwegs, war kaum zu bremsen, so hat sie sich über die Möglichkeit gefreut, wieder einmal als Köchin für einen großen Haushalt zu arbeiten. Gonzales ist bereits nach Pilpots gefahren, um sie abzuholen. Sie wollte zwar unbedingt mit dem Zug kommen, aber ich hoffe, in Ihrem Sinne gehandelt zu haben, Mr Beanstock?", fragte die Köchin etwas beunruhigt über ihren Alleingang.

„Das ist in Ordnung. Ich hätte Gonzales auch gebeten. Und je schneller die Dame hier ist, umso schneller läuft wieder alles nach Plan im Haus. Ich vermute sogar, dass wir heute oder morgen den Lord of Southcoffelton und Gattin zum Dinner empfangen werden. Da ist es besser, eine zusätzliche Hand in der Küche zu haben. Machen Sie sich keine Gedanken", erklärte er lächelnd und ging dann mit der Kanne frischen Tees in den Salon.

Beanstock hatte richtig vermutet.

Er kannte die Gedanken seiner Herrschaft schon recht gut. Als er im Salon Tee eingoss, bat ihn Sir Percival, für den nächsten Abend die Southcoffeltons einzuplanen. Er hatte vor, sie heute noch einzuladen.

In Waterhill hatte der Tag für Mrs Scarburg nicht gut angefangen. Sie war nervös. Das kannte sie gar nicht von sich. Sie war immer ein leuchtendes Vorbild in Sachen Ruhe gewesen, schon in ihrer Zeit in London hatten ihre Kollegen ihre Integrität und ruhige Ausstrahlung bewundert. Vielleicht kam mit dem Alter auch die Unruhe in ihr Leben.

Sie ärgerte sich maßlos über die Worte des Burgvereinsleiters Mr Brown.

Wie konnte er es wagen, ihr Ungereimtheiten in der Buchführung zu unterstellen. Das sollte er nicht noch einmal versuchen. Sie würde sich das nicht gefallen lassen und handeln.

An diesem Morgen machte sie sich besonders sorgfältig zurecht. Sie trug ein graues Kostüm mit einer weißen Bluse und eine Brosche in Form eines aufgeklappten Buches am Revers der Jacke. Ihr Haar war perfekt frisiert und etwas rosafarbener Lippenstift würde die blasse Farbe ihrer Lippen verdecken.

Kurz dachte sie daran, im Café vorbeizuschauen. Aber sie entschied sich dagegen und lächelte schon wieder etwas optimistischer in den Spiegel über ihrer Kommode.

Dann griff sie zu ihrem langen schwarzen Mantel, setzte die Kapuze auf, damit ihr Haar geschützt war, und verließ das Haus.

Es hatte angefangen zu schneien. Nicht ungewöhnlich. In den letzten Jahren hatte es nach dem Osterfest schon so manches Mal geschneit.

Als sie am Café vorbeikam, sah sie die Kellnerin Rosa im Raum herumlaufen und die Tische säubern. Zum Burgfest wurden viele Gäste erwartet. Da würde sich auch das Café über etwas mehr Umsatz freuen dürfen.

Auf der Burg angekommen, begann Mrs Scarburg die Sitzung für den Nachmittag vorzubereiten.

Im ehemaligen Salon derer von Waterhill stand, neben einem alten geschnitzten Ungetüm von Schrank, ein langer Tisch vor dem Fenster und ringsum zehn Stühle. Hier wurden die Sitzungen des Vereins zur Erhaltung der Burg abgehalten.

Wie sehr sie eine Hilfskraft vermisste, sinnierte die Museumsleiterin. Noch hatte sich niemand gefunden. Das Gehalt war nicht besonders üppig. Vielleicht war dies ein Punkt, den Mrs Scarburg heute noch ansprechen sollte.

Sie ging zu dem großen Eichenschrank, öffnete ihn und nahm eine Tischdecke heraus. Nachdem die Decke faltenfrei lag, holte sie auf einem Tablett das Geschirr aus der Küche. Das Museum öffnete in einer halben Stunde, da sollte sie fertig sein.

Als sie an der Tür zur Halle vorbeikam und bereits auf den Stufen nach oben zum Salon stand, hörte sie ein lautes Klopfen.

Wer könnte das so früh sein? Touristen sicher noch nicht. Sie stellte das Tablett auf einen Tisch neben der Treppe und nahm den großen alten Schlüssel zur Hand. Dann öffnete sie. Einen kurzen Moment dachte sie, es könnte schon wieder Mr Brown sein, der sie kontrollieren wollte.

Aber er war es nicht. Rosa aus dem Café stand frierend und schlotternd vor Kälte vor der Tür und grinste schief. Sie wollte nicht bis zum Mittag mit ihrem Anliegen warten und gleich nach einem Job fragen. Mr Aberforth war noch nicht erschienen, also war es besser, sofort zu gehen.

„Guten Morgen, Mrs Scarburg. Ich habe einen Moment Zeit, bevor das Café öffnet und wollte Sie gern etwas fragen", sagte sie und trat von einem Fuß auf den anderen.

„Na, kommen Sie schon herein. Sie holen sich in der Kälte ja den Tod. Warum tragen Sie denn nur ihr dünnes Kleidchen? Das ist sehr unvernünftig", erklärte Mrs Scarburg.

Das Mädchen trat ein, stellte aber zitternd fest, dass es in der Halle nicht viel wärmer war.

137

„Ich wollte Sie fragen, ob Sie schon eine Hilfskraft für das Museum gefunden haben", sagte Rosa.

Sofort flammte Hoffnung in den Augen der Museumsleiterin auf.

„Leider nicht, mein liebes Kind, wollen Sie sich verändern? Was sagt denn Mr Aberforth dazu?"

„Ach, der alte Brummbär!", rief Rosa und hielt sich sofort erschrocken eine Hand vor den Mund.

„Es war nicht so gemeint, Mrs Scarburg."

Mrs Scarburg sah das Mädchen scharf an.

„Wo ist denn der gute Aberforth überhaupt?", fragte sie nun lauernd.

Rosa hob die Schultern.

„Was sagen Sie, kann ich bei Ihnen anfangen?"

Als Antwort ging die Museumsleiterin zu dem Tisch, nahm das Tablett und gab es Rosa.

„Wunderbar, Sie fangen sofort an. Decken Sie den Tisch im oberen Salon für das Vereinstreffen heute Nachmittag. Ich kümmere mich jetzt um die nötigen Akten. Vielleicht gehen Sie danach kurz zurück in das Café und ziehen sich um. Wir benötigen hier keine Caféhausuniform. Ich bevorzuge einfache Dienstkleidung", erklärte sie.

Rosa grinste breit.

„Wenn Sie zurück sein werden, können Sie den Vertrag unterschreiben. Ich werde alles vorbereiten. Dann erkläre ich Ihnen die anstehenden Aufgaben. Ich hoffe, Sie sind etwas aufgeweckter als die gute Mable. Vor allem dulde ich es nicht, wenn hier irgendwelche Liebhaber auftauchen und von der Arbeit abhalten", sagte Mrs Scarburg und ging sehr zufrieden mit dem Fortgang des Tages in ihr Büro.

Nun konnte sie sich auf andere Dinge konzentrieren, wichtigere Dinge, viel wichtigere Dinge.

Rosa war ebenfalls zufrieden.

Der Kündigungsbrief wanderte auf den Schreibtisch ihres ehemaligen Chefs und sie weinte ihm keine Träne nach. Den ausstehenden Lohn konnte sie wahrscheinlich in den Wind schreiben.

Nachdem sie sich umgezogen hatte, nahm sie ihre sieben Sachen, vor allem den Stapel der *Vogue,* und ging. Die Tür schloss sie hinter sich ab und warf den Schlüssel durch den Briefschlitz.

Ihr Chef war noch immer nicht aufgetaucht. Aber sie machte sich keine Gedanken deshalb. Wahrscheinlich saß er immer noch in irgendeinem Club und pokerte um sein letztes Hemd.

Der Nachmittag kam, der Tisch im Salon war vorschriftsmäßig gedeckt, es stand Gebäck bereit, Rosa stand in der Küche und wartete, dass das Wasser für den Tee kochte.

Mrs Scarburg hatte den Hausmeister angewiesen, Feuer im Kamin zu machen. Es war furchtbar kalt geworden. Was diese plötzlich einbrechende Kälte für das Burgfest bedeuten würde? Sie war sich nicht sicher. Aber warum sollte Schnee etwas ausmachen? Vielleicht würde das Ambiente so noch passender sein. In Gedanken zählte sie die Laternen durch, die im Keller aufbewahrt wurden. Die sollten gereinigt und auf dem Burghof platziert werden. Das war eine wunderbare Aufgabe für den Hausmeister.

Pünktlich zur Teezeit um 16 Uhr erschienen die Vereinsmitglieder.

Natürlich war Bogus Bump, wie immer, der Erste. Er war ein grobschlächtiger Mann mit einem Kindergesicht. Sein Haar stand in einer Weise von seinem Kopf ab, dass man ihn auch für einen etwas verwahrlosten Einsiedler halten könnte. Der lange Bart tat dazu sein Übriges. Aber er war ein sehr tatkräftiger Mann und es half dem Verein ungemein, dass er ein Bauunternehmen führte.

Danach erschienen der pensionierte Geschichtslehrer Mr Border, der die Mitglieder gern mit trockenen Vorträgen langweilte, und die Witwe Truelove, eine rundliche Person mit einer Vorliebe für gestrickte Westen, die in Waterhill eine kleine Frühstückspension betrieb. Auch heute nahm sie sofort, als sie ihren angestammten Platz eingenommen hatte, das Strickzeug aus ihrer Korbtasche. Man sah sie nie ohne Strickzeug. Es war auch schon einmal vorgekommen, dass ein buntes Knäuel Wolle den Korb unfreiwillig verlassen hatte und durch den gesamten Ort gekullert war. Die Witwe Truelove war dem Knäuel, zur Freude der Dorfjugend, durch den halben Ort nachgehastet.

Als letzter, ebenfalls wie immer, erschien Pfarrer Sorrel aus Pilpots. Er war der Jüngste im Verein und man hatte ihn als Vertreter der Kirche hinzugezogen. Man dachte, dass es eine gute Idee gewesen wäre, aber sein ewiges Rezitieren von Bibelversen war manchmal lästig. Dann hörte man schon lieber einen trockenen Vortrag von Mr Border über die punischen Kriege eins, zwei und drei.

„Danket dem Herrn, denn er ist freundlich und seine Güte währet ewiglich", kam es wie auf Bestellung aus dem Mund des guten Pfarrers.

„Amen", riefen die Anwesenden halbherzig im Chor.

Otis Brown war vor einer halben Stunde erschienen, um sich von der ordnungsgemäßen Ausrichtung des Treffens zu überzeugen. Geholfen hatte er nur mit Worten. Taten waren nicht sein Metier. Mrs Scarburg bekam dünne Lippen, sagte aber nichts dazu. Sie war froh, dass Rosa da war und sich um Tee und Gebäck kümmerte.

Zum Glück war das Einstellen von Personal für die Burg und das Museum allein ihre Sache. Das hatte sie in ihren Vertrag einfließen lassen. Sie wollte nicht für jede Entscheidung den Verein zusammenrufen müssen.

Alle hatten eine Tasse Tee, Bogus biss bereits in das erste Scone mit Orangenmarmelade, beschwerte sich, dass sie trocken waren und seine Mutter viel besser backen konnte, bekam wie immer einen Dämpfer von der Witwe Truelove, die von ihrem Strickzeug aufsah und ihn aufforderte, doch endlich einmal Backwerk von der guten Mutter mitzubringen. Denn er würde ja immer nur von den Backkünsten der Mutter reden, aber niemals etwas zur Begutachtung mitbringen.

Otis Brown hustete hinter vorgehaltener Hand und das war das Zeichen, dass Ruhe einkehren solle.

„Wir haben heute eine Menge Arbeit vor uns und ich bitte um Ihre Aufmerksamkeit. Wir müssen uns vor allem einigen …" Weiter kam er nicht.

„Ich bitte zuallererst um die Darlegung der Ungereimtheiten in meiner Buchführung", sagte Mrs Scarburg spitz und knallte einen Stapel Akten auf die Mitte des Tisches.

Der Herr Pfarrer hüpfte vor Schreck auf seinem Stuhl in die Höhe und die Witwe Truelove verlor eine Masche. Bogus verschluckte sich an einem Zimtkeks und hustete.

Alle sahen mit großen Augen zwischen Mr Brown am einen Ende des Tisches und Mrs Scarburg auf der anderen Seite hin und her. Man hätte denken können, in Wimbledon bei einem Tennismatch zu sein. Mr Border wurde schwindlig.

„Meine liebe Mrs Scarburg", säuselte Mr Brown, „das war ein Irrtum meinerseits. Da muss ich mich aber vielmals entschuldigen. Ich hatte doch tatsächlich die Zahlen des letzten mit den Einnahmen des laufenden Jahres verglichen und da gab es natürlich einen gewaltigen Unterschied. Es ist alles in Ordnung mit den Büchern. Im Gegenteil, wir haben sogar mehr eingenommen, was unserer Burg sehr zugute kommen wird. Unser Burgfest wird ein solches Ereignis werden, meine Damen und Herren."

Mrs Scarburg setzte sich, nicht besonders beruhigt, zurück auf ihren Stuhl und die Zornesfalte auf ihrer Stirn verschwand noch nicht. *Das wird er büßen*, dachte sie, *mich so im Unklaren zu lassen.*

Otis Brown lächelte in die Runde und griff zur Tagesordnung. Aus dem Augenwinkel sah er den kalten zornigen Blick der Museumsleiterin.

„In diesem Jahr können wir es uns leisten, eine Reitertruppe mitsamt Ritterrüstung und Lanzenstechwettbewerb zu buchen. Ich habe bereits bei einer Firma nach einem Voranschlag angefragt und es ist vielversprechend. Die Zelte werden am Tag vor dem Fest aufgebaut, auch das ist organisiert. Bogus, Sie werden wie immer bitte beim Aufbau ein Auge auf die Handwerker haben. Ein paar Bewohner werden wiederum im Kostüm das Burgvolk mimen. Aus Pilpots haben Handwerker angefragt und ich habe ihnen Zelte zugewiesen. Der Plan für den Burghof wurde von der lieben Mrs Scarburg ausgearbeitet und wird Ihnen in den nächsten Tagen zugestellt. Wie sieht es von der Kirchenseite aus, Herr Pfarrer Sorrel?"

„Gelobet sei der Herr und das neue Kloster in Pilpots. Man wird im Kloster backen und die Schwestern sind gern bereit, den Verkauf zu übernehmen und sich um den Tee zu kümmern. Es sind in diesem Jahr Novizinnen dazu gekommen, die ebenfalls helfen werden", erklärte der Herr Pfarrer.

„Sehr gut. Was ist mit dem Kinderchor? Mr Border, Sie wollten sich darum bemühen", fragte Mr Brown.

„Es wird fleißig geübt und ich kann es jetzt bereits in Aussicht stellen, dass ich die Laute schlagen werde. Nicht ohne Stolz möchte ich verkünden, dass ich nun in spielerischer Hinsicht ...", berichtete Mr Border und wurde von Mrs Scarburg unterbrochen.

„Das ist ja wunderbar. Wir können es kaum erwarten. Meine Frage geht dahin, ob wir wieder, wie im letzten Jahr, einen geführten Rundgang durch die Burg machen werden. Ich habe mit der Schule in Parsley Field gesprochen und man ist bereit, einige der älteren Schüler für die Aufsicht in den Räumen abzustellen. Dann könnte ich die Führung beruhigt übernehmen."

„Vor allem die Verliese und die Ahnengalerie waren immer gern besuchte Attraktionen. Das sollten wir nicht vergessen. Sind alle einverstanden?", fragte Otis Brown.

Alle nickten.

„Dann freuen wir uns gemeinsam auf den kommenden Samstag, meine Damen und Herren", sagte Mr Brown und rieb sich die Hände in froher Erwartung.

„Der Herr macht die Blinden sehend, Psalm 146 Vers 8", sagte Pfarrer Sorrel und griff zu einem weiteren Keks.

Mrs Truelove verdrehte die Augen.

Auf Parsley Manor war am nächsten Abend alles bereit für das abendliche Dinner mit den Southcoffeltons.

Die Küche war vorbereitet und Beanstock war mit der Küchenhilfe Miss Hasting sehr zufrieden. Sie benötigte keine Anleitung von Mrs Porkpie und die beiden funktionierten wie ein gut geölter Motor. Das waren nicht die Worte des Butlers, solche volkstümlichen Vergleiche lagen ihm fern, sondern so hatte sich der Chauffeur Gonzales ausgedrückt, als er die beiden Küchendamen eine Weile bei der Arbeit beobachtet hatte.

Die Vorspeise war eine Terrine von verschiedenen Fischen, eine Spezialität von Miss Hasting, auf die sie sehr stolz war.

Danach wurde Lamm aufgetragen mit glasierten zarten Möhren und zum Abschluss natürlich eine von Mrs Porkpies wundervollen Tortenkreationen.

Auf diese Köstlichkeit wartete vor allem Lord Mortimer. Er war eine Naschkatze.

Beanstock kredenzte die passenden Weine und nachdem sich die munter plaudernden Herrschaften zu Kaffee und Whisky in die Bibliothek zurückgezogen hatten, konnte Beanstock die beiden Küchendamen ausgiebig loben.

Es war sogar noch ein großes Stück von der Torte für Luci übrig, die sehnlichst darauf gewartet hatte.

Lady Marjorie hatte am Tisch Beanstock zugeflüstert, er möge nun diese Kalorienbombe aus dem Bereich ihres Gatten entfernen, ansonsten müsste der Schneider bestellt werden, um die Anzüge zu ändern. Mit einem Augenzwinkern hatte sie den Butler darauf hingewiesen, dass sicher im hinteren Bereich eine andere kleinere Naschkatze bereits auf ein Stück Torte lauerte.

Beanstock dankte ihr für ihre Aufmerksamkeit.

Später in der Bibliothek schenkte er Whisky ein und Mrs Argyle kümmerte sich um den Kaffee.

Gesprächsthema war vor allem das bevorstehende Burgfest in Waterhill.

Professor McGregor berichtete ausführlich über die Burg. Er hatte sich in den letzten Tagen in der gut sortierten Bibliothek seines Freundes Percival belesen.

„So sagt auch eine alte Legende, dass es einen Schatz in den Mauern geben soll. Aber welche Burg hat keinen verborgenen Schatz aufzuweisen? Gleich neben dem obligatorischen Gespenst, in diesem Fall vielleicht der unbeliebte Lord Arthur of Waterhill, ein unangenehmer Zeitgenosse Heinrichs des Achten. Er soll mit blutiger Faust regiert haben. Die kleine Luci war schon in der Ahnengalerie der Burg und hat mir von dem gruseligen Herrn erzählt."

„Sie werden uns doch sicher begleiten, Beanstock?", fragte Lady Marjorie und lächelte. „Sie sind doch schon wieder auf der Spur des Täters? Ich kann es Ihnen an der Nasenspitze ansehen, dass es in Ihren Fingern juckt, den Fall vor der Polizei zu lösen. Oder Sie müssen Gonzales den Auftrag erteilen, zu recherchieren. Aber das ist sicher nicht in Ihrem Sinne."

Beanstock fühlte sich durchschaut.

Er räusperte sich und schenkte Lady Marjorie einen weiteren Whisky ein.

„Natürlich wird er uns begleiten. Ich möchte zu gern wissen, wer meine schöne Truhe als Sarg benutzt hat", sagte Lady Fedora.

„Da kann ich Ihnen berichten, My Lady, dass der Tote im Wald von Pilpots dafür verantwortlich zeichnet. Die Spuren im Geschäft des Antiquitätenhändlers waren eindeutig dem Toten zuzuordnen. Aber ich bin der Meinung, dass er im Auftrag gehandelt hat. Dieser Mann war nicht der Typ, einfach zwei Menschen umzubringen, ohne etwas dafür zu erhalten. Und aus dem Geschäft wurde nichts gestohlen. Also erwartete der Mann eine weitaus lohnendere Bezahlung. Sein Auftraggeber hat sich seiner dann entledigt. Das Motiv liegt im Dunklen", erklärte Beanstock.

„Und dann sind ja da noch das verschwundene Medaillon

und das Buch."

Sir Percival war wieder einmal erstaunt über seinen Butler Beanstock und dessen verzwickte Gedankengänge.

„Ein Schmuckstück ist verschwunden und ein Buch? Das klingt seltsam. Was hat das mit dem Toten im Wald und den beiden in unserer Truhe zu tun? Da irren Sie sich sicher, mein Bester", meinte Sir Percival zweifelnd.

„Es ist das plötzliche Zusammentreffen dieser scheinbar nicht zusammengehörenden Vorkommnisse, welches mich aufmerksam werden ließ. Ich vermute, die Burg ist letztendlich der Schlüssel, das Rätsel zu lösen."

„Dann sollten Sie uns wirklich zum Burgfest begleiten. Da werden Sie jeden von Rang und Namen aus Waterhill und Umgebung treffen. Die halbe Grafschaft wird dort sein. Das Fest ist überaus beliebt", erklärte er.

„Mit Ihrer Erlaubnis schließe ich mich gern an", sagte Beanstock.

Ritterspiele auf Burg Waterhill

Der Tag der Ritterkämpfe auf Burg Waterhill hatte auch auf Parsley Manor zu Kämpfen geführt. Luci konnte nicht verstehen, warum sie nicht dabei sein durfte. Beanstock erklärte ihr zum wiederholten Mal, dass er die Baronets begleiten würde. Es handelte sich nicht um einen spaßigen Ausflug, sondern um Arbeit. Gonzales bestätigte das und zwinkerte dem Mädchen aufmunternd zu.

Phillis ging es etwas besser. Der Arzt hatte ihr aber noch bis Montag der nächsten Woche Ruhe verschrieben. Inzwischen war sie nicht mehr ansteckend und Luci besuchte sie an jedem Nachmittag für eine Stunde, um sie über die Neuigkeiten auf dem Laufenden zu halten.

Dann brachte Luci ihr auch Kuchen oder ein paar Kekse in das Krankenzimmer, obwohl Mrs Porkpie die Vermutung äußerte, dass das Küchenmädchen dann gar nicht mehr aufstehen wollen würde.

Nach dem Lunch und einer ausgiebigen Ruhepause für Sir Percival, der dem guten Essen der beiden Küchendamen nicht hatte widerstehen können, machten sich die Baronets mit dem Professor und Beanstock auf den Weg nach Waterhill.

Gonzales sah den Butler interessiert von der Seite an, während er durch Pilpots fuhr. Nach Waterhill war es nur ein Katzensprung von Pilpots. Mortecai wäre sicher anderer Meinung, was den Katzensprung betraf.

„Was haben Sie vor, Señor Beanstock? Und vor allem, was wird meine Aufgabe sein?", fragte Gonzales.

„Sie haben doch eine aufregende Aufgabe für mich, Ihren gewitzten Partner in Crime?"

Lady Fedora sah ihren Gatten mit hochgezogenen Augenbrauen an.

„Ich werde mich noch einmal in der Burg umsehen. Tatsächlich können Sie etwas tun, Gonzales. Ich habe gehört, dass die Schwestern aus dem Kloster Pilpots auch auf der Burg anzutreffen sein werden. Ich würde Sie bitten, die beiden Novizinnen im Auge zu behalten. Ich dachte mir, dass es doch eine gute Aufgabe für Sie ist, zwei jungen Mädchen auf Schritt und Tritt zu folgen", erklärte Beanstock.

Gonzales schien nicht begeistert.

„Warum tun Sie mir das an? Zuerst eine Kellnerin, die sich als Mörderin herausstellt, dann eine Wohngemeinschaft von Geistern und jetzt angehende Nonnen? Ich glaube, Sie wollen mir mit Absicht den Spaß an weiblicher Gesellschaft vermiesen", beklagte sich Gonzales.

„Was meinen Sie mit einer Wohngemeinschaft von Geistern, Gonzales? Spielen Sie auf das Haus in Schottland an? Da waren Geister?", fragte erschreckt Lady Fedora. Sie hatte zum Glück keinen der Geister wirklich gesehen und Beanstock wollte auch, dass es so bleibt.

„Aber nein, My Lady, Gonzales meint das rein rhetorisch. Da waren keine Geister. Niemals", sagte er und drehte sich lächelnd zu Lady Fedora um.

Gonzales grinste.

Beanstock räusperte sich.

Professor McGregor sah interessiert zu seinem Freund.

„Von Geistererscheinungen habt ihr mir gar nicht

berichtet? Da müssen wir uns noch unterhalten, bevor ich nach London zurückfahre."

Die Burg kam ins Blickfeld.

Auf den Burghof konnte Gonzales nicht fahren. Er hielt etwas abseits auf einem eigens dafür angelegten Parkplatz. Der Wagen Lord Mortimers und Lady Marjories stand bereits dort. Sir Percival freute sich wie ein kleines Kind auf seine Freunde.

Es war kühl und Beanstock half Lady Fedora in ihren dicken Wollmantel.

„Eigentlich hatte ich erwartet, dass das Wetter sich nach Ostern bessert. Stattdessen wird es scheinbar immer kälter. Wie überaus unangenehm für das Burgfest", sagte sie bedauernd.

„My Lady werden nicht frieren. Man hat sicher wieder Feuerschalen aufgestellt und in einigen Zelten wird es auch Heizapparate geben. Erinnern Sie sich? Vor zwei Jahren sind Sie durch dicke Schneewehen zur Burg gewatet. So schlimm wird es nicht werden", meinte Beanstock und neigte ergeben den Kopf. Aber sein Blick ging besorgt zu den grauen Wolken am Himmel, die zusammen mit den tiefschwarzen Raben die Burg umrundeten.

„Hab´s ihr gesagt", hörte Beanstock jemanden sagen, der hinter ihm stand.

„Was haben Sie wem gesagt?", fragte er und drehte sich zu dem Sprecher um.

„Bin hier der Hausmeister, Pritter der Name. Heute muss ich hier auf dem Parkplatz die Autos einweisen. Eigentlich nicht meine Aufgabe. Hab Mrs Scarburg gesagt, dass die Raben unruhig sind. Das bedeutet schlechtes Wetter, vielleicht sogar Schnee, wenn ich Hannibal glaube. Aber der erlaubt sich ab und zu einen Scherz mit mir, dem kann man nicht alles glauben", erklärte Mr Pritter und lächelte, wenn er an die Raben dachte.

„Hannibal? Ist das einer Ihrer Kollegen?", fragte der Butler neugierig geworden.

„Aber nein. Hannibal ist der Anführer der Rabenbande. Sein Adjutant ist Cäsar und neben einigen anderen ist da auch noch der junge Lohengrin. Ein frecher Kerl ist das", erklärte der Hausmeister.

„Sind Sie auch für die Kamine in der Burg zuständig?", fragte Beanstock und musste plötzlich an Walter denken, den Hausmeister im Haus der Lady Sherry, der jedem berichtete, dass er nur für die Kamine und das Holz zuständig sei. Für nichts Anderes.

„Für die Kamine? Nicht meine Aufgabe. Seit dem letzten Jahr haben wir eine moderne Heizung. Die Kamine sind nur noch für die Touristen da", erklärte er und machte sich auf den Weg zur Burg.

„Hab´s ihr gesagt", murmelte er dabei, „wird schon sehen, was sie davon hat. Keiner hört auf mich, aber das wird sich irgendwann ändern."

Ein seltsamer Mann, dachte Beanstock und versteckte diese Information tief in einem der Regale seines Gedächtnispalastes.

Dann folgte er den Baronets und dem Professor.

Der Hof der Burg war bereits gut gefüllt mit Gästen.

Am Eingang stand ein älterer Herr mit einer Laute und spielte mittelalterliche Musik.

Beanstock vermutete jedenfalls, dass es Musik des Mittelalters sein sollte. Ein paar Töne schienen nicht zu passen. Aber der Mann war hocherfreut über sein Können und verbeugte sich oft und gern. Er steckte in dem Kostüm eines Spielmanns, einem ledernen roten Wams, einer braunen Hose mit Bändern an den Seiten und einem Wollumhang. Auf dem Kopf saß schief ein Barett aus roter Wolle mit bunten Bändern und Glöckchen.

Auf dem Hof, der voller Zelte und bunter Fahnen stand, tummelte sich allerlei Mittelalter Volk. Da waren Mägde mit Haube, Bluse und langem Rock, einen Korb unter dem Arm. Junge und nicht so junge Herren mit Kniebundhose und Stehkragenhemd. Natürlich durfte das Schwert an dem Gürtel nicht fehlen. Ritter führten ihr Streitross zum Lanzenstechplatz und hübsche Burgfräulein schmachteten die stattlichen Ritter an. Dazwischen tobten Kinder mit hölzernen Steckenpferden und Holzschwertern herum, die man an einem Tischlereistand erstehen konnte.

Bogus Bump, ein Mitglied des Vereins, lief mit einer Säge in Richtung des Festplatzes davon, es gab Probleme mit dem Aufbau der Tribüne. Bald sollte dort das Lanzenstechen stattfinden.

Vor einem der Zelte saß eine ältere Dame, beobachtete ganz genau, was um sie herum geschah, und strickte mit Inbrunst an einem ellenlangen Schal. Mrs Truelove hatte sich einen guten Platz gesichert. Von hier konnte sie alles genau überblicken.

Ein schlanker Herr mit einem runden Gesicht und einer auffälligen Nase stolzierte auf dem Hof herum. Er trug ein aufwendiges Kostüm, das sicher von einem guten Schneider gefertigt worden war. Auf dem Kopf thronte eine Hutkreation, anders war diese Kopfbedeckung nicht zu beschreiben. Der Hut war himmelblau mit einer langen Feder und sehr breiter Krempe. Dazu passte sein mit Glitzersteinen und Pelz besetzter himmelblauer Mantel.

„Das ist Mr Brown, der Leiter des Burgvereins. Natürlich wieder als König Heinrich verkleidet. Ich sollte ihn begrüßen. Sonst hält er mir später vor, ich würde ihn nicht beachten", raunte Sir Percival seiner Gattin zu und setzte dann ein breites Grinsen auf.

„Mein lieber Otis, wie freue ich mich, Sie zu sehen, und dann in diesem außergewöhnlich kleidsamen Kostüm!", rief der Baronet und ging mit Lady Fedora zu ihm, um seine Schuldigkeit zu tun. Professor McGregor sah sich bereits nach dem Tee- und Backwerkzelt um.

Leider hatte nun der Lautenspieler seinen Platz am Eingang verlassen und spielte auf dem Hof weiter. Viele Zuhörer hatte er nicht, aber ihm gefiel zumindest sein eigenes Spiel. Mrs Truelove schüttelte den Kopf über so viel Übermut und nahm ein neues Knäuel Wolle aus ihrem Korb.

Mrs Scarburg erschien, wie immer in einem grauen Kostüm, allerdings, dem Anlass Rechnung getragen, fiel der Rock bis zum Boden und die Kostümjacke hatte rote und grüne Bänder an den Armaufschlägen. Mehr gestand sie sich nicht zu. Schließlich musste sie als Museumsleiterin eine gute und vor allem respektable Figur abgeben. Otis Brown machte sich in ihren Augen wieder einmal mehr als lächerlich. Noch nicht einmal ein Provinztheater würde dieses Kostüm in ihr Repertoire für Heinrich den Achten aufnehmen.

Manchmal ging ihr Blick zum Tor. Sie hatte kein Sterbenswörtchen von Mr Aberforth gehört. Er hatte sich noch immer nicht bei ihr für das ausgefallene Treffen entschuldigt. Dafür war sie mit der neuen Hilfskraft sehr zufrieden. Vielleicht kam der Caféhausbesitzer deshalb nicht mehr zu ihr, weil er verschnupft war, dass seine Kellnerin Rosa nun bei ihr arbeitete. Sie zuckte die Schulter. Dann sollte er eben wegbleiben. Aber in ihrem Innersten war sie wütend.

Dann ging sie zu dem Zelt, in dem die Ordensschwestern Tee und Gebäck verkauften. Sie musste sich in jedem der aufgestellten Zelte zeigen. Das gehörte zu ihrem Job. In der Hand hielt sie ein Klemmbrett und einen Stift und notierte sich genau die Kritikpunkte. Aber im Zelt des Klosters *unserer lieben Dame vom Hofe* war alles vorschriftsmäßig organisiert.

An einer Seite war ein langer Tisch aufgebaut, auf dem sich Tassen und Teller stapelten. Die beiden Novizinnen Anna und Marla kümmerten sich um den Abwasch.

Schwester Euthymia hatte viele Stunden geknetet und gebacken und eine Fülle von verschiedenen Backwaren türmten sich auf dem Tisch.

Schwester Aloysia warf begehrliche Blicke dorthin.

Nun stand die Bäckerin mit Schwester Tutilona und Schwester Ubaldine hinter dem Tisch und verkaufte ihre Waren. Das Geld konnte das Kloster gut gebrauchen.

Noch immer waren die Renovierungsmaßnahmen nicht abgeschlossen. Es gab viel zu tun.

Mutter Oberin Zeta begrüßte Mrs Scarburg und zeigte ihr mit Stolz den Kuchenstand.

Mrs Scarburg nickte ihr schweigsam zu, machte auf ihrem Klemmbrett einen Haken und ging.

„Na sowas? Ich hätte doch zumindest ein Lächeln erwartet", sagte Zeta und sah der Museumsleiterin mit gefalteten Händen nach.

„Du verstörte Tochter Babel, wohl dem, der dir vergilt, wie du uns getan hast", zitierte die kleine Schwester Aloysia einen Psalm aus der Bibel. Die neunzigjährige Nonne saß quietschfidel in ihrem Rollstuhl und sah den arbeitenden Schwestern zu. Sie grinste breit.

„Aber, aber, Schwester Aloysia, wir sollen das Tun der

Menschen nicht verurteilen oder bestrafen. Wir vergeben den Verirrten und helfen den Witwen und Waisen …", erklärte Zeta und wurde durch das Kichern der Novizinnen unterbrochen.

„Das gilt vor allem für die jungen Anwärterinnen, meine Damen, ein Ave-Maria kann jetzt nicht schaden", sagte sie.

Anna und Marla sahen ergeben zu Boden und begannen zu beten.

„Und dabei die Aufgaben nicht vergessen!", rief die Oberin streng. Seit dem Tod von Julia hatte sie sich vorgenommen, etwas strenger mit den jungen Frauen zu sein.

Schwester Aloysia hatte sich, als die Oberin abgelenkt war, vom Tisch ein süßes duftendes Blätterteigteil geangelt und biss nun herzhaft und zufrieden hinein.

Die anderen Schwestern plauderten fröhlich weiter.

Manchmal wünschte die Mutter Oberin, sie würde einen Schweigeorden leiten. Aber der Herr hatte ihr diese Bürde auferlegt und damit musste sie sich abfinden.

Sie seufzte.

Wo blieb Pfarrer Sorrel, wenn man ihn brauchte?

Gonzales hatte das Zelt betreten und die Aktion der alten Nonne genau beobachtet. Er zwinkerte ihr zu und Aloysia kicherte fröhlich, während sie in das Kuchenstück biss.

Dann schlenderte er zum Tisch und sah sich um. Dabei behielt er die beiden Novizinnen im Auge, so wie es Mr Beanstock verlangt hatte.

Er nahm sich eine Tasse Tee, obwohl ihm Kaffee lieber gewesen wäre, und setzte sich an einen der kleinen Tische, die für müde Teetrinker aufgestellt worden waren. Déjà-vu, schon einmal hatte er an einem Tisch gesessen und einer jungen Frau beim Servieren zugesehen. Im *Three Chattering Ducks* in Pilpots hatte er die hübsche Bedienung beobachtet. Leider war diese Romanze nicht so verlaufen, wie er es erhofft hatte. Er seufzte und konzentrierte sich auf seine heutige Aufgabe. Mr Beanstock sollte merken, wie wichtig er für die Ermittlungen war.

Zu diesem Zeitpunkt stand Beanstock vor den Gemälden in der Halle der Burg und bewunderte die abgebildeten Menschen. Er sah sich Lord Arthur of Waterhill ganz genau an und entdeckte dabei eine Menge kleiner Details auf dem Bild. Noch mehr Details gab es aber auf dem Bild, das ganz oben hing, das Bild der jungen Dame mit der Witwenblume in der Hand.

Im Hintergrund sah man die Burg, etwas verändert im Gegensatz zu ihrem heutigen Aussehen, aber man erkannte sie.

Schon damals hatte es die vier Türme und in einem Turm dieses wunderschöne Buntglasfenster gegeben.

Die Landschaft im Hintergrund war verschneit und genauso wie am heutigen Tag umkreisten Raben und dunkle Wolken die Burg. Aber am Horizont schien sich die Sonne ihren Weg bahnen zu wollen. Ein zarter Schein blinkte durch die Wolken.

Am auffälligsten war wohl das Gesicht der jungen Frau, schön, blass, mit traurigem Blick und Augen, so geheimnisvoll wie ein dunkler See im Mondschein. Sie trug ein wunderschönes tiefrotes Kleid mit einer aufwendig gearbeiteten Borte am Ausschnitt. Neben ihr stand ein kleiner Tisch mit einem Glas, vielleicht, um die Witwenblume aufzunehmen, einem aufgeklappten Buch und einer Schreibfeder.

155

Womöglich ein Hinweis, dass es sich hier wirklich um die Frau des Dichters Robert of Dale handelte.

Eigenartig fand Beanstock die Tatsache, dass ein Lord der Frau eines einfachen Hofdichters diese Ehre hatte zuteil kommen lassen. Er hatte wohl doch die Frau für sich gewinnen wollen.

Mrs Scarburg erschien in der Halle.

„Sie können sich ja gar nicht losreißen von der Dame. Ich werde jetzt die erste Führung durch die Burg machen. Wollen Sie sich anschließen?", fragte sie.

Hinter ihr kamen einige Leute in die Halle, die sich für die Führung angemeldet hatten, aufgeregt plappernde Kinder, zwei Pärchen und drei ältere Damen.

„Vielen Dank, da komme ich gern einmal mit. Was werden wir denn zu sehen bekommen?", fragte Beanstock.

„Zuerst sehen wir uns den Rittersaal an, der einen wunderschönen filigranen Kaminsims enthält, dann das gut erhaltene Gemach des letzten Burgherrn und zum Ende steigen wir in das Verlies hinab", erläuterte die Museumsleiterin der Besuchergruppe.

„Sehen wir auch die Oubliette? Ich habe schon sehr viel darüber gelesen. Es soll hier so ein seltsames Verlies gegeben haben. Stimmt das?", fragte eine der älteren Damen, während ihre zwei Begleiterinnen dazu aufgeregt nickten.

Mrs Scarburg schien sich nicht wohl dabei zu fühlen.

„Nun, ich hatte nicht vor, die Oubliette zu besuchen. Wie Sie sicher wissen, ist das ein schmaler, tiefer Schacht, der oben mit einem Gitter verschlossen ist. Gefangene wurden einfach hinabgestoßen oder, wenn sie mehr Glück hatten, an einem Strick hinabgelassen. Und so wie es der Name schon impliziert, Oubliette vom französischen oublier, vergaß man den Gefangenen einfach. Da der Zugang im Zuge der Renovierungsmaßnahmen noch nicht ordentlich gesichert ist, hatte ich nicht vor, dort vorbeizusehen. Aber wir werden ein wunderbares Verlies mit allerlei Folterwerkzeugen sehen können", erklärte sie.

Ein wohliges Gruseln ging durch die Besuchergruppe.

Die alten Damen waren offensichtlich enttäuscht.

Die Kinder plapperten drauflos.

„Wenn Sie mir nun bitte folgen würden. Bleiben Sie bitte immer zusammen, man kann sich in diesen Gängen verlaufen. Wer ist für die Kinder zuständig?", fragte Mrs Scarburg streng.

Ein junger Mann meldete sich zaghaft.

„Das sind meine Schüler", erklärte er.

Er sah nicht wie ein Lehrer aus, mehr so, als wäre er selbst noch Schüler. Sein sehr jugendliches Aussehen, die runde Brille und das störrisch nach allen Seiten abstehende Haar taten ein Übriges, um Mrs Scarburg verstimmt blicken zu lassen.

„Ich dulde keinerlei Berührungen der Ausstellungsstücke", sagte sie in einem Ton, der keinen Widerspruch zuließ. Der Lehrer stand stramm. Es fehlte nur noch der militärisch korrekte Gruß.

Die Gruppe machte sich auf den Weg.

Im Teezelt ging es lustiger zu. Der Kuchen von Schwester Euthymia fand reißenden Absatz und die Novizinnen kamen kaum mit dem Abwasch hinterher. Gonzales hatte sich inzwischen einen Teller mit Keksen gekauft und knabberte lustlos daran herum.

Hier war er auf jeden Fall an der vollkommen falschen Stelle. Señor Beanstock hatte ihm keinen besonders aufregenden Auftrag erteilt.

Hatte er das etwa mit Absicht getan?

Gonzales schnaufte.

Aber dann kam seine Stunde.

Eine der Novizinnen ging zur Mutter Oberin und bat sie, die Toilette aufsuchen zu dürfen.

„Kommt denn Marla kurze Zeit ohne dich aus, mein Kind? Es gibt viel Arbeit hier", wollte Zeta wissen und sah sie streng an.

„Im Moment lässt der Ansturm nach, da das Lanzenstechen beginnt. Das wollen sich doch sicher alle ansehen", erklärte Anna. Um die Dringlichkeit zu unterstützen, sprang sie von einem Fuß auf den anderen.

„Gut, beziehungsweise nicht so gut, was für ein unchristliches Ansinnen. Erwachsene Männer auf Pferden stechen mit Lanzen aufeinander ein. Ja um Himmels Willen wer denkt sich so etwas nur aus? Beten wir für die armen Gestrauchelten! Komm so schnell es geht zurück, Anna. Kennst du den Weg?"

„Natürlich. Wir waren doch schon einmal in der Burg. Ich kenne den Weg genau", erklärte die Novizin mit einem braven Augenaufschlag und gefalteten Händen.

Gonzales stopfte sich den letzten leckeren Keks in den Mund und folgte Anna.

Tatsächlich ritten vor dem Zelt Ritter hoch zu Ross in Richtung der Außenanlagen. Dort war alles für den Wettbewerb bereit.

Neben den Pferden liefen Knappen in bunten Röcken und trugen die Lanzen und die Fahnen des Ritters.

Es waren wunderschöne Pferde. Gonzales kannte sich aus. Schließlich kam er aus Spanien und hatte als Kind auf dem Lande gelebt.

158

Einige der größeren Tiere mit kräftigen Gliedmaßen und einem kräftigen Hals waren *Percherons*. Ihre lebhaften Augen verfolgten das Treiben ringsum aufmerksam.

Andere Pferde waren eindeutig *Andalusier*. Schneeweiße Hengste mit angeborener Eleganz und hochsensibel. Dieser Rasse sah man den Stolz an. Sie blickten nicht links und nicht rechts, sondern hörten nur auf die leisen Befehle ihrer Reiter.

Beinahe hätte Gonzales seinen Auftrag vergessen. Anna war bereits kurz vor dem Haupteingang der Burg angekommen. Bevor er ihr folgen konnte, stellte sich ihm ein winziger Ritter mit zornigem Blick und einem Holzschwert in den Weg.

„Sag an du ... du ..." Dem Jungen gingen die Worte aus.

„Vielleicht wolltest du sagen, du edler weitgereister Rittersmann?", half ihm Gonzales, behielt aber die Novizin noch im Blick.

„Ja genau, du weitvereister Rittmann, bleib stehen und wehre dich!", rief der Kleine und pikste Gonzales mit dem Schwert in den Bauch. Gonzales tat so, als wäre er getroffen, krümmte sich unter Schmerzen, sah dabei zum Eingang der Burg und ließ sich auf die Knie hinab.

„Gnade, gnädiger Herr. Ich habe Frau und Kind daheim auf meiner Burg und eine riesige Menge Federvieh. Lasst mich bitte gehen!"

Der kleine Ritter sah Gonzales abschätzend an.

„Da will ich nochmal gnädig sein ..."

„Brian, komm sofort her und iss deine Waffel auf", rief eine Frau vor einem der Zelte und winkte dem Knirps.

„Ich muss los!", rief dieser, rannte davon, verlor einmal sein Schwert und sprang dann mit einem Satz in das Zelt.

Gonzales lachte.

Dann sah er sich nach der Novizin um. Er sah gerade noch ihr schwarz-weißes Ornat in der Tür verschwinden.

Jetzt aber schnell.

Vorsichtig trat er durch die große Eichentür in die Eingangshalle, die voller Gemälde hing. Wo war das Mädchen geblieben?

Er stand ganz still. Da war das Klappern von Schuhen zu hören, oben in der ersten Etage. Gonzales wusste, dass die Toiletten im Erdgeschoss waren. Ein Schild am Eingang verwies eindeutig nach links.

Wohin wollte das Mädchen?

Er stieg die Treppe langsam hinauf.

Dort war an der linken Seite die Bibliothek und rechts ging es zum Vereinszimmer und dem Büro der Museumsleiterin. Es gab genug Schilder, die das anzeigten.

Gonzales horchte angestrengt. In der Bibliothek schien alles ruhig zu sein. Also ging er langsam nach rechts.

Das Vereinszimmer lag verwaist da.

Aber im Hintergrund stand eine Tür halb offen. Es klang so, als würde dort jemand etwas suchen. *Seltsam*, dachte Gonzales, *was sucht eine Novizin in diesem Büro?* Das Mädchen würde es ihm nicht verraten, da war er sicher. Also entschied er sich für eine andere Taktik. Er würde vor der Tür abwarten und ihr dann wieder folgen. Vielleicht sah er, was sie getan hatte.

Gonzales hatte sich nicht getäuscht. Nach kurzer Zeit kam das Mädchen heraus. Er stand hinter einer breiten Säule und beobachtete es. Sie hatte eine Taschenuhr an einer Kette in der Hand, sah sie lächelnd an und ließ das goldene Prachtstück vor den Augen tanzen. Dann steckte es das Kleinod unter ihr Ordensgewand und lief schnell zurück auf den Burghof.

Das ist ja ein Ding! Eine diebische Elster in einer Nonnentracht, dachte Gonzales. *Nun, schwarz-weiß wie eine Elster ist sie ja, das passt schon irgendwie. El cielo y el infierno! Wenn das Señor Beanstock erfährt.*

Die Besuchergruppe um Mrs Scarburg hörte sich in diesem Moment einen Vortrag über das Für und Wider von Bettpfannen an, die auch noch im letzten Jahrhundert gern benutzt worden waren.

Die flache, runde Schale, meist aus Messing oder Kupfer gefertigt, hatte einen langen Stiel aus Holz oder ebenfalls Metall. Am Abend war es die Aufgabe des Hausmädchens gewesen, glühende Kohlen in das Gefäß zu tun und unter der Bettdecke der Herrschaft zu platzieren. Es gab sehr schön verzierte Stücke und eine ansehnliche Sammlung hing in dem Gemach an den Wänden.

Die Kinder kicherten und wurden unaufmerksam. Bettpfannen waren nicht gerade interessant, aber sehr witzig. Mrs Scarburg holte tief Luft, um sich zu beruhigen, und schob dann die Gruppe zurück in das Treppenhaus.

„Jetzt werden wir uns die Verliese ansehen. Einige wurden in späteren Zeiten, als man keine Menschen mehr rädern oder strecken wollte, als Weinkeller genutzt. Folgen Sie mir", erklärte sie und schritt voran.

Die alten Damen kamen scheinbar kaum hinterher. Beanstock bemerkte, dass sich die Damen leise unterhielten und sich immer mehr zurückfallen ließen.

Als man das Untergeschoss erreichte und mit wohligem Grauen die Streckbank begutachtete, waren die drei Damen verschwunden.

Beanstock ging ein paar Schritte zurück und hörte die drei in einem anderen Kellerabteil tuscheln. Er folgte ihnen. Vielleicht hatten sie sich verlaufen und er konnte behilflich sein. Aber das war nicht nötig, wie er schon bald an ihrem fröhlichen Lachen erkannte. Doch dieses Lachen verwandelte sich umgehend in schrille Schreie.

Beanstock lief etwas schneller.

Eine der alten Damen musste gestürzt sein.

Hoffentlich lag sie nicht mit gebrochenen Knochen am Grunde der Oubliette. Denn, da war sich Beanstock sicher, die drei hatten danach gesucht.

Er kam in einem der schummrigen Verliese an.

Der Raum war kreisrund und an den Wänden standen Maurereimer herum. Ein Indiz, dass hier wirklich noch gebaut wurde.

Die drei Damen standen im Kreis um ein etwa zwei Fuß breites Loch im Boden und eine der Damen leuchtete mit einer Taschenlampe hinein. Alle drei waren blass und die Taschenlampe in der Hand der alten Dame zitterte.

„Was ist passiert?", fragte der Butler und schaute nun ebenfalls in das Loch, das gut drei bis vier Yards tief sein musste. Was Beanstock da sah, verschlug ihm die Stimme.

Von dem Lärm angelockt, erschien nun auch Mrs Scarburg und im Schlepptau der Rest der Gruppe im Verlies.

Die Kinder drängelten sich hinein. Bevor Beanstock etwas sagen konnte, hatten die Kinder schon zu viel gesehen und begannen zu schreien.

„Ist das eine Puppe? Wenn das den Leuten Angst einflößen sollte, das haben Sie geschafft. Aber für meine Schüler ist das wohl etwas zu viel!", empörte sich der Lehrer und begann, die Kinder aus dem Verlies zu scheuchen.

„Was ist denn da unten? Ich habe niemals eine Puppe genehmigt. Ich finde das mehr als makaber. Wir sind doch hier nicht im Horrorkabinett von Madame Tussauds!", rief Mrs Scarburg aufgebracht und sah nun auch in das Loch.

„So halten Sie die Taschenlampe doch ruhig!", fuhr sie die alte Dame an. Dann nahm sie ihr die Lampe aus der Hand und leuchtete selbst hinunter. Sie griff sich voller Abscheu an den Hals und taumelte zurück.

„Das ist Mr Aberforth. Wie kommt er in die Oubliette?", fragte sie nach einer Weile mit geschlossenen Augen.

Beanstock nahm ihr die Taschenlampe aus der Hand und leuchtete hinunter.

Der Caféhausbesitzer lag mit ziemlich verdrehten Gliedmaßen am Grund und starrte scheinbar erschrocken nach oben. In seiner Brust steckte ein Bolzen. Er war wahrscheinlich bereits tot gewesen, als man ihn dort in das enge Loch gestopft hatte.

„Warum wollten Sie unbedingt die Oubliette sehen, meine Damen?", fragte er die drei, die vollkommen am Boden zerstört schienen.

„Wir hatten seit langer Zeit unsere Vermutungen in Bezug auf den Schatz der Waterhills angestellt und da kamen wir auf die Oubliette. Ich denke, niemand war bis jetzt ganz unten und hat nachgesehen, ob der Schatz vielleicht dort versteckt ist", erklärte eine der Damen.

„Es gibt keinen Schatz!! Wie oft soll man das noch betonen? Wie viele Schatzjäger muss ich noch ertragen?", rief aufgebracht Mrs Scarburg.

„Sie sollten die Polizei benachrichtigen, Mrs Scarburg. Ich glaube, das ist jetzt am wichtigsten. Wenn ich mich nicht täusche, wollte Inspector Greenwood das Burgfest besuchen. Vielleicht sehen Sie einmal nach. Ich warte hier mit den Damen, die ja noch eine Aussage machen müssen", sagte Beanstock.

163

Die drei alten Damen sahen schuldbewusst zu Boden.

„Zuhause hocken, Tee trinken und Kuchen für den Kirchenbasar backen ist so langweilig. Wir wollten auch einmal etwas erleben", versuchte sich eine der Damen zu verteidigen.

Beanstock hörte kommentarlos zu. Er konnte das verstehen. Aber was würde Inspector Greenwood sagen, wenn er ihn hier antraf?

Das war im Moment Beanstocks größte Sorge.

Der Rest der Besuchergruppe hatte vor einer Weile schon die Flucht ergriffen. Mit der Polizei wollte man diesen Tag nicht ausklingen lassen.

Gonzales bemerkte sofort, dass etwas nicht zu stimmen schien. Die Museumsleiterin kam mit wehenden Röcken aus der Tür der Burg gelaufen und sah sich verstört auf dem Burghof um.

Sie suchte etwas.

„Kann ich behilflich sein, Señora?", fragte er die Dame. Er stand noch am Eingang. Die Novizin Anna war mit ihrer Beute im Teezelt verschwunden. Gonzales wollte auf den Butler warten.

„Ich suche Inspector Greenwood oder seinen Constable. Haben Sie ihn zufällig gesehen?", antwortete sie.

„Ich glaube, ich habe ihn vor ein paar Minuten auf dem Weg zum Lanzenstechplatz gesehen. Soll ich ihn holen?", bot Gonzales an.

„Ach, das wäre zu nett. Sie sind der Chauffeur der Baronets von Parsley Manor, nicht wahr?"

Gonzales nickte.

„Was ist denn vorgefallen?", fragte Gonzales vorsichtig. Es hatte sicher wieder einmal mit dem Butler zu tun.

164

„Suchen Sie doch einfach den Inspector und schicken Sie ihn in die Burg. Ich warte in der Halle und versuche, mich zu beruhigen."

Gonzales lief los.

Die Ritterspiele waren in vollem Gange.

Die Pferde preschten unter dem Johlen der Menge über den Platz. Zerbrochene Lanzen zeugten von harten Kämpfen.

Gonzales fand den Inspector an der Bande in vorderster Linie. *Er sieht so zufrieden und fröhlich aus*, dachte Gonzales, *die Laune wird ihm sicher vergehen.* Hoffentlich geht es nur um die verschwundene Taschenuhr. Gonzales war sich nicht sicher, ob er nun etwas sagen oder doch auf den Butler warten sollte.

Er tippte dem Inspector auf die Schulter und flüsterte ihm etwas ins Ohr. Er behielt recht. Die gute Laune löste sich in Wohlgefallen auf.

Inspector Greenwood folgte dem Chauffeur zurück auf den Burghof und zum Haupteingang.

Mrs Scarburg lief nervös in der Halle auf und ab.

„Danke, Gonzales, ich brauche Sie nicht mehr", erklärte der Inspector, als er sah, dass der Chauffeur ihm folgen wollte. Nachdem die Tür geschlossen war, sah er fragend Mrs Scarburg an.

„Am besten folgen Sie mir. Es ist etwas Furchtbares passiert. In der Oubliette liegt ein Toter. Mr Beanstock wartet …" Weiter kam sie nicht. Der Inspector unterbrach sie.

„Bitte, wer wartet?"

„Nun, Mr Beanstock, der Butler der Baronets, kennen Sie ihn denn nicht?"

„Ich kenne ihn schon viel zu gut!", rief der Inspector.

„Gehen Sie voraus, ich folge", erklärte er mit einem tiefen Seufzer.

Als die beiden im Kellergeschoss verschwunden waren, ging ganz zaghaft die Tür zur Halle auf und Gonzales steckte seinen Kopf hindurch. Er war allein. Gut.

Dann folgte er den beiden.

Vielleicht benötigte Mr Beanstock dort unten seine Hilfe.

Inspector Greenwood sah, im Verlies angekommen, auf den Caféhausbesitzer und hörte sich dann die Aussagen des Butlers und der alten Damen an.

„Bevor wir den Herrn nicht hier oben haben, kann man nicht viel tun. Ich werde die Spurensicherung rufen. Wo ist das nächste Telefon?", fragte er.

„Kommen Sie bitte in mein Büro", erklärte Mrs Scarburg immer noch ziemlich blass.

„Mr Beanstock, Sie warten hier bitte. Meine Damen", wandte er sich an die drei im Hintergrund, „Sie begleiten mich jetzt und werden im Büro auf meinen Constable warten. Er wird die Aussagen aufnehmen. Was für ein wunderschöner Tag."

Gonzales hatte sich in einem der Nebenräume versteckt. Die Laune des Inspectors war schon schlimm genug. Er wollte ihn nicht noch mehr verärgern.

Als sich die Schritte entfernten, kam er aus dem dunklen Raum und trat zu Beanstock, der die Oubliette interessiert mit der Taschenlampe absuchte.

„Mr Beanstock, was ist passiert? Ich dachte, es geht um die gestohlene Uhr?", fragte er leise den Butler.

„Was für eine Uhr? Der Caféhausbesitzer Aberforth aus Waterhill liegt da unten und kann mit niemandem mehr Tee trinken", erklärte Beanstock.

166

Gonzales sah nach unten.

„Wie ist der durch das Loch gekommen? Er scheint mir kein schlanker Mensch gewesen zu sein."

„Man braucht schon etwas Kraft. Somit würde ich Mrs Scarburg doch langsam von den Verdächtigen ausschließen."

„Sie haben die Museumsleiterin verdächtigt? Also nein, Mr Beanstock, so eine Dame?"

„Sie machte sich verdächtig. Sie hat mir berichtet, dass sie eine Meisterin am Bogen sei, und zwei der Opfer wurden mit einer Armbrust getötet. Was denken Sie?"

„A lo mejor? Aber sie kann das unmöglich geschafft haben, Señor."

„Das weiß ich jetzt auch. Vor allem, weil sie regelrecht erschüttert war von dem Fund des Toten. Sie kannte ihn sicher gut. Nein, ich schließe sie aus. Nun berichten Sie mir bitte von dieser ominösen Taschenuhr und dem Diebstahl."

Zuerst schwiegen die beiden Herren aber und streckten ihre Ohren in Richtung der Treppe.

Nichts war zu hören.

Beanstock nickte Gonzales zu.

„Ich bin der kleinen Novizin gefolgt. Ihr Name ist Anna. Sie wollte die Toilette aufsuchen, angeblich. Ich folgte ihr bis in den Vereinssaal und sah, wie sie das Büro der Museumsleiterin betrat."

„Woher wissen Sie denn, dass es das Büro und der Vereinssaal waren? Sie waren doch noch niemals hier, oder?", unterbrach Beanstock den Bericht.

„Schließlich kann ich lesen. Überall sind Schilder angebracht und …"

„Vielleicht war da das Bad und die junge Novizin strebte dorthin?", unterbrach Beanstock erneut.

„Wollen Sie meinen Bericht hören oder nicht?", fragte Gonzales stirnrunzelnd.

Beanstock nickte entschuldigend.

„Also. Ich habe mich hinter einer Säule im Hintergrund versteckt und gewartet. Man konnte genau hören, dass das Büro durchsucht wurde. Dann erschien sie sehr schnell wieder und in ihrer Hand lag eine goldene Uhr. Das Ding sah ziemlich kostbar aus und blinkte und funkelte. Sie versteckte es in ihrem Kleid und lief nach unten. Dann verschwand sie wieder im Teezelt." Auf den letzten Metern seiner Erzählung hatte Gonzales immer schneller geredet. So wollte er vermeiden, dass der Butler ihn unterbrach. Nun holte er tief Luft.

„Das haben Sie gut gemacht. Aber Sie sollten jetzt gehen, bevor der Inspector zurückkommt und Sie hier sieht. Er ist schon ärgerlich genug über meine Anwesenheit. Wir treffen uns draußen auf dem Burghof. Sehen Sie auch bitte nach den Baronets und ihrem Gast. Informieren Sie bitte Sir Percival, dass ich so schnell es geht kommen werde", erklärte Beanstock.

Gonzales machte sich auf den Weg nach oben. Keinen Moment zu früh, denn der Inspector kam mit einer blassen Mrs Scarburg aus der ersten Etage.

Sie schien noch mehr aufgebracht zu sein und klopfte mit ihrem Taschentuch ständig an ihren Hals. Gonzales wusste warum. Sicher hatte sie den Diebstahl bemerkt.

„Das könnte im Zusammenhang stehen. Vielleicht wollte Mr Aberforth die Uhr stehlen und wurde überrascht oder ein Komplize hat ihn in das Verlies befördert", sagte der Inspector auf dem Weg nach unten.

Das Letzte, was Gonzales hörte, war die sich überschlagende Stimme der Museumsleiterin.

„Was erzählen Sie denn für einen Quatsch? Ich war vorhin in meinem Büro! Da war die Uhr noch in der Vitrine! Das geht doch zeitlich gar nicht zusammen! Aberforth liegt doch da unten bestimmt schon seit gestern oder noch länger. Er war ja seit Tagen verschwunden!"

Dann waren die beiden fort. Gonzales trat hinter der Säule hervor und ging aus der Halle auf den Burgplatz.

Die Baronets und Professor McGregor fand er im Teezelt. Lady Fedora unterhielt sich sehr angeregt mit Mutter Oberin Zeta.

„Sie waren doch noch nicht in Parsley Field. Darf ich Sie nach Parsley Manor zum Tee einladen? Unser Pfarrer Wilson wäre hocherfreut, wenn ich ihn ebenfalls dazu bitte. Ich bin sicher, mein Mann ist mit einer Zuwendung für den Aufbau des Klosters einverstanden. Ich kann mir gar nicht vorstellen, wie die alten Mauern aussehen, nach all der langen Zeit des Leerstandes. Eine Schande ist das", sagte My Lady.

Oberin Zeta war begeistert.

„Darf ich eine meiner Novizinnen mitbringen, My Lady? Wir haben seit einer langen Zeit endlich wieder die Möglichkeit, junge Nonnen auszubilden. Und unsere Anna hier ist eine besonders eifrige Schülerin."

Lady Fedora nickte erfreut und Gonzales zog betroffen die Augenbrauen empor. *Da sollte Mr Beanstock ganz genau auf das Silber achten*, dachte er.

Nach einer halben Stunde erschien der Butler.

Die Spurensicherung war unterwegs und seine Aussage war aufgenommen. Es gab keinen Grund, länger zu verweilen. Die Polizei hatte Befragungen durchgeführt und Namen notiert. Der Tote lag nun auf einer Bahre und war auf dem Weg zu Dr. Seekers Arbeitsstätte. Es war mehr als schwierig gewesen, den Toten von dort unten heraufzuholen.

Inspector Greenwood verließ als einer der Letzten den Tatort, nachdem Constable Donegal alles vorschriftsmäßig mit Polizeiband versehen hatte. Mrs Scarburg sollte dafür Sorge tragen, dass niemand diesen Bereich betrat.

Das Burgfest neigte sich dem Ende zu. Viele Gäste waren bereits nach Hause zurückgekehrt. Auch die Freunde der Baronets, Lord Mortimer und Lady Marjorie, hatten schon vor einer halben Stunde das Fest verlassen.

Die Nonnen vom Kloster waren auf dem Weg nach Pilpots. Es war ein erfolgreicher Tag gewesen. Man hatte potenzielle Unterstützer, wie die Baronets, gefunden und der Kuchenverkauf hatte Geld in die Kasse gebracht.

Pfarrer Sorrel begleitete die Nonnen zurück und man betete gemeinsam in der Kapelle für das Seelenheil des Toten.

Als Einzige der Ordensschwestern hatte Anna mehr als einen Gedanken für den toten Caféhausbesitzer übrig.

Sie zählte eins und eins zusammen. Der erste Anschlag auf den Mann war fehlgeschlagen, da sie die Flasche Wein mitgenommen hatte.

Was würde als Nächstes geschehen? War sie etwa in Gefahr? Aber diesen Gedanken verwarf Anna. Wer kannte sie schon? Sie war ein Niemand.

Am Abend wanderte die kostbare Uhr hinter den Stein und sie war mehr als zufrieden mit dieser Ausbeute.

Bogus Bump begann derweil auf dem Burghof mit seinen Helfern aufzuräumen. Mr Pritter half ihm und fegte energisch den Schmutz fort.

Mrs Truelove nahm ihr Strickzeug und ging in ihre

kleine Pension.

Die Pferde wurden in ihre Hänger verfrachtet und es trat langsam Ruhe ein. Wenn Mr Bump am nächsten Tag endlich die Zelte abbauen würde, wäre Mr Pritter der glücklichste Mensch.

Er mochte diese Feiern nicht auf seiner Burg. Und er mochte Mr Bump nicht. Der Bauunternehmer hielt sich nicht an die Absprachen. Er nahm billiges Material. Das würde den historischen Wert seiner Burg mindern. Letztens hatte er sich mit ihm gestritten, weil er einfach einen Sims glattziehen lassen hatte, anstatt der historischen Vorlage zu folgen. Blumenranken waren an dieser Stelle nötig. Dann dieser Lärm den ganzen Tag.

Das störte seine Raben und brachte Unruhe mit sich, die ihm nicht gefiel.

Dieser Verein um Mr Otis Brown zerstörte seine schöne Burg.

Wenn er Mrs Scarburg darauf ansprach, hatte sie nur ein selbstgefälliges Lächeln für ihn übrig. Sie konnte ja nicht ahnen, wie viel Wissen er über diese Burg hatte. Er war hier nur der Hausmeister, wohnte in einer winzigen Wohnung im Gesindetrakt und sollte den Mund halten. Das würde der Dame gefallen.

Aber dieser Mensch war er nicht mehr.

Es musste etwas geschehen.

Besuch auf Parsley Manor

Am Morgen dieses Tages verabschiedete sich Professor Ian McGregor von seinen Freunden auf Parsley Manor. Gonzales brachte ihn nach dem Frühstück zum Bahnhof in Parsley Field und vergewisserte sich, dass der Professor einen gemütlichen Platz im Zug hatte. Nachdem der Koffer in der Ablage lag und Mr Templar zur Abfahrt gepfiffen hatte, stand Gonzales noch kurz auf dem Bahnsteig und sah dem ausfahrenden Zug nach.

Dann ging er zurück zum Wagen und machte sich auf den Rückweg.

Am Nachmittag würde er nach Pilpots fahren und die Ordensschwestern aus dem Kloster zum Tee abholen. Sir Percival hatte darauf bestanden, entgegen der Aussage der Mutter Oberin, dass man allein zurechtkam.

Beanstock hatte sich Gonzales´ Bericht über den Diebstahl nochmals genau angehört.

Parsley Manor war vorbereitet. Mrs Argyle war als Einzige eingeweiht in die Geschichte. Sie würde die Novizin so gut es ging im Auge behalten.

„Was ist mit dieser Welt passiert?", hatte sie am Abend vorher gesagt, als der Butler mit ihr gesprochen hatte. „Eine angehende Nonne stiehlt? Das ist doch sicher diese Krankheit, wie heißt das gleich wieder? Sie wissen schon, Mr Beanstock, diese armen Menschen, die einfach etwas nehmen müssen, es aber gar nicht merken."

172

„Sie meinen eine Kleptomanin? Nein, dieser Meinung kann ich mich in diesem Fall nicht anschließen."

„Wie soll die junge Dame sonst dazu kommen? Und vor allem, was will sie mit dem ganzen Zeug? Sie ist auf dem Weg, dem weltlichen Leben adieu zu sagen und sich der Mildtätigkeit und dem Klosterleben zu verschreiben", hatte die Hausdame ratlos gefragt.

„Ich habe mir den Bericht von Gonzales nochmals durch den Kopf gehen lassen. Wenn Anna eine Kleptomanin wäre, würde sie auf keinen Fall so gezielt arbeiten. Ich bekomme den Eindruck, dass sie ganz genau weiß, was sie tut. Ich habe mir überlegt, mit der Mutter von Anna zu reden. So kann ich das Bild abrunden."

„Meinen Sie nicht, Sie sollten Inspector Greenwood informieren?", hatte Mrs Argyle vorsichtig gefragt.

„Nicht bevor ich alle Fakten kenne. Beweise sind nötig. Das Gesamtbild dieser Vorfälle hat für mich im Moment noch etwas Chaotisches. Die Puzzleteile liegen noch nicht an ihrem Platz", sagte Beanstock.

Dann waren die beiden wieder an ihre Arbeit gegangen.

Mrs Argyle deckte mit Lizzy den Tisch im Esszimmer. Die feine Damastdecke wanderte auf den Tisch, das gute Geschirr mit dem Wappen und die Silberlöffel und Gabeln, ebenfalls mit dem Wappen. Am liebsten würde Mrs Argyle die Silberstücke an der Damastdecke ankleben. Sie seufzte und betrachtete traurig einen der schönen Löffel.

Lizzy hatte etwas bemerkt. Sie sah den seltsamen Blick der Hausdame und bemerkte, dass etwas nicht stimmte.

Wenn sie bei der Arbeit mit Mrs Argyle war, wurde immer viel erzählt und man lachte auch ab und zu einmal. Lizzy fühlte sich hier wie zuhause. Sie hatte die Hausdame in ihr Herz geschlossen. Nun sorgte sie sich um sie.

„Alles in Ordnung, Mrs Argyle?", fragte sie so unschuldig wie möglich.

„Natürlich! Alles ist in Ordnung. Sie machen das sehr gut. Legen Sie bitte noch die Servietten an ihren Platz und dann können Sie das Zimmer vom Professor aufräumen. Ich werde in meinem Büro sein und die Bestellungen machen. Es gibt so viel zu bedenken", erklärte die Hausdame und war verschwunden.

Nun wusste Lizzy ganz genau, dass etwas nicht stimmte. Sie wusste auch schon, wen sie ansprechen könnte. Luci war immer für Informationen gut. Das Kind hörte und sah eine Menge Dinge, die ihr durch die Finger flutschten. Wenn sie oben das Zimmer des Professors gemacht hatte, würde sie mit dem Kind reden. Heute war Luci gegen Mittag von der Schule zurückgekommen und saß wahrscheinlich jetzt über ihren Hausaufgaben.

Lizzy wurde enttäuscht. Luci war in ihrem Zimmer und las. Als das Hausmädchen sie auf die seltsame Stimmung der Hausdame ansprach, konnte Luci nur mit der Schulter zucken, aber sie versprach, aufmerksam zu sein.

Auf dem Flur der Dienstbotenetage lief Phillis auf und ab. Sie war wieder ganz in Ordnung und hatte die Langeweile in ihrem Bett langsam wirklich satt.

„Morgen werde ich endlich wieder meinen Dienst in der Küche antreten. Mrs Argyle hat es mir gesagt. Diese Miss Hasting möchte wohl sehr gern meinen Platz einnehmen. Was denkst du, Lizzy?", fragte sie, als sie das Hausmädchen aus Lucis Zimmer kommen sah.

„Mach dir keine Gedanken. Alles ist gut. Miss Hasting wird uns heute Abend bereits verlassen. Wenn Gonzales die Nonnen nach Pilpots zurückbringt, wird er die nette Miss Hasting mitnehmen und zuhause absetzen. Lady Fedora hat

174

ihr aber angeboten, immer, wenn man Hilfe brauchen würde, auf die Dame zurückzugreifen. Ich finde das doch ganz gut. Manchmal hat die arme Mrs Porkpie wirklich sehr viel um die Ohren", sagte Lizzy und dann ging sie zurück an die Arbeit. Das Zimmer des Professors war wieder tipptopp. Aber im Bad war noch einiges zu ordnen.

Am Nachmittag erschien Pfarrer Wilson aus Parsley Field. Er war hocherfreut über die Einladung gewesen. Der Nachmittagstee bei den Baronets war legendär, vor allem was das Kuchenangebot betraf.

Vikar Burton war nicht dabei, er hatte in London zu tun.

Pünktlich zur Teestunde fuhr Gonzales mit den beiden Ordensschwestern vor die Tür von Parsley Manor.

Die Mutter Oberin wurde begrüßt und Lady Fedora führte die beiden in das Esszimmer.

Auf der festlich gedeckten Tafel standen saftige winzige Sandwiches und Gebäckteile bereit.

Beanstock erschien mit der Teekanne und man nahm Platz.

Mrs Argyle hatte rosa Flecken auf den Wangen.

„Bekommen Sie nun als nächste die Erkältung? Alles in Ordnung?", fragte leise Sir Percival, bevor er sich setzte.

„Ich bin nur etwas schnell gelaufen, Sir, alles ist in Ordnung", antwortete sie.

Beanstock räusperte sich und sah sie mit weit aufgerissenen Augen an.

Er beobachtete jede Bewegung der jungen Novizin Anna, die mit gefalteten Händen und einem Gesicht am Tisch saß, als könne sie kein Wässerchen trüben. Beanstock war sicher, dass sie hier im Esszimmer nichts mitgehen lassen würde. Das war viel zu offensichtlich. Er schätzte sie als sehr clevere Diebin ein, die warten konnte und eine

175

Gelegenheit ergriff, wenn sie sich bot.

Diese Gelegenheit kam nach dem Tee.

Pfarrer Wilson hatte sich angeregt mit der Mutter Oberin über die Renovierungsmaßnahmen im Kloster unterhalten und den ein oder anderen Tipp gegeben. Seine Soutane bekam im Eifer des Gefechtes den ersten Sahnefleck.

Lady Fedora verdrehte die Augen in einem unbeobachteten Moment und sah mit einem Nicken zu Beanstock, der sofort verstand.

Er würde, bevor der gute Pfarrer gehen wollte, einen Versuch wagen, den Fleck herauszubekommen.

Sir Percival bat die Mutter Oberin und ihre Novizin in die Bibliothek, um ein Auge auf die reichlich vorhandenen Erstausgaben zu werfen. Mrs Argyle blieb im Esszimmer, währen Beanstock den Herrschaften folgte.

Im Nachhinein musste er die junge Dame bewundern. Er hatte versucht, die Novizin die ganze Zeit im Auge zu behalten. Natürlich ging das nicht in jeder Sekunde. Und genau in diesem Moment musste es passiert sein.

Während Mrs Argyle auf das Silber im Esszimmer achtete und Beanstock die Taschenuhrsammlung Sir Percivals im Auge behielt, verschwand in der Empfangshalle der kostbare Aschenbecher vom Telefontisch. Er war ein Geschenk von Lady Fedoras Tante Georgina, die früher eine eifrige Raucherin gewesen war.

Der Aschenbecher war nicht sehr groß, aber aus Gold mit vielen Verzierungen und zu allem Überfluss einem eingelegten Saphir in der Mitte.

Die Gäste wollten sich verabschieden.

„Wenn Sie den Gegenstand aus dem Haus heraustragen, bleibt mir keine Wahl, als Sie hier vor Ihrer Mutter Oberin zur Rede zu stellen. Möchten Sie das, Anna?", flüsterte Beanstock dem Mädchen ins Ohr.

Anna wurde blass.

Sie griff in ihr Gewand und der Aschenbecher wanderte ohne viel Aufhebens in Beanstocks Hand.

„Eine gute Entscheidung", sagte er.

„Wir sollten uns unterhalten. Ich werde ins Kloster kommen. Sie haben etwas genommen, das jemand sucht. Ich denke auch, dass ich weiß, um was es geht. Die Sache wird langsam mehr als gefährlich, auch für Sie und das Kloster. Reden wir miteinander. Was meinen Sie?", fragte er die Novizin, die beschämt zu Boden sah.

Sie konnte nichts tun ausser nicken.

Als Gonzales den Nonnen und Miss Hasting beim Einsteigen geholfen hatte und ihre Reisetasche verstaut war, fuhr der Chauffeur in Richtung Pilpots davon.

Pfarrer Wilson bekam noch eine kurze Reinigung und machte sich dankbar auf den Weg in seine geliebte Kirche.

„Was wollen Sie mit dem Aschenbecher, Beanstock?", fragte Lady Fedora. Sie hatte das gute Stück in seiner Hand gesehen.

„Ich habe Flecken auf dem Metall bemerkt, dem muss man sofort Einhalt gebieten. Sonst könnte das kostbare Stück Schaden nehmen." Beanstock konnte schnell reagieren, wenn es drauf ankam. Mrs Argyle atmete auf.

Auf der Fahrt nach Pilpots hing scheinbar jeder seinen Gedanken nach. Gonzales hatte sogar den Eindruck, dass eine seltsame Stimmung herrschte.

Mutter Oberin Zeta beobachtete aus den Augenwinkeln ihre Vorzeigenovizin. Sie erschien ihr heute sehr in sich gekehrt und still. Anna hingegen sah aus dem Fenster und überlegte ihre nächsten Schritte. Ihr schöner Plan, raffe zusammen was geht und ab nach London oder noch weiter weg, hatte sich in Rauch aufgelöst. Dieser Butler war so furchtbar neugierig. War das nicht eine Todsünde? Sie erschrak über sich selbst. Jetzt dachte sie schon über Todsünden nach, dabei sollte doch die Tätigkeit im Kloster nur eine Tarnung darstellen.

Miss Hasting dagegen ließ die letzten Tage Revue passieren und lächelte zufrieden. Die Arbeit in der Küche hatte ihr so viel Spaß gemacht. Vor allem die Arbeit mit ihrer alten Freundin Hester war angenehm.

Vielleicht sollte sie sich doch eine Beschäftigung suchen. Es musste ja nichts Außergewöhnliches wie das Haus der Baronets sein.

Vielleicht eine Kochstelle in einem Pub. Gleich morgen wollte sie sich umsehen.

Gonzales war es viel zu leise im Wagen. Also stimmte er ein Lied aus seiner Heimat an.

Das beruhigte die blankliegenden Nerven etwas.

Mutter Oberin Zeta und Miss Hasting summten die Melodie mit.

Anna blieb stumm.

Peppermintfield

Sir Percival und Lady Fedora fuhren nach dem Frühstück in Richtung London davon. An diesem Montag hatten sie den jährlichen Besuch bei Tante Georgina zu absolvieren.

Die alte Herzogin von Waldensee-Schurferdingen-Porterman war die Patentante Lady Fedoras und ließ sich zum Glück nur einmal pro Jahr auf Parsley Manor blicken.

Die Baronets besuchten die alte Dame immer nach den Osterfeierlichkeiten. Sir Percival hatte am Morgen noch griesgrämig in den Spiegel gesehen, die Zunge herausgestreckt, leicht gehüstelt und es dann aufgegeben. Er war einfach viel zu gesund.

„Vergiss es, Darling, du kannst dich nicht vor dem Besuch drücken. Nimm dir ein Beispiel an mir, ich nehme es in Kauf, ohne zu schimpfen", erklärte Lady Fedora.

Die Herzogin war eine schwierige Person mit seltsamen Allüren. In den zwei Tagen ihres jährlichen Besuchs auf Parsley Manor brachte sie regelmäßig den Haushalt der Baronets vollkommen durcheinander und den armen Sir Percival an den Rand eines Zusammenbruchs.

Harrison sollte den Kies von Norden nach Süden harken, der Gärtner durfte keine Rosen, keinen Flieder, überhaupt keine duftenden Pflanzen auf den Tisch stellen. Mrs Argyle durfte nur das grüne Zimmer vorbereiten lassen, das Bett mit einfacher Baumwolle bezogen, im Bad nur einfarbige Handtücher ohne Wappen. Auf dem Flur gab

179

es speziell für die Herzogin einen Schrank, der alle Vorschriften in schriftlicher Form enthielt, sowie die nötige Bettwäsche und die speziell für sie bestellten Handtücher.

Junior, der Beagle, machte sich an diesen zwei Tagen rar und verbrachte fast die gesamte Zeit im Bootroom. Einmal als Flohschleuder bezeichnet zu werden, genügte ihm. Zum Glück hatte er nun Luci, die ihn umsorgte.

Wahrscheinlich hatte Mrs Porkpie die größten Probleme. Die Herzogin verlangte im Essen keinerlei Gewürze, zu jeder Mahlzeit, auch zur Teatime, saure Mixpickles neben ihrem Platz, da waren die Gewürze plötzlich kein Problem. Im Kuchen durften keine Eier sein. Punkt zwölf musste der Lunch serviert werden, Punkt sechszehn Uhr der Tee und mit dem Schlag der Uhr um neunzehn Uhr hatte das Dinner zu beginnen.

Für Beanstock stellte das niemals ein Problem dar. Er verstand ein gutes Zeitmanagement durchaus.

Schlimm war es aber für den armen Gonzales, der sich ständig, wenn er die Dame chauffierte, ihr Gezeter anhören musste, wie unfähig er war.

Darum war Gonzales an diesem Montagmorgen der traurigste Mensch auf Parsley Manor. Nicht nur, dass er zwei Tage im Haus der Herzogin verbringen musste, er konnte auch dem Butler nicht in dem Kriminalfall helfen. Das war sicher das Schlimmste für den armen Gonzales.

Nun fuhr der Bentley davon. Luci winkte ihrem Freund Gonzales lange nach.

„Er ist aber sehr traurig heute gewesen, Mr Beanstock. Hat er sich wehgetan? Beim Frühstück war er auch sehr still. Er hat sich sicher weh getan", sagte Luci und streichelte Junior, der zu ihren Füßen saß.

Er wartete auf einen ausgiebigen Spaziergang. Aber

Luci musste ihn enttäuschen.

„Ich muss jetzt zur Schule gehen. Wir gehen später, Junior, versprochen", sagte sie zu dem Hund, der sich schnaufend auf den Boden sinken ließ.

Auf der Mauer zum Küchengarten saß Mortecai. Seine undurchdringlichen Augen fixierten den Hund und wenn es nicht unmöglich gewesen wäre, hätte Beanstock gemeint, der Kater würde den Hund auslachen. Mortecai streckte sich ausgiebig, leckte kurz die Pfoten und machte sich dann hocherhobenen Hauptes auf den Weg zum Gewächshaus. Der Gärtner, sein Freund und Mitbewohner, hatte bestimmt etwas Leckeres für ihn.

Luci lief ins Haus und kam mit der Schulmappe wieder heraus. Beanstock begutachtete ihre Kleidung, rückte das Halstuch zurecht und verabschiedete sich von ihr.

„Bis später, Luci. Bitte nicht trödeln auf dem Nachhauseweg!", rief er ihr nach. Ob sie es gehört hatte, war ihm nicht klar. Sie lief wie der Wind davon. Unterwegs wartete sicher schon Bronté auf sie.

Beanstock lächelte.

Wie gut es dem Kind hier inzwischen ging. Er musste oft daran denken, was passiert wäre, wenn Gonzales und er nicht in dem Moment in London gewesen wären, als Lucis Oma schwer erkrankt war. Sicher wäre das Mädchen jetzt in einem Waisenhaus. Diese Einrichtungen konnte man zwar sicher nicht mehr mit den Häusern aus der Zeit des Charles Dickens vergleichen, aber hier war es doch hundertmal besser für Luci.

Beanstock sah auf seine Taschenuhr. Es war Viertel vor neun Uhr.

Um neun Uhr dreißig fuhr sein Zug nach Waterhill und weiter nach Peppermintfield. Was für ein Name. Er hatte gehört, dass es eine relativ neue Vorortsiedlung sein sollte, etwa sechs Meilen von Waterhill und gut eine Meile von der nächsten größeren Stadt entfernt. Der seltsame Name kam sicher von einem übereifrigen Abgeordneten, der der neuen Siedlung einen besonderen Touch verleihen wollte.

Als er in Peppermintfield aus der Bahn stieg, war er der einzige Fahrgast auf dem verlassen wirkenden Bahnsteig. Es gab noch nicht einmal ein Bahnhofsgebäude wie in Parsley Field.

Der Bahnhofsvorsteher, Mr Templar, hatte ihn gewarnt.

„Sie können froh sein, wenn Sie wieder in Parsley Field ankommen. In diesem Ort hält nur zweimal am Tag ein Zug und auch nur, wenn jemand auf dem Bahnsteig steht", hatte er gesagt.

Dann hatte Mr Templar herzhaft gelacht.

„Was rede ich denn? Ein Bahnsteig ist hier in unserem schönen Ort mit einem ordentlichen Gebäude und einer schönen großen Uhr außen dran. Das ist ein Bahnsteig. Na, Sie werden ja sehen. Ich wünsche Ihnen viel Glück", hatte er noch gemeint und gegrinst.

Mr Templar sollte recht behalten.

Der Bahnsteig bestand nur aus etwas Kies und einem Schild mit dem Namen des Ortes. Der graue wolkenverhangene Tag machte es nicht besser. Es gab noch nicht einmal einen Menschen, den man nach dem Weg hätte fragen können. Also ging Beanstock zu den Häusern, die in einiger Entfernung standen.

Er vermisste tatsächlich Gonzales. Nicht nur, weil er dann gemütlich mit dem Auto gefahren wäre. Gonzales hatte schon oft gute Dienste bei der Aufklärung geleistet und war ein tatkräftiger Partner, wenn es einmal gefährlich zuging.

Dafür, dass es eine neue Siedlung sein sollte, sahen die Häuser ziemlich traurig aus. Ein graues Bauwerk klebte am nächsten; ein graues Vordach neben dem anderen; schmutziggraue Zäune an grauen Nachbargrundstücken.

Vielleicht würde es im Verlauf des Frühlings etwas annehmbarer werden, aber im Moment sah Beanstock nur bräunliches Kraut und verkrüppeltes Buschwerk. Wie traurig. War hier die Novizin Anna Smith aufgewachsen?

Er sah auf seinen Zettel mit der Adresse.

Marjorie Smith, Bellflower Street sieben. Beanstock verstand. Der Erbauer der Siedlung konnte zwar keine hübschen Häuser bauen, dafür hatte man aber die Straßen und den Ort kurzerhand mit fröhlichen Namen belegt. Er ging über die Rosegarden Avenue, vorbei am Snowdrop Way und an der Primrose Lane. Beanstock suchte vergeblich nach Rosen, Schneeglöckchen oder Primeln. Dann sah er endlich die Bellflower Street. Er klingelte am Haus mit der Nummer sieben.

Hinter der Tür hörte Beanstock eine Diskussion. Man war sich scheinbar nicht einig, wer die Tür öffnen sollte. Die krächzende, laute Stimme einer Frau schimpfte mit einem jungen Mann, der nicht gewillt war, die Tür zu öffnen. Minutenlang wurde erörtert, wer näher an der Eingangstür wäre.

Es dauerte.

Nach einigen Minuten ging die Tür endlich auf und Beanstock blickte in einen langen dunklen Flur. Es roch nach Kohlsuppe.

Eine Frau in einer Kittelschürze stand vor ihm. Er schätzte sie auf etwa fünfzig Jahre.

Sie trug Pantoffeln an den Füßen und auf dem Kopf eine Vielzahl bunter Lockenwickler. *Das war wenigstens etwas*

Farbe in dieser Gegend, dachte sich Beanstock.

„Was wollen Sie denn? Kommen Sie von einem Beerdigungsinstitut? Wie Sie sehen, lebe ich noch. Also?", fragte die Dame und sah den Butler von oben bis unten abschätzend an.

„Darf ich mich vorstellen? Mein Name ist Beanstock. Ich komme aus Parsley Field. Wenn es Ihnen nicht zu viele Umstände macht, würde ich gern ein paar Worte mit Ihnen über Ihre Tochter wechseln."

Die Dame bekam den Mund nicht zu und starrte Beanstock unverhohlen ein paar Sekunden an.

„Was für eine gestelzte Redeweise. Na, ich bin jedenfalls froh, dass Sie nicht vom Beerdigungsinstitut kommen. Die laufen uns hier in Peppermintfield die Türen ein mit ihrer Werbung. Kommen Sie rein. Was ist denn mit Anna? Hab sie lange nicht gesehen. Ist einfach auf und davon. Mir war´s recht. Hab genug um die Ohren und mein George benötigt meine gesamte Aufmerksamkeit. Ist so ein braver Junge. Aus ihm wird mal etwas werden. Wir haben es hier gar nicht einfach, müssen Sie wissen …", plapperte die Dame und plapperte immer weiter, während sie durch den dunklen Flur stapfte.

Beanstock dröhnten jetzt schon die Ohren. Aber er riss sich zusammen. Schade, Gonzales hätte bei der Frau gute Dienste geleistet. Er kam gut mit Damen jeden Alters und jeder Ausführung zurecht. Allein wie der Chauffeur damals die alte Mrs Pommerton um den Finger gewickelt hatte, war schon beeindruckend gewesen.

„… na jedenfalls hatte ich gesagt, George, habe ich gesagt, aus dir wird mal ein ganz besonderer Mensch. Er ist so talentiert. Sehen Sie nur, da ist er ja, mein George", sagte die Dame und man war nach dem endlosen Flur endlich im Wohnzimmer angekommen. Mit Stolz wies Mrs Smith auf einen etwa vierzehnjährigen Jungen mit blond gelocktem Haar, der in einem ausgeblichenen Sessel eher hing, als saß. Im Mund wanderte ein Kaugummi herum und auf dem Tisch lagen Karten.

„George, sieh mal. Wir haben Besuch. Der Herr kommt aus Parsley Field", sagte Mrs Smith und wies mit der Hand auf ein Sofa, das auch schon bessere Tage gesehen hatte.

„Nun setzen Sie sich schon!", rief die Dame etwas ungehalten, als sie das Zögern des Butlers bemerkte. Beanstock ließ sich schnell auf das Sofa fallen. Eine Staubwolke umwaberte ihn. Er hustete kurz.

„Wollen Sie einen Tee?", fragte die Dame.

„Nein, auf keinen ... ich meine, vielen Dank. Ich muss meinen Zug in einer Stunde bekommen. Ich komme, wie schon gesagt, wegen Anna."

Mutter und Sohn sahen sich fragend an.

„Was wollen Sie da wissen? Sie ist nicht mehr hier."

„Hatte sie eine Ausbildung und hatte sie Freunde? Ich möchte mir einfach ein Bild von ihr machen", erklärte Beanstock und wusste im gleichen Moment, dass er nicht hätte hierherkommen sollen.

„Mouse und Freunde? Ich lach mich tot. Sie hatte eine Ausbildung, ja, als Langweilerin der Schule", sagte George.

„Hat sie was angestellt? Was lassen Sie denn springen für Informationen?", fragte seine Mutter lauernd.

Beanstock hatte nicht vor, den beiden zu erzählen, dass Anna Novizin in einem Kloster in der Nähe war. Das würde ihr sicher den Ärger einbringen, vor dem sie vor einiger Zeit geflohen war.

„Sie hat sich einfach davongemacht, ohne was zu sagen.

185

Hat sich auch noch meinen Verlobungsring gegriffen. Der war ein kostbares Einzelstück von unserem lieben verblichenen Vater. Nun leben wir von der Witwenrente. Und mein armer George geht ja noch zur Schule. Was macht denn die liebe gute Anna noch so? Hat sie einen guten Job?", fragte Mutter Smith.

Beanstock wurde es langsam unangenehm. Er hatte das Gefühl, auf heißen Kohlen zu sitzen. George war ein kräftiger Junge.

Er sollte diesen Ort so schnell wie möglich verlassen. Aber vorher müsste er den beiden eine Geschichte auftischen, die sie davon abhielt, Geld zu verlangen oder nach Anna zu suchen.

Das Mädchen war zu bedauern. Er verstand jetzt besser, was sie antrieb.

„Ich kann Ihnen nicht sehr viel von Ihrer Verwandten berichten. Die arme Anna Smith war auf der Durchreise. Ich habe sie im Zug nach Edinburgh kennengelernt. Sie erschien mir sehr verloren auszusehen. Wir haben uns gut unterhalten und sie hat mich gebeten einen Blick in das Buch werfen zu dürfen, das ich gelesen habe. Leider hat sie es mir vergessen zurückzugeben, als ich aussteigen musste. Es war sehr chaotisch und ich musste eilen. Aber sie hat mir Ihre Adresse angegeben. Nun hoffte ich, hier mein Buch zurückzubekommen. Sie müssen wissen, es war ein recht seltenes Buch aus einer Bibliothek und wenn ich es nicht zurückbringen kann, werde ich sicher Ärger mit der Polizei bekommen." Mehr musste Beanstock nicht andeuten.

Mrs Smith und ihr Sohn sahen sich fragend an.

„Polizei, sagten Sie?", fragte sie und erhob sich.

„Da habe ich doch vollkommen vergessen, dass ich

186

noch einen Termin habe. Dann gehen Sie jetzt bitte. Wir können Ihnen nicht helfen und mein Sohn muss nun lernen, er schreibt morgen eine Arbeit nach der anderen, das ist nicht so einfach, da braucht er viel Ruhe …", plapperte die Dame, während sie Beanstock zur Tür brachte. Der Butler hörte nicht mehr zu und war froh, als er die Bellflower Street hinter sich ließ.

Beanstock eilte zu dem Bahnsteig und stellte sich in Position. Mr Templar hatte gemeint, der Zug würde nur halten, wenn dort jemand stand.

Es klappte.

Mit einem Seufzer ließ sich der Butler auf einem Sitz nieder und zog ein Resümee dieses eigenartigen Vormittags. Er hatte ein gutes Bild von Anna erhalten.

Der Zug hielt in Pilpots und der Butler stieg aus, um das Kloster zu besuchen. Er sah auf seine Taschenuhr. Es war elf Uhr vorbei. Hoffentlich ließ man ihn am Kloster ein.

Die dicken Mauern der Klosteranlage aus dem zwölften Jahrhundert kamen in Sicht. Die anglonormannische Bauweise war gut zu erkennen. Beanstock stand vor einem dicken Eichentor mit einer kleineren Pforte darin und suchte nach einer Glocke oder Klingel. An der Seite war ein Zugmechanismus aus Metall angebracht. Er zog daran und der folgende Glockenton weckte wahrscheinlich ganz Pilpots auf.

Er wartete. Geduld war gefragt. Dann hörte er Schritte näherkommen.

Ein winziges vergittertes Fensterchen in der Tür öffnete sich und Beanstock konnte nur zwei Augen sehen, die ihn fragend ansahen.

„Gelobt sei der Herr, was kann ich für Sie tun? Ach, Sie sind es, Mr Beanstock!", rief Mutter Oberin Zeta aus. „Was verschafft uns das Vergnügen?"

Beanstock hoffte, dass die Ordensschwester die Tür öffnen würde, aber sie tat es nicht und so musste er sich nah an das winzige Fenster beugen und reden.

„Ich würde sehr gern mit der Novizin Anna sprechen. Ich hatte soeben eine Unterhaltung mit ihrer Mutter und soll Grüße ausrichten. Könnte ich ausnahmsweise außerhalb der Zeit eingelassen werden?", erklärte der Butler und entschuldigte sich in Gedanken für die Sünde dieser Lüge.

Mutter Oberin Zeta war still geworden. Das war seltsam. Beanstock dachte schon, sie würde ihm den Einlass verwehren, aber es hatte andere Gründe.

Ein Riegel wurde zurückgeschoben und die Pforte im Tor öffnete sich. Schwester Zeta winkte den Butler mit einer traurigen Miene herein.

Dem Mädchen wird doch hoffentlich nichts zugestoßen sein, dachte er panisch. War er etwa zu spät gekommen?

„Was ist geschehen, Schwester Zeta?", fragte Beanstock mit einem Zittern in der Stimme.

Die Oberin hatte die Tür hinter dem Butler sorgfältig abgeschlossen. Langsam gingen die beiden über den Vorhof zu einer weiteren Pforte, die in den Kreuzgang führte. Von hier gab es den Zugang zur Kapelle und zum Refektorium.

Neben dem Refektorium waren die Küche und einige Vorratsräume. Die Zellen der Nonnen erreichte man über eine steinerne Treppe in der ersten Etage. Dort war auch das Büro der Mutter Oberin. Als Beanstock an der großen Tür zur Kapelle vorbeiging, hörte er Gesang.

„Habe ich Sie in Ihrem Tagesablauf gestört? Das tut mir leid", sagte er zu Zeta, die immer noch schweigsam und mit gefalteten Händen neben ihm ging.

188

„Ora et labora, Mr Beanstock, beten und arbeiten. Das ist unsere Devise. Und unser Motto lautet *perfetae caritatis*, vollständige Nächstenliebe. Kommen Sie bitte in mein Büro. Wir müssen uns unterhalten, bevor ich die Novizin hole", erklärte Zeta.

Beanstock atmete auf. Es ging dem Mädchen also gut.

Zeta öffnete die Tür und bat den Butler herein. Im Kamin brannte ein Feuer und der Raum sah sehr gemütlich aus. Es gab ein paar bequeme Sessel vor dem Kamin und einen großen dunklen Schreibtisch vor dem Fenster, durch das man den Klostergarten sah. Neben einem Aktenschrank stand eine große Vase mit Mandelröschenzweigen, die ihre ersten zarten Triebe zeigten.

„Darf ich Ihnen etwas anbieten, Mr Beanstock?", fragte Zeta. Der Butler verneinte. Sie setzten sich in die Sessel vor dem Kamin.

„Erzählen Sie mir etwas über Annas Mutter", begann die Oberin.

Beanstock berichtete wahrheitsgemäß und verschwieg nur seine Notlüge am Ende und natürlich den Grund seines Besuches in Peppermintfield.

Als er geendet hatte, schwieg die Oberin, faltete die Hände und betete leise. Beanstock war verwirrt.

„Es ist so, Mr Beanstock. Ich weiß nicht, wie ich es ausdrücken soll. Die Novizin Anna war eine meiner favorisierten Anwärterinnen für unser schönes neues Kloster. In den letzten Tagen musste ich einiges bemerken, angefangen von dem seltsamen Vorfall mit der Flasche Wein über einige Ungereimtheiten in den Erzählungen Annas. Sehen Sie, es sind Dinge verschwunden im Kloster, nichts besonders Wertvolles. Nonnen nennen eher keine Reichtümer ihr Eigen. Aber ich kann es mir nicht erklären. Nun kommen

189

Sie und wollen mir etwas über Annas Mutter berichten",
erzählte Zeta und machte eine kurze Pause, als wolle sie
sich sammeln.

„Dabei hat mir die Novizin bei ihrem Eintritt erzählt,
ihre Familie sei während eines verheerenden Brandes ums
Leben gekommen. Ich habe nie daran gezweifelt. Warum
sollte jemand so etwas Schreckliches erfinden?", erzählte
Zeta weiter und sah nun den Butler fragend an.

Das hatte selbst Beanstock nicht erwartet.

Das Mädchen Anna war so weit ab von dem Leben
einer Ordensschwester, wie man es nur sein konnte.

Was für ein Motiv hatte sie, um sich hier zu verstecken?

Ging es nur um ihre Familie?

Beanstock erzählte nun der Mutter Oberin alle Einzelheiten seines Besuchs bei Annas Mutter, auch die hoffentlich verzeihliche Notlüge, die er gebraucht hatte. Als er
seinen Bericht beendet hatte, hüllte sich Zeta in Schweigen.

Dann stand sie auf. Der Butler erhob sich ebenfalls, aber
sie gebot ihm, sich wieder zu setzen.

„Ich werde jetzt die Novizin holen. Ich möchte bei dem
Gespräch dabei sein. Gibt es etwas dagegen zu sagen, Mr
Beanstock? Es sollte endlich reiner Tisch gemacht und die
Beweggründe der Novizin enthüllt werden. Ich muss eine
Entscheidung treffen, die mir nicht leichtfallen wird. Soll
ich das junge Mädchen hierbehalten und sie weiterhin im
Konvent belassen oder schicke ich sie in die Welt hinaus?",
sagte Zeta und war augenscheinlich sehr mitgenommen.

Sie verließ Beanstock und kam nach einigen Minuten
mit Anna zurück. Als das Mädchen eintrat und den Butler
sah, verdüsterte sich ihre Miene sofort. Zeta zeigte wortlos
auf einen der Sessel.

Dann berichtete Beanstock von seinem Besuch bei ihrer

Familie.

Anna wurde immer nervöser und warf ängstliche Blicke zu ihrer Mutter Oberin.

„Was hast du zu sagen, mein Kind? Ich habe dich hier mit offenen Armen empfangen, wir alle hier haben das. Warum hast du uns so belogen? Du weißt um die schwere Sünde des Lügens. Sag uns die Wahrheit und danach werde ich entscheiden, was wir tun", erklärte die Mutter Oberin und schloss die Augen, um sich zu konzentrieren.

Anna hustete kurz und nervös.

Wie würde sie sich entscheiden? Was war ihr wichtig im Leben?

„Na gut, ich habe gelogen. Aber ich wollte einfach von allem weg. Vielleicht versteht es Mr Beanstock, jetzt, wo er meine Familie kennengelernt hat. Ich habe niemals ein gutes Wort gehört, nicht zuhause und nicht in der Schule. Mouse haben sie mich geschimpft. Ich fand das nicht lustig. Mein Bruder wurde verwöhnt und ich bekam keine Liebe. Der Einzige, der sich etwas um mich sorgte, war mein Vater. Aber der trank zu viel, spielte und starb früh", erklärte sie. Dann hielt sie kurz inne.

„Was ist mit den gestohlenen Dingen? Warum haben Sie das getan?", fragte Beanstock.

Zeta hörte nur aufmerksam zu, betete und schüttelte den Kopf ab und zu. So eine Novizin hatte der Konvent noch niemals gesehen.

Dann sprudelte es plötzlich aus der jungen Novizin heraus. Sie hatte bemerkt, dass es keinen Nutzen mehr hatte, etwas abzustreiten. Irgendwie ging es ihr auch besser, als sie ihre Geschichte erzählen durfte. Als ob sie plötzlich besser Luft bekam und freier atmen konnte.

„Ich hatte einen einfachen Plan. Ich wollte so viel wie

möglich zusammen … holen." Das Stehlen verkniff sie sich. „Um dann irgendwohin zu verschwinden und mein eigenes Leben zu leben. Der Ring meiner Mutter stellte sich als wertlos heraus. Dafür hätte ich noch nicht mal ein Stück Brot bekommen. Also sah ich mich nach anderen Dingen um. Zuerst habe ich es hier im Kloster ausprobiert. Da es ganz gut ging, ohne dass es jemand bemerkte, habe ich dann auf unseren Ausflügen nach Dingen Ausschau gehalten."

Mutter Oberin Zeta bekreuzigte sich sicher mehr als zehn Mal und betete einen Psalm nach dem Anderen.

„Dann passierte diese Sache mit der Flasche Wein. Ich wollte Julia nichts antun. Das müssen Sie mir glauben. Ab diesem Zeitpunkt ging eigentlich alles schief. Es tut mir so leid!", rief sie und dicke Tränen fielen auf ihr Ordensgewand.

Stille trat ein im Büro der Oberin.

Dann klopfte es und alle drei bekamen einen Schreck. Jeder war in seinen Gedanken versunken gewesen.

Schwester Euthymia steckte ihren Kopf durch die Tür. Sie sah die Tränen im Gesicht der Novizin und vergaß ihre Frage.

„Was wollte ich denn? Achja, Mutter Oberin, möchten Sie jetzt Tee trinken? Ich brühe im Moment eine frische Kanne auf. Aloysia hatte darum gebeten. Sie ist in ihre Zelle zurückgerollt und wollte sich kurz ausruhen."

„Danke, Schwester Euthymia, das wäre nett. Mr Beanstock nimmt sicher auch gern eine Tasse", erklärte die Oberin. Dass sie keine Tasse für die Novizin orderte, verbuchte der Butler als ganz schlechtes Zeichen.

„Was hast du noch genommen? Ich möchte jetzt sofort alles hier haben. Hole es bitte", sagte sie, als Euthymia gegangen war.

„Ich würde die Novizin gern begleiten, Mutter Oberin, wenn Sie erlauben?", fragte der Butler und erhob sich.

Zeta nickte knapp.

Vorbei an mehreren Zellen und der Klosterbibliothek gingen die beiden schweigsam bis zu der vorletzten Zelle auf dieser Seite. Anna öffnete und ging dann zu ihrem Bett. Sie rückte es zur Seite und nahm den losen Mauerstein dahinter heraus.

„Einfach und effektiv", sagte Beanstock leise.

Dann holte das Mädchen ein Stück nach dem anderen heraus. Es fand sich dabei nicht nur das Medaillon von Miss Hasting, sondern auch die Taschenuhr aus der Burg, ein Löffel mit dem Wappen der Southcoffeltons und das vermisste Buch.

Daneben lag das Notizbuch von Schwester Euthymia, das sie bereits schmerzlich vermisst hatte, und der filigrane Schlüssel zur Vorratskammer.

„Was wollten Sie mit dem Schlüssel?", fragte Beanstock überrascht.

Anna zuckte die Schulter.

„Das waren alles Probesammlungen", erklärte die Novizin, wenn sie denn noch Novizin war.

„Ist das wirklich alles?", fragte er. Es erschien ihm wenig zu sein. Sie nickte.

Beanstock sammelte die Sachen ein und die beiden gingen zurück zur Mutter Oberin.

Beanstock breitete die Dinge auf dem Tisch aus.

„Das Buch und die Uhr gehören auf die Burg Waterhill. Der Löffel ist aus dem Besitz Sir Mortimers. Das Medaillon vermisst Miss Hasting voller Schmerz und das ist ein Beispiel dafür, was Sie mit Ihren Diebstählen anrichten können. Die arme alte Dame hatte nur dieses Medaillon von ihrer Lieblingstante. Das war ein schwerer Schlag für sie. Das Notizbuch und der Schlüssel gehören in dieses Kloster. Die Flasche Wein ist glücklicherweise in der Rechtsmedizin der Polizei sicher und kann niemandem mehr schaden. Wem sollte der Inhalt der Flasche wirklich schaden, Anna?", fragte Beanstock.

Die Novizin sah erschüttert zu Boden.

„Ich wusste doch nichts von dem Gift. Sie war aus dem Büro von Mr Aberforth in Waterhill", erklärte sie.

„Wie verfahren wir mit diesen Dingen?", fragte die Mutter Oberin.

„Ich habe einen Vorschlag. Natürlich weiß ich nicht, wie es mit der Novizin weitergehen soll. Das liegt in Ihrer Verantwortung. Ich würde die Dinge ihren rechtmäßigen Besitzern zurückgeben und versuchen zu vermitteln, sodass keine Anklage erhoben wird. Zu der Flasche Wein muss Anna eine Aussage bei der Polizei machen. Das wird nicht zu umgehen sein. Vielleicht lässt sich Inspector Greenwood überreden, es dabei zu belassen. Ich kann nicht dafür bürgen. Was wollen Sie, Anna? Wie stellen Sie sich Ihren weiteren Weg vor?", erklärte der Butler.

Anna dachte eine Weile nach und kam tatsächlich zu einem Ergebnis, das vor allem sie selbst überraschte.

„Ich hoffe, bleiben zu dürfen. Inzwischen fühle ich mich hier im Konvent und mit allen Ordensschwestern so wohl. Es ist irgendwie ein richtiges Zuhause. Ich weiß, es war ein sehr großer Fehler, was ich getan habe, und eine unverzeihliche Sünde. Aber ist es nicht die Bibel, die sagt, dass es immer auch für die Sünder Hoffnung gibt? Bitte Mutter Oberin, ich werde alles Nötige tun, ganz egal was. Lassen Sie mich hier im Konvent", flehte Anna.

Zeta holte tief Luft.

„Darüber sollte der gesamte Konvent entscheiden. Das wird die Gemeinschaft tun. Ich leite den Konvent, aber solche schwerwiegende Entscheidung muss in der Gemeinschaft überdacht werden. Du musst warten. Ich mache dir keine Hoffnung. Diese Sünden wiegen schwer", erklärte die Oberin.

„Geh jetzt in deine Zelle und bete. Dort bleibst du, bis wir uns entschieden haben."

Anna schluckte, knickste und ging wortlos aus dem Raum.

Kurz danach erschien Schwester Euthymia mit einem Tablett.

„Ach, wo ist denn das Mädchen hin? Ich hatte ihr auch eine Tasse mitgebracht", fragte sie, während sie den Tee in die Tassen goss.

„Anna wird einige Zeit für sich in ihrer Zelle bleiben. In dieser Zeit möchte ich, dass ihr leichte Mahlzeiten gebracht werden. Ansonsten sollte man schweigsam mit der Novizin umgehen."

Euthymia sah erstaunt aus.

Sie konnte sich keinen Reim aus der Sache machen, aber irgendetwas musste Anna verbrochen haben. Mit ihrer angeborenen optimistischen Art war sie der Meinung, dass es niemals so schlimm sein könnte, dass die Strafe lange dauern würde. Sie lächelte. *Das wird schon wieder*, dachte sie bei sich.

Beanstock und Mutter Oberin Zeta tranken schweigend ihren Tee und hingen ihren Gedanken nach.

Noch heute Abend würde Zeta den Konvent zu einer Beratung zusammenrufen.

Bei dem Gedanken an die alte Aloysia seufzte sie. Die

195

alte Ordensschwester war ein Füllhorn von Sprüchen und Psalmen. Sie würde wieder für jede noch so kleine Situation einen Spruch parat haben. Vielleicht sollte man Euthymia bitten, Kuchen auf den Tisch zu stellen, dann wäre Aloysia abgelenkt.

Beanstocks Blick dagegen hing an dem alten Gedichtband. Irgendetwas war damit, dass es so viele Menschen haben wollten. So viel hatte er schon erkannt. Vielleicht war es sogar gut gewesen, dass Anna das winzige Buch verschwinden lassen hatte. Dadurch war es nicht in die falschen Hände gefallen.

Robert of Dale stand auf dem Einband.

Der Schatz ist mein

Die Gestalt, wie immer in dem dunklen Regenmantel und regungslos, saß auf dem Fahrersitz und die behandschuhten Hände hielten das Lenkrad krampfhaft umfangen.

Warum klappte der schöne Plan nicht? So viel Mühe, so viele Vorbereitungen. Das Buch war noch immer nicht aufgetaucht. Auch der Kontakt zu einem angesehenen Buchantiquariat hatte keine neuen Informationen gebracht. Niemand hatte einen alten kostbaren Gedichtband zum Verkauf angeboten.

Heute Morgen hatte dieser Butler den Zug genommen.

Der Bahnhofsvorsteher war nur zu gern bereit gewesen zu plaudern. Hatte wahrscheinlich Langeweile. Er hatte mit seinem Becher Tee auf der Bank vor dem Bahnhofsgebäude gesessen und auf den nächsten Zug gewartet.

Peppermintfield. Dorthin war er gefahren. Was war da? Eine hässliche Vorstadtsiedlung. Danach wollte der Mann nach Pilpots, vielleicht ins dortige Kloster? Irgendwie führten alle Wege zu diesem Kloster.

Ordensfrauen sollte man nicht unterschätzen.

Aber wie sollte das Buch dorthin gekommen sein?

Langsam gingen die Optionen aus.

Ohne die nötigen Mittel war ein Neuanfang und der Platz, der einem Angehörigen der Oberschicht zustand, nicht möglich zu erreichen.

Vielleicht sollte man den Butler direkt befragen. Natürlich brauchte man ein Druckmittel oder man müsste ihn selbst unter ordentlichen Druck setzen.

Was war mit diesem Kind? Es lebte auf Parsley Manor. Hatte man nicht erfahren, dass es das Pflegekind des Butlers war? Das Kind war schon einmal auf der Burg gewesen. Man erinnerte sich an den Tag.

Vielleicht reichte ja eine Drohung aus?

Ein Kind zu entführen war eine schwierige Sache. Wohin mit dem Mädchen? Das würde neue Überlegungen erfordern. Wut machte sich breit.

Dann doch den Butler?

Der pummelige Baronet und seine Frau waren mit dem neugierigen Chauffeur davongebraust. Das war ein günstiger Moment.

Die Augen wanderten zurück in den Fond des Wagens. Da lag sie, diese wundervolle Armbrust.

„Mein ist der Schatz und mein ist die Burg. Niemand darf sich an dem Schatz vergreifen. Es gibt ihn, ganz sicher, Gold im Überfluss und Edelsteine", flüsterte die Stimme kaum hörbar.

Wann konnte man endlich seinen Platz einnehmen?

Wann konnte man endlich der Welt offenbaren, wer man war? Ein legitimer Nachkomme des großartigen Lord Arthur of Waterhill.

Der Butler lief in diesem Moment über die Brücke und ging dann links durch das Tor zum Haus der Baronets. Er hatte eine Tasche dabei. Die hatte er vor der Bahnfahrt doch noch nicht gehabt. Es könnte ein Liter Milch und ein Brot darin sein, aber auch das verlorene Buch.

Etwas zu unternehmen war in diesem Moment zu spät.

Später.

Am Abend saß Beanstock in seinem Zimmer und blätterte in dem Gedichtband.

Zur Vorsicht hatte er sich seine weißen Baumwollhandschuhe übergezogen. Das Buch musste geschützt werden. Es sollte schnellstens wieder in die Vitrine in der Burg zurückkommen. Der Einband war brüchig und das Papier trocken und hatte bereits Schaden genommen. Ecken waren abgebrochen. Vorsichtig blätterte er zur letzten Seite.

Was war an diesem alten Gedichtband so wertvoll, dass man dafür töten würde?

Das letzte Gedicht war anders.

Er hatte mehrere Strophen anderer Gedichte gelesen und festgestellt, dass der Verfasser seinen Brotherren wohl ins rechte Licht rücken wollte oder Angst vor Repressalien gehabt hatte und deshalb alles in leuchtende Farben tauchte.

Das letzte Gedicht war dann wohl eines, das der Wahrheit näherkam. Etwas musste vorgefallen sein, das den Dichter Robert of Dale so verstört hatte, dass er mit seinem Herrn, Lord Arthur of Waterhill, abrechnen wollte.

Das Bild der schönen Dame kam ihm in den Sinn. Das traurige, aber wunderschöne Gesicht, die Burg im Hintergrund, Schneetreiben, Raben flogen und in der Hand der Dame lag die Witwenblume.

Er las das Gedicht erneut.

Diese eine Zeile war interessant.

Es wird darin dem Leser geraten, bei den Gemälden der Ahnen zu verweilen und die Schönheit in sich aufzunehmen. Schön war eigentlich nur das Gemälde mit der jungen Dame.

Beanstock las immer wieder.

Er sah auf seine Uhr. Schon so spät.

Er hatte gar nicht nach Luci gesehen. Das tat er an jedem Abend, seit das Kind hier auf Parsley Manor lebte. Und Luci wartete an jedem Abend auf ein kurzes Gespräch mit ihrem Ersatzvater.

Es war bereits 21 Uhr.

Sicher schlief Luci. Aber Beanstock wollte sich doch überzeugen.

Es war für ihn ein Ritual, wie am Morgen seine Musik oder das Klopfen an der Tür, wenn Lizzy den Morgentee brachte. Es musste einfach sein.

Also stand er schnell auf und ging über den Flur zu dem Zimmer des Kindes. Ein zarter Lichtschein kam unter der Tür hervor. Schlief Luci etwa noch nicht?

Aus Phillis′ Zimmer kamen leise Stimmen und Kichern. Mrs Porkpie und Lizzy saßen bei dem Küchenmädchen und erzählten mit ihr. Ab morgen würde sie ihre gewohnte Arbeit in der Küche wiederaufnehmen können.

Leise öffnete Beanstock die Tür des Kinderzimmers.

So bezeichnete man es in diesem Haus mittlerweile. Im letzten Herbst hatte Lady Fedora das Zimmer mit einer schönen bunten Blumentapete tapezieren lassen, ein neues Bett mit einem Himmel darüber gekauft, zartgrüne Vorhänge für das Fenster anbringen lassen und den alten dunklen Kleiderschrank gegen einen neuen weißen Schrank mit hübschen Blumenbemalungen eintauschen lassen.

Es war wunderschön geworden. Luci hatte Lady Fedora umarmt und Beanstock hatte sich geräuspert.

Das Kind saß in seinem Bett und las.

„Es ist spät, du solltest jetzt deine Lektüre beenden und schlafen. Morgen ist ein neuer Schultag. Was liest du?", fragte er neugierig.

„Der Herr der Ringe! Es ist wunderschön. Sir Percival hatte es bestellt und ich darf es als Erste lesen. Den kleinen Hobbit fand ich schon wunderbar. Ich kann kaum aufhören zu lesen, so spannend ist es", erklärte das Mädchen. Ihre Wangen waren gerötet, so vertieft war sie in das Buch gewesen.

„Das ist ein recht umfangreiches Buch. Da wirst du noch viele Stunden Spaß haben", sagte der Butler und zog sich einen Stuhl an das Bett.

„Ihr Buch ist viel dünner, das lesen Sie sicher schnell aus", sagte Luci und wies auf den Gedichtband, den Beanstock immer noch in der Hand hielt.

„Warum ziehen Sie zum Lesen Handschuhe an?", fragte sie. „Sollte ich auch Handschuhe tragen?"

„Das ist ein sehr altes, kostbares Buch. Man muss sehr sorgfältig damit umgehen. Wenn man die Seiten mit den Fingern anfassen würde, könnten Feuchtigkeit oder Schmutz an sie gelangen und deshalb habe ich die Handschuhe genommen. In den Museen wird das genauso gehandhabt", erklärte Beanstock und schlug das Buch auf. Er hielt es Luci vor das Gesicht, sodass sie lesen konnte.

„Kannst du die Schrift entziffern? Es ist mit einer Feder und Tinte geschrieben und die Sprache ist auch etwas anders als heute", sagte er.

Luci kniff angestrengt die Augen zusammen.

Schließlich bat sie den Butler, es ihr vorzulesen.

Als Beanstock die Zeile las: *Nur einmal am Tag werden diese Strahlen die Mauern der Burg mit Farbe bemalen*, unterbrach sie ihn.

„Die Strahlen der Sonne malen mit Farbe? Das ist ja komisch geschrieben. Finden Sie nicht auch, Mr Beanstock? Oder meinte der Mann das bunte Glasfenster in dem einen Turm? Erinnern Sie sich?"

Beanstock las die Zeile nochmals.

„Du könntest recht haben. Er meint das Buntglasfenster in dem Turm. Wenn die Sonnenstrahlen zu einer bestimmten Tageszeit hindurchscheinen, könnte es einen Hinweis an der Wand der Gemälde in der Halle geben. Die Bilder dort hängen ja dicht an dicht bis zur Decke. Vielleicht zeigt es auf eins der Gemälde und dann kennt man den Platz, wo man suchen sollte", sagte er und lächelte mit Luci gemeinsam.

„Hoffentlich zeigt die Sonne nicht auf diesen hässlichen Mann mit dem blauen Hut und der krummen Nase. Lieber auf die hübsche Dame. Ach bitte, darf ich mit dabei sein? Ich war doch eine so große Hilfe", sagte das Mädchen und hob beide Hände bittend.

„Es ist leider zu gefährlich, mein Kind. Es sind bereits Menschen gestorben, weil sie nach diesem Buch gesucht haben. Ich weiß noch nicht, wer hinter dieser Sache steckt, aber ich könnte mir vorstellen, dass ich demjenigen schon begegnet bin, ohne zu ahnen, wer da vor mir steht. Das Buch kommt in den Safe, bis es wieder an Ort und Stelle darf. Ich muss mit Inspector Greenwood reden."

„Aber, wenn Sie auf Schatzsuche gehen, nehmen Sie mich doch mit? Ach bitte. In meinem Buch geht es auch um einen Schatz", erklärte das Mädchen und klopfte auf den Einband des Buches von Mr Tolkien.

„Wir werden sehen. Nun wird aber geschlafen."

Der Butler erhob sich, legte Lucis Buch auf den Nachttisch, rückte ihre Decke zurecht und drückte den Schalter der Nachttischlampe.

An der Tür drehte er sich kurz um.

„Schlaf schön, kleine Luci. Bis morgen."

„Gute Nacht, Mr Beanstock, lassen Sie sich nicht von irgendwelchen Bettflöhen piken", hauchte Luci schläfrig.

Beanstock stutzte.

Woher hatte das Kind schon wieder diese Geschichte? Er vermutete Gonzales. Luci saß oft und gern bei dem Chauffeur in der Garage und hörte seinen Erzählungen aus seiner alten Heimat Spanien zu.

Er ging nach unten und in die Bibliothek.

Hinter dem Porträt des dritten Baronets von Parsley, Sir Bartholomew mit dem roten Vollbart, befand sich der Safe. Er kannte die Kombination, öffnete und legte das Buch vorsichtig hinein.

In diesem Moment hörte er ein Geräusch.

Es kam von draußen. Vor dem Fenster löste sich eine Gestalt aus dem Schatten und lief davon. Als der Butler an der Haustür war, hörte er das Geräusch eines aufheulenden Motors. Er lief aus der Tür und in Richtung der Auffahrt. Der Wagen hatte kurz vor dem Tor angehalten. Der Motor lief weiterhin.

Beanstock ging auf den Wagen zu.

Gonzales fehlte ihm.

Sollte er nicht lieber zurück ins Haus gehen?

Und dem Eindringling das Feld überlassen?

Auf keinen Fall. Er war für die Sicherheit des Hauses und seiner Bewohner verantwortlich.

Er lief weiter, vorsichtiger. Schritt für Schritt.

Die Fahrertür wurde geöffnet.

Eine Gestalt stieg aus. Beanstock konnte nicht sagen, ob es ein Mann oder eine Frau war. Die Gestalt trug einen langen dunklen Kapuzenmantel und stand im Schatten.

Dann ertönte eine Stimme. Auch diesmal konnte er

nicht erkennen, ob es ein Mann war oder eine Frau. Die Stimme schien verzerrt und klang hohl, wie hinter einem Schal gesprochen.

„Ich will das Buch. Gib es raus. Es gehört mir!", rief die Stimme. Dann drehte sich derjenige um und Beanstock sah etwas Helles blitzen. Als ob Mondlicht auf eine silbrige Oberfläche fiel.

Die Gestalt hob die Arme und Beanstock erkannte eine Armbrust im fahlen Mondschein. Er hatte den Mörder vor sich. Beanstock war unbewaffnet und konnte sich nicht wehren.

Das anschließende surrende Geräusch ließ nur einen Schluss zu. Man schoss auf ihn. Er hatte sich etwas zur Seite geduckt, mehr instinktiv als wissentlich. Hinter ihm fiel der scharfe Bolzen zur Erde.

Blitzartig schob die Gestalt einen neuen Bolzen in die Armbrust. Sie kannte sich sehr gut aus mit einer Armbrust. Das hatte Beanstock aber schon länger vermutet und deshalb zuerst die Museumsleiterin Mrs Scarburg verdächtigt.

„Du nimmst mir mein Geburtsrecht. Du bist nur ein dreckiger kleiner Dienstbote! Gib es mir! Halt dich aus meinen Angelegenheiten heraus!", schrie die dunkle Gestalt. Weil sie oder er wütend war und durch die Dunkelheit nicht richtig zielen konnte, kam Beanstock wieder davon und der Bolzen flog knapp neben seinem Kopf vorbei. Es war ziemlich nah dran gewesen, er fühlte einen Luftzug und einen stechenden Schmerz an der Schläfe. Blut lief neben seinem Auge hinab.

Sollte er sich zurückziehen?

Dann flog der nächste Bolzen. Er schaffte es, zur Seite zu springen. Der Bolzen kam zitternd in dem Ginkgobaum vor dem Eingang zur Ruhe. Das war zu viel für den Butler.

Lady Fedora liebte diesen Baum abgöttisch. Man hatte ihr vor einiger Zeit schon die schöne alte Truhe genommen und nun vergriff sich jemand an ihrem Lieblingsbaum.

Er musste bei dem Schützen sein, bevor ein neuer Bolzen in der Armbrust lag, und rannte um sein Leben. Er hatte beim letzten Mal mitgezählt, wie viele Sekunden der Schütze benötigte, um einen neuen Bolzen einzulegen und zu spannen. Er zählte los. *Eins ... zwei ... drei ... vier!*

Er schaffte es gerade noch und riss die Armbrust an sich.

Die Gestalt wartete keine Sekunde länger, sprang in den Wagen, dessen Motor noch lief, und brauste los. Der Wagen fuhr mit schlingernden Bewegungen davon und traf einen der Torpfosten. Man hörte Steine bröckeln.

Das muss eine ordentliche Delle im Blech gegeben haben, dachte Beanstock. *Nun auch noch der gute Steinpfosten. Der war doch noch vom letzten Baronet.*

Die anderen Dienstboten kamen aus dem Haus gelaufen. Luci hatte glücklicherweise nichts von dem Lärm gehört.

Aus dem Gewächshaus erschien der Gärtner und sah sofort den Bolzen in dem schönen Ginkgobaum. Er schüttelte den Kopf, holte eine Zange und eine Dose mit Wundheilmittel für Pflanzen und machte sich im Schein der Taschenlampe, die der Knecht Harrison halten musste, sofort an die Arbeit.

Lizzy holte Verbandsmaterial.

Der Butler hatte zum Glück nur einen Streifschuss abbekommen. Nun saß er in seinem Büro und konnte die Aufregung um seine Person nicht verstehen. Trotzdem rief Mrs Argyle zuerst den Doktor und danach Inspector Greenwood zu Hilfe.

Inzwischen versuchte Mrs Porkpie mit einem sauberen

Lappen die Wunde des Butlers zu säubern. Das war ziemlich problematisch, da er einfach nicht stillhielt. Sie sah die Hausdame hilfesuchend an.

„Machen Sie doch bitte Tee für uns, Mrs Porkpie. Ich kümmere mich um Mr Beanstock."

„Müssen wir Sie wirklich auf dem Stuhl anbinden oder halten Sie einen Moment still!", rief Mrs Argyle nach einer Weile und schüttelte den Kopf über die Unvernunft des Mannes.

„Was machen Sie nur immer für Unsinn? Entschuldigen Sie, wenn ich so indiskret bin, aber Sie sind sehr unvernünftig. Wieso sind Sie denn da draußen rumgelaufen?", fragte sie und tupfte die Schläfe mit einem Wattebausch ab.

„Ich hatte in der Bibliothek etwas in den Safe gelegt, als ich vor dem Fenster eine dunkle Gestalt bemerkte und hinausging", erklärte der Butler.

Kurz darauf stand Doktor Winterbottom mit seiner Arzttasche vor ihm und leuchtete in seine Augen.

„Ihren Dickkopf bekommt man nicht so schnell kaputt, Mr Beanstock. Gönnen Sie sich Ruhe. Ich lasse Ihnen etwas für die Schmerzen hier", erklärte der Doktor und machte ihm einen neuen Verband.

Mit lautem Geklingel erschien der Polizeiwagen der Gemeinde Parsley Field vor dem Haus. Beanstock verdrehte die Augen. Nun wusste die gesamte Grafschaft, dass im Haus wieder etwas vorgefallen war. In Gedanken dankte er Gott, dass die Baronets am nächsten Tag zurückkommen würden.

Der Arzt fuhr nach Hause und Beanstock stellte sich den Fragen des Inspectors. Constable Donegal notierte jede Kleinigkeit, auch die Verwundung des Ginkgos.

Gegen 22 Uhr ging der Inspector mit Beanstock zum

Safe. Die anderen Angestellten des Hauses hatte der Butler vor ein paar Minuten zu Bett geschickt.

Beanstock stand mit den Polizisten in der Bibliothek und zeigte ihnen das Buch, das seiner Meinung nach die gesamten Morde ausgelöst hatte.

„Das ist wieder einmal eine haarsträubende Theorie von Ihnen, Mr Beanstock. Das bin ich gewohnt. Sie meinen also, dieses komische Gedicht hat einen realen Hintergrund, nämlich einen Schatz in der Burg Waterhill? Wirklich? Wieder mal eine Schatzsuche? Hatten Sie noch nicht genug von diesem Skarabäus aus Ägypten?", fragte Inspector Greenwood.

„Die Worte im Gedicht fußen auf realen Tatsachen, die ich aus der Burg kenne. Ich habe die starke Vermutung, dass der Mörder mit der Burg Waterhill verbandelt ist. Für mich gibt es nur noch zwei Personen, die infrage kommen. Wir müssen den Mörder oder die Mörderin aus der Reserve locken. Haben Sie eine bessere Idee? Ich bin für Vorschläge offen."

Der Inspector überlegte.

Dann gab er dem Butler das Buch zurück.

„Ich komme zu ähnlichen Ergebnissen, wenn ich Ihren Bericht zugrunde lege. Haben Sie einen Plan? Dann her damit. Das Kloster werde ich später besuchen. Ich denke, die Novizin hat da in ein Wespennest gestochen mit ihren Diebstählen. So einfach kann ich die Dame nicht davonkommen lassen. Auch wenn niemand eine Anzeige macht, muss ich im Bericht ihren Namen angeben. Schließlich ist durch das Buch die Sache ins Rollen gekommen. Ich werde mit der Mutter Oberin ..." Er unterbrach seine Rede und sah zu seinem Constable. „Was schreiben Sie da schon wieder auf? Ich unterhalte mich nur mit Mr Beanstock, das muss nicht protokolliert werden!", rief er.

„… nicht protokolliert werden", wiederholte leise der Polizist. Dann bemerkte er, was er da geschrieben hatte, und steckte langsam und sorgfältig seinen Stift an die Seite des Notizblocks, ließ ihn in seiner Jacke verschwinden und salutierte.

„Ja, Sir, nun, Sir, ich …entschuldigen Sie, Sir!" Dabei sah er in eine weite Ferne.

„Packen Sie die Armbrust ein und warten Sie draußen im Wagen auf mich", sagte der Inspector.

„Morgen kommen die Baronets aus London zurück. Ich werde mit Gonzales am Abend nochmals nach Waterhill fahren und sehen, was ich tun kann. Ich bin sicher, Sir Percival wird es mir erlauben. Ich habe da noch eine Idee. In der Bibliothek der Burg liegen auch die Chroniken der Burg aus. Ich möchte noch eine Sache überprüfen, um sicher zu sein. Mir geht dieser eine Satz des Mörders nicht aus dem Kopf. Du nimmst mir mein Geburtsrecht, hat er gemeint."

Inspector Greenwood nickte ernst.

„Seien Sie vorsichtig. Man hat schon einmal versucht, Ihnen einen Bolzen in den Kopf zu jagen. Das muss ein verdammt guter Schütze sein. Gut, wenn Gonzales Sie unterstützen kann. Wir sehen uns in der Burg."

Dann reichte er dem Butler die Hand und ging zum Wagen in der Einfahrt.

Beanstock vergewisserte sich, dass alle Türen gut abgeschlossen und verriegelt waren. Junior schlief im Bootroom und hatte nichts mitbekommen. Was für ein Wachhund.

Dann saß Beanstock noch eine Weile im Essraum der Angestellten, eine frische Tasse Tee vor sich und strengte seine grauen Zellen an.

Mrs Argyle kam im Morgenmantel von oben herunter und schimpfte furchtbar mit ihm.

„Was hat der Doktor gesagt? Sie sollen sich Ruhe gönnen. Wenn ich es nicht ganz genau wüsste, würde ich meinen, Luci vor mir zu haben", schimpfte sie.

Dann stellte sie seine Teetasse in die Spüle und wedelte so lange mit ihrer Hand, bis der Butler aufstand und mit ihr nach oben ging.

Erst als sie sah, dass sich hinter Beanstock die Tür seines Zimmers schloss, ging sie zufrieden in ihr eigenes Zimmer.

Burg Waterhill

Beanstock saß im Wagen neben Gonzales und brachte ihn während der Fahrt nach Waterhill auf den neuesten Stand der Ermittlungen. Sie hatten den Defender genommen. Das erschien Beanstock angemessener zu sein.

„Warum konnten Sie nicht warten, bis ich an Ihrer Seite war? Wir sind doch seit langem ein gutes Team. Oder nicht, Señor?", sagte der Chauffeur vorwurfsvoll. Als er von dem Angriff auf den Butler gehört hatte, hatte er sich Vorwürfe gemacht, dass er nicht da gewesen war.

„Was wollen Sie auf der Burg noch finden?", fragte er.

„Zuerst werde ich mir die Chronik des 16. Jahrhunderts vornehmen. Ich habe uns bei der Museumsleiterin angemeldet. Sie erwartet mich außerhalb der Öffnungszeiten. Ich habe nicht gesagt, dass ich jemanden mitbringe. Auch diese Tatsache erschien mir angebracht", antwortete Beanstock.

„Alte verstaubte Chroniken durchlesen? Das ist wirklich ein gefährlicher Einsatz", maulte Gonzales.

Beanstock räusperte sich und schlug sein Notizbuch auf. Er versuchte, die Ereignisse in eine zeitliche Reihenfolge zu bringen und gleichzeitig festzustellen, wo seine Verdächtigen in diesen Momenten waren. Eigentlich sollte derjenige, der bei allen Taten dabei oder in der Nähe war, der gesuchte Täter sein. Es blieb bei den zwei Männern. Die Museumsleiterin hatte er schlussendlich wirklich ausgeschlossen. Auch wenn sie eine gute Bogenschützin gewesen war, das könnten auch andere schaffen.

Als sie durch Waterhill fuhren, kamen sie auch an der Pension der Witwe Truelove vorbei.

„Halten Sie doch bitte kurz an, Gonzales, ich habe da etwas gesehen", sagte Beanstock.

Er stieg aus und ging am Haus vorbei. Hinten, vor der Garage stand ein dunkler Wagen. Ein Seitenfenster war kaputt und im Fond lagen Bücher. Hatte ihm nicht Luci genauso den Wagen im Wäldchen beschrieben? Aufmerksame Luci.

Beanstock ging zur Vordertür und klopfte.

Gonzales sah, dass er mit Mrs Truelove sprach. Dann kam er zum Wagen zurück.

„Fahren wir. Ich glaube, nun weiß ich, wer der Mörder ist. Wieso bin ich nicht früher darauf gekommen?", sagte er mehr zu sich selbst.

Die Burg kam in Sicht und Beanstock sah die Raben um die dunklen Türme kreisen.

Wolken zogen über den Himmel und der Mond verschwand hinter dickem Dunst. Es war kalt geworden zum Abend hin.

Die beiden Männer stiegen aus.

Gonzales nahm etwas vom Rücksitz. Als Beanstock zu ihm sah, hatte der Chauffeur seinen Baseballschläger in der Hand.

„Den werden wir sicher nicht benötigen. Sie können doch nicht mit diesem Schlagwerkzeug auf der Burg erscheinen. Lassen Sie ihn im Wagen", verlangte Beanstock.

„Sie haben recht. Wie konnte ich so dumm sein? Wir

211

sind auf einer Burg. Da gibt es haufenweise Mordwerkzeuge an den Wänden. Dann greif ich mir dort etwas, wenn es nötig wird", antwortete Gonzales und legte den Schläger zurück.

Beanstock schüttelte den Kopf. Aber im Grunde war er froh, dass der Spanier neben ihm war.

Auf dem Hof regte sich nichts. Die Raben umkreisten die Türme und ihr Krächzen untermalte die unheimliche Szenerie. In einigen Fenstern war Licht zu sehen.

Beanstock und Gonzales betraten die Halle. An den Wänden hatte man Wandlampen angebracht, die den Eindruck vermitteln sollten, dass dort Fackeln brannten. Es sah sehr theatralisch aus, aber das diffuse Flackern war passend.

Die beiden gingen über die Treppe in das erste Stockwerk und von dort in die Bibliothek.

Mrs Scarburg stand am Tresen über einem aufgeschlagenen Buch und schrieb etwas.

Sie sah auf, als sie Schritte hörte.

„Mr Beanstock, Sie sind nicht allein? Nun gut. Ich habe die Chroniken auf den ersten Tisch gelegt. Sie können sich darin gern vertiefen, obwohl ich nicht weiß, was Sie dort zu finden hoffen."

„Haben Sie auch nach den Geburts- und Sterberegistern der Burgherren gesehen? Sie meinten, es würde noch einige Unterlagen geben", sagte Beanstock und setzte sich an den breiten, schweren Eichentisch, auf dem sich mehrere riesige Bücher türmten.

„Ja richtig, ich werde sie holen. Vielleicht kann mir Ihr Freund helfen. Ich laufe schon den ganzen Tag treppauf und treppab. Für die Register müssen wir in mein Büro gehen. Ich habe sie dort."

212

Beanstock nickte Gonzales zu und der machte sich mit der Dame auf den Weg.

Der Butler war allein.

Nach einigen Minuten hatte er die Eintragungen, die ihn interessierten, gefunden.

Lord Arthur of Waterhill, ein übler Bursche mit einem Hang zu Gewalt, hatte sich hier mit Taten gebrüstet, die heutzutage für ihn am Galgen enden würden.

Er war zweimal verheiratet gewesen.

Seine erste Frau, wenn man dem Bild in der Chronik trauen konnte, war eine unscheinbare sehr junge zarte Person gewesen. Sie war bei der Geburt ihres ersten Kindes gestorben.

Die zweite Ehefrau wurde nicht ausführlich beschrieben, aber Beanstock kannte ja das Porträt aus der Halle. Er war überzeugt, dass es sich um die Frau des Dichters handelte, die nach dessen Tod den Burgherren geheiratet hatte, gewollt oder durch Sir Arthur erpresst.

Seltsamerweise gab es danach kaum noch Einträge über Sir Arthur und seine neue Gattin. Er war ein halbes Jahr nach der Hochzeit unter mysteriösen Umständen gestorben. In der Chronik wurde von Gift gesprochen und man hatte seine Gattin der Hexerei anklagen wollen. Die junge Frau war aber ebenfalls kurz nach Sir Arthur gestorben, ohne einen Nachkommen zu hinterlassen.

Danach hatte es verschiedene Besitzer der Burg gegeben. Eine Zeit lang hatte sie leer gestanden. Es hatte dann wohl keinen legitimen Nachkommen gegeben.

Seltsam, was hatte der Mörder dann gemeint mit seinem Geburtsrecht?

Beanstock schloss die Chronik. Er musste die anderen Register sehen. Dort musste es etwas geben.

213

Wo blieben die beiden? Sie hätten längst mit den Büchern zurück sein müssen.

Beanstock stand auf und verließ die Bibliothek.

Vorsichtig horchte er auf Geräusche. Es war absolut still, bis auf die Raben, die vor den Fenstern entlang flogen und krächzten. Hatte Mr Pritter sie heute nicht gefüttert? Es würde in das Bild passen. Er hatte vielleicht andere Dinge zu tun.

Er sah im Büro der Museumsleiterin nach, aber dort war niemand.

Wo waren die beiden abgeblieben?

Auf dem Schreibtisch der Museumsleiterin lagen die angeforderten Register. Beanstock sah hinein.

Er fand schnell den Eintrag, den er suchte. Und das gab ihm die Gewissheit, dass er die richtige Vermutung gehabt hatte.

Er stieg zur Halle hinab und sah sich um. Aus dem Kellergeschoss klangen Stimmen nach oben.

Hinter ihm knarrte die Eingangstür. Er drehte sich um.

Mr Pritter kam hinter der Tür hervor und sah ihn erschrocken an.

„Was tun denn all die Leute um diese Zeit in meiner Burg? Haben Sie die Genehmigung von Mrs Scarburg? Wo ist sie eigentlich?", fragte er, trat ein und schloss die Tür hinter sich.

Beanstock hielt einen Finger an den Mund und forderte ihn auf, leise zu sprechen.

„Mrs Scarburg und ein Freund sind im Untergeschoss. Ich vermute den Mörder dort bei Ihnen. Sie sind in großer Gefahr. Die Polizei sollte eigentlich schon anwesend sein",

flüsterte Beanstock.

„Hab mich doch schon gewundert, dass Hannibal so

aufgeregt ist. Aber die Polizei kann ja nicht hereinkommen. Das Tor ist verriegelt. Ich war eben am Tor und habe festgestellt, dass alles abgeschlossen ist", flüsterte der Hausmeister zurück.

„Dann gehen Sie bitte zum Tor und öffnen."

„Der Schlüssel ist nicht mehr an seinem Platz. Er hängt sonst immer hier in der Halle am Haken."

„Können Sie die Tür irgendwie aufbekommen?"

„Ich könnte sie aufbrechen, aber das würde nicht gut für das Holz sein."

Beanstock verzweifelte fast.

„Haben Sie keinen Dietrich?"

„Nein, habe ich nicht. Aber ich könnte den Ersatzschlüssel aus meiner Wohnung holen. Wäre das hilfreich?"

Beanstock schloss kurz die Augen.

Da stand er hier mit dem einen seiner Verdächtigen und diskutierte unsinnige Dinge. Aber auch Mr Pritter hatte er bereits vor kurzem ausgeschlossen.

„Bitte, Mr Pritter, holen Sie den Nachschlüssel und schließen Sie die Tür für die Polizei auf", erklärte er dem Hausmeister so einfach wie möglich.

Mr Pritter nickte und ging endlich.

„Armer Hannibal. Ich muss mit den Jungs reden", flüsterte der Hausmeister.

Es blieb ein Verdächtiger übrig.

Beanstock stieg zu den Verliesen hinab.

Neben der Oubliette stand Gonzales und in seinem Arm hing Mrs Scarburg und weinte bitterlich.

„Ich werde mir so kurz vor dem Ziel von niemandem mein Geburtsrecht verwehren lassen! Meine Mutter war eine direkte Nachkommin Sir Arthurs of Waterhill. Meine Geburtsurkunde und die Aussage meiner Mutter beweisen es. Ihre Mutter war die Tochter eines Lords und dessen Linie reicht zurück auf die erste Ehefrau des Lord Arthur. Das Kind hatte damals überlebt. Es wurde hier auf der Burg nicht aufgezogen, weil mein Vorfahre keine Mädchen akzeptiert hatte. Also war sie in eine Pflegefamilie gekommen", rief der Mann, der mit einer Armbrust im Anschlag vor den beiden stand.

„Aber das ist so nicht korrekt, Mr Brown", sagte Beanstock und trat in den Raum. Sofort richtete sich die Armbrust auf den Butler. Gonzales machte einen Schritt auf ihn zu, aber das hatte Mr Brown natürlich bemerkt und schüttelte nur den Kopf.

„Bleibt dort stehen!", rief er und machte einen Schritt rückwärts, um alle drei im Blick zu haben. Dabei näherte er sich gefährlich der Oubliette. Beanstock bemerkte es.

„Wo ist das Buch? Es gehört mir und der Schatz auch!", brüllte der Leiter des Burgvereins.

„Mr Brown, es ist zu spät. Sie sind kein Nachkomme des Lords of Waterhill. Es kann gar nicht sein, denn das einzige Kind dieses Mannes ist im Alter von drei Jahren verstorben. Im Geburtsregister ist das vermerkt. Sie haben sich von den Beteuerungen Ihrer Mutter täuschen lassen, dass Sie ein Recht auf den Titel hätten", erklärte Beanstock und machte einen kleinen Schritt auf den Mann zu.

Mrs Scarburg heulte auf.

„Sie haben den armen Mr Aberforth umgebracht! Nur wegen dieser vermaledeiten Burg? Wie konnten Sie nur!", rief sie. Sie legte ihren Kopf weinend an Gonzales' Schulter, der ihre Hand tätschelte.

„Aberforth wusste von dem Buch. Dieser Antiquitätenhändler hatte es rausbekommen. Er wusste von dem Schatz, also wusste er zu viel. Das Mädchen kam zur falschen Zeit dazu. Dieser dumme kleine Knittle hätte fast alles versaut."

„Sie sind kein erlauchter Nachkomme der Waterhill Linie, Mr Brown, haben Sie das verstanden? Wahrscheinlich hat Ihre Mutter irgendeine andere Beziehung zur Burg gehabt. Vielleicht hat sie hier einmal gearbeitet", erklärte Beanstock.

„Hier hat tatsächlich mal eine Mrs Brown gearbeitet. Bei den beiden alten Damen und ihrem Kater, den letzten Besitzerinnen der Burg. Aber es waren schon längst keine Waterhills mehr hier wohnhaft. Die Linie ist mit Arthur of Waterhill ausgestorben. Diese Mrs Brown musste sich um den Kater kümmern. Sie ist mit den beiden Ladys später in das Altenheim umgezogen. Ich kann mich gut an die Worte der Witwe Truelove erinnern. Sie kannte die Dame und erzählte mir, dass sie leicht durch den Wind gewesen war und behauptete, sie würde irgendwann hier einmal die Herrin der Burg sein. Aber sie wurde nicht im Testament der alten Ladys bedacht und die Burg ging an die Gemeinde Waterhill", erklärte nun Mrs Scarburg überrascht.

„Der Kater ist mehr ein adliger Waterhill als Sie, Mr Brown", sagte Gonzales.

„Das ist nicht wahr!", schrie Mr Brown und taumelte. Dabei kam er dem Abgrund zu nah und einer seiner Füße trat ins Leere. Das war der Moment, auf den Gonzales und Beanstock gewartet hatten. Sie sprangen zu ihm und Beanstock riss dem Mann die Armbrust aus der Hand.

Im gleichen Moment hörte man schnelle Schritte auf der Steintreppe.

„Gutes Timing, Inspector", sagte Beanstock leise.

Gonzales hockte neben Mr Brown und hielt ihn am Boden fest.

217

„Nehmen Sie den Mann fest, Donegal!", rief Inspector Greenwood. „Es ging nicht schneller. Warum war die Eingangstür verschlossen? Und dann musste ich diesem Hausmeister erst meine Dienstmarke unter dem Tor durchschieben. Er wollte ganz sicher sein, dass wir keine Raubritter sind und die Burg ausrauben wollen. Dann erzählte er noch von einem gewissen Hannibal und er würde ihn auf uns hetzen, falls wir gelogen hätten. Ein Drama, Mr Beanstock", erklärte der Inspector.

Beanstock nickte dazu. Mr Pritter war ein Fall für sich.

Nachdem der Mörder abtransportiert worden, die Aussagen aufgenommen und alle im Büro bei Mrs Scarburg zur Ruhe gekommen waren, überreichte Beanstock ihr die gestohlene Taschenuhr. Das versöhnte Mrs Scarburg.

Inspector Greenwood beugte sich über die Geburtenregister der Burg und suchte nach dem Eintrag, den Beanstock meinte.

„Hier sehe ich eine Todesanzeige. Ein Kind, ein drei Jahre altes Mädchen, verstorben 1545 in London. Der Name des Mädchens war Patricia of Waterhill, der Vater Lord Arthur und die Mutter Catherine of Waterhill, verstorben im Kindbett. Das sollte sich in der Gruft derer von Waterhill nachprüfen lassen. Also hatte dieser Lord Arthur nur eine Tochter und alles andere ist Hörensagen oder hat sich die Mutter des Mr Brown ausgedacht. Die Geburtsurkunde des Mr Brown war dann wohl gefälscht."

„Hätte die Dame ihre Fantasie gezügelt, würden die Leute jetzt noch am Leben sein. Der arme Mr Aberforth. Ich verstehe aber nicht, wieso Mr Brown nicht einfach hier im Geburtsregister recherchiert hat. Dann hätte er doch den Eintrag gefunden. Missverständnisse über Missverständnisse. Er war wahrscheinlich zu sehr von seiner Meinung überzeugt", sagte Mrs Scarburg traurig. „Und wo ist denn nun das Buch?", fragte sie in die Runde.

Beanstock räusperte sich.

„Es liegt im Moment im Safe von Parsley Manor. Ich werde es, mit Erlaubnis des Inspectors, morgen zurückgeben. Um weiteren Schatzsuchern die Lust zu verderben, sollten wir dem Gedicht nachgehen und nach dem Schatz suchen, denke ich. Dafür benötigen wir aber die Sonne und ihre Strahlen. So steht es im Gedicht von Robert of Dale, der damals unter seltsamen Umständen verschwand. Sir Arthur nahm sich dessen Gattin an und heiratete sie. Die Dame muss damals ein Kind von ihrem Robert erwartet haben, das aber starb. Sie beerdigte es außerhalb der Gruft im Garten und legte das Buch mit dem Hinweis auf den Schatz mit in das kleine Grab. Die Ehe hat niemandem Glück gebracht, der Burgherr starb höchstwahrscheinlich an Gift und seine zweite Gattin, Anna, folgte ihm nach, bevor man sie anklagen konnte", berichtete Beanstock.

„Dann ist die schöne Frau mit der Witwenblume tatsächlich die Gattin von Robert of Dale gewesen. Ich habe es immer vermutet", sagte leise Mrs Scarburg.

„Gut, wir treffen uns morgen hier wieder", erklärte Inspector Greenwood. Er hatte noch etliche Berichte für Scotland Yard zu schreiben und verabschiedete sich.

„Gegen Mittag ist eine gute Zeit, wenn die Sonne am höchsten steht und die Raben gefüttert werden", sagte Beanstock und erhielt einen seltsamen Seitenblick von Gonzales.

„Die Raben? Meinen Sie etwa, die Raben haben den Schatz?", fragte er schmunzelnd.

„Wir werden sehen", meinte der Butler geheimnisvoll. Er konnte sich nicht vorstellen, dass nach dieser langen

Zeit und den vielen Renovierungsarbeiten auf dieser Burg, wirklich ein Schatz irgendwo seiner Entdeckung harrte.

Wahrscheinlicher war, dass jemand vor langer Zeit damit verschwunden war. Oder es hatte niemals einen Schatz gegeben. Denn der damalige König, Heinrich der Achte, war ebenfalls den Damen sehr zugetan gewesen, hatte sechs Frauen und etliche Schulden gehabt. Lord Arthur war ein Gefolgsmann gewesen und wenn der Gelder gehabt hätte, hätte König Heinrich sie eingefordert.

Schatzsuche auf Burg Waterhill

Die Suche nach dem angeblichen Schatz entwickelte sich zu einem Gruppenausflug.

Da keine Gefahr mehr bestand, durfte Luci mitkommen, daraufhin zeigten Sir Percival und Lady Fedora ebenfalls Interesse. Danach kam es zu einem Telefongespräch mit ihren Freunden aus Pilpots. Natürlich waren auch Sir Mortimer und Lady Marjorie sofort Feuer und Flamme und machten sich auf den Weg zur Burg. Anschließend bettelte Luci so lange, bis ihre beste Freundin Bronté mitfahren durfte.

„Ihr dürft nicht traurig sein, wenn es am Ende gar kein großes Geheimnis gibt, Luci", erklärte der Butler dem Mädchen. „Ich weiß, alle Menschen lieben Geheimnisse und manchmal sind sie dann enttäuscht, wenn sie herausfinden, dass das Geheimnis gar keins ist."

„Keine Angst, Mr Beanstock, es wird uns trotzdem viel Spaß machen", sagte das Mädchen.

Zum Glück hatte man den Bentley mit seinem großzügigen Platzangebot. Im hinteren Teil saßen die Baronets mit den Kindern und Sir Percival erzählte einen Witz nach dem anderen. Beanstock dachte mit Schaudern an die Gesichter der Museumsleiterin und Inspector Greenwoods, der mit seinem Constable Donegal sicher auch schon wartete.

Zu allem Überfluss hatte Lady Fedora von Mrs Porkpie

einen Picknickkorb mit den leckersten Dingen füllen lassen. Eine Schatzsuche konnte eine sehr nervenaufreibende und langatmige Sache sein. Da müsse man gegen Hungerattacken gewappnet sein, hatte sie schmunzelnd gemeint.

Unterwegs nach Waterhill studierte Beanstock nochmals das Gedicht des Robert of Dale.

Es war ein sonniger Tag und die dunklen Wolken der Vortage hatten sich verzogen. Somit stand den Strahlen der Sonne nichts im Weg und man müsste genau sehen, was der Dichter sagen wollte. Nicht ganz klar war ihm die letzte Zeile. Robert hatte geschrieben … *um die Burg tobt ein Sturm und es schneit und es schneit!*

Beanstock hoffte, dass sie nicht in der falschen Jahreszeit suchten. Schnee war nicht in Sicht, im Burggraben blühten die ersten Primeln.

Auf dem Burghof stand Mr Pritter und stützte sich auf einen Besen. Sein Blick ging zu den Raben, die sich zu seinen Füßen um die letzten Körner balgten.

„Nicht so schnell, Cäsar, sonst geht´s dir wieder schlecht. Hannibal, nicht drängeln. Was bist du heute wieder gemein zu den anderen!", rief er den Vögeln zu.

Dann erhob sich die Meute wie eine einzige schwarze Wolke gen Himmel. Luci und Bronté jubelten.

Es war kurz vor Mittag.

Die Sonne stand hoch und Beanstock wartete auf dem Hof auf ein Zeichen. Stille breitete sich aus, nur manchmal unterbrochen vom Kichern der Kinder oder einem Huster Sir Mortimers.

Beanstock ging in Richtung der Eingangstür.

„Wir sollten uns sofort in die Halle begeben. Ich denke, in einigen Sekunden wird die Sonne am höchsten stehen.

Dann sollten wir in der Ahnengalerie etwas zu sehen bekommen", erklärte er und ging hinein.

Luci zeigte auf das Gemälde von Sir Arthur und sofort begannen die beiden Mädchen erneut zu kichern.

„Er hat aber wirklich eine sehr große, krumme Nase. Das fällt mir jetzt erst ein", sagte Mrs Scarburg. „Alle Waterhills bis zu Sir Arthur hatten diese riesige Nase, sogar die Damen der Linie. Das ist noch ein weiterer Beweis, dass Otis kein Nachkomme sein kann. Das hätte er auch schon sehen müssen. Seine Knollennase ist unpassend. Aber er war ja so von seiner Idee eingenommen. Und dann die guten Armbrüste für seine Taten zu benutzen. Was für eine Schande. Ich bekomme sie doch irgendwann zurück, Inspector?"

Inspector Greenwood verzog das Gesicht.

„Das kann ich nicht versprechen. Schließlich sind es Mordwaffen. Ich werde sehen, was ich tun kann", erklärte er.

„Wie sind Sie auf Otis Brown gekommen, Mr Beanstock?", fragte Constable Donegal, der mit gezücktem Bleistift und Notizbuch neben ihm stand.

„Den Ausschlag gab das Geburts- und Sterberegister und der Ausspruch, der von ihm kam, als er auf mich geschossen hat. Er meinte, es sei sein Geburtsrecht. Ich hatte ihn schon viel früher in meinen Gedanken. Auf dem Burgfest bewunderte ich sein Kostüm. Es war aufwendig und sicher kostspielig gewesen. Alle dachten, er würde König Heinrich den Achten darstellen. Ich habe mir danach die Gemälde nochmals angesehen und dort erkannte ich, dass es sich um die genaue Kopie des Gewandes Sir Arthurs of Waterhills handelte. Bis ins kleinste Detail nachgebildet. Ich hätte es eigentlich damals schon weiterverfolgen sollen, aber ich hatte mich zu sehr auf die Armbrust konzentriert und nach einem ausgezeichneten Schützen gesucht. Das hatte mich abgelenkt. Als ich am gestrigen Abend mit Gonzales zur Burg unterwegs war, war mir dann an der Pension der Witwe Truelove ein geparkter Wagen aufgefallen. Luci hatte mir vor einiger Zeit von genau diesem Auto berichtet. Sie hatte es im Wäldchen in Parsley Field gesehen. Ich wusste, wer im Moment in der Pension wohnte. Es konnte also nur Otis Brown sein."

Das war ein langer Bericht und der Constable schrieb angestrengt. Fast hätte er den wichtigsten Moment verpasst.

Die Sonne stand am höchsten und die Strahlen fielen durch das Buntglasfenster in einem der Türme. Sie hinterließen ein buntes Kaleidoskop von Farben auf dem Gemälde der schönen Dame mit der Witwenblume.

„Da, sehen Sie, Mr Beanstock. Dort muss der Schatz sein!", rief Luci und zeigte nach oben.

„Bleibt nur noch zu fragen, ob die Bilder irgendwann abgenommen worden sind oder ob wir sicher sein können, dass sie dort ihren angestammten Platz durch die Jahrhunderte hatten. Was sagen Sie dazu, Mrs Scarburg?", fragte Beanstock.

„Also abgenommen wurden alle Gemälde schon einmal. Wir mussten ja einige restaurieren und katalogisieren. Aber es wurde im Vorfeld ein Plan gemacht und so hängen sie wieder genau an derselben Stelle wie vorher", erklärte sie.

„Ich möchte noch feststellen, dass sich hinter den Gemälden nur Mauerwerk befindet. Sonst hätten wir den sogenannten Schatz doch damals schon gefunden", setzte sie hinzu.

„Dann müssen wir uns auf das Bild konzentrieren. Dürfen wir es abnehmen?", fragte Beanstock.

Die Museumsleiterin nickte.

„In der Kammer steht eine Leiter. Bitte sehr vorsichtig", sagte sie ängstlich.

Gonzales und Beanstock nahmen das Bild vorsichtig ab. Dahinter war nur Mauerwerk und kein Spalt verriet, dass hier ein Schatz gelegen haben könnte.

Das Bild war sehr detailverliebt gemalt worden. In der Mitte stand die Dame mit der Blume. Daneben der Tisch mit Vase und Buch. Im Hintergrund tobte ein Schneesturm und Raben umkreisten einen der Türme. Beanstock ging ganz nah an das Gemälde heran.

„Wo sitzt dieser eine Rabe da? Schauen Sie, Mrs Scarburg. Er sitzt in einer der Fensternischen des Nordturmes und hat etwas in den Krallen. Sehen Sie es?", fragte er.

„Das ist eine Münze, wenn ich mich nicht täusche", erklärte Sir Percival. Inzwischen standen alle neben dem Bild und suchten.

„Wir sollten diese Fensternische suchen", sagte Beanstock.

„Aber in diesem Turm gibt es keine Fenster", erklärte Mrs Scarburg.

„Umso besser!", rief Beanstock und machte sich auf den Weg in den Nordturm. Die Prozession folgte dem Butler.

Dann standen sie vor der Mauer, die laut Gemälde von außen eine Fensternische haben sollte.

„An der Außenmauer gibt es angedeutete Nischen, ja, aber Fenster eben nicht", sagte Mrs Scarburg und strich mit der Hand über die Mauer. „Eine ganz normale dicke Burgmauer. Sicher, sie ist aus mächtigen breiten Steinquadern."

„Nicht ganz", erklärte der Butler und zeigte auf einen viel kleineren Stein, der nicht zu den dicken Quadern passte. Er war auch viel dunkler als die anderen Steine.

„Das ist mir noch niemals aufgefallen", sagte Mrs Scarburg und strich über den Stein.

Beanstock drückte und schob an dem Stein herum, aber nichts passierte. Er dachte angestrengt nach. Wie könnte der Mechanismus funktionieren?

„Ich kann eine Brechstange holen und wir brechen den Stein heraus", sagte Gonzales, der es nicht erwarten konnte.

„Wir sollten keine rohe Gewalt anwenden. Es muss einen einfacheren Weg geben", erklärte Beanstock.

Er nahm beide Hände und legte sie je auf eine Seite des Steins. Dann drückte er entgegengesetzt und es klickte.

Ein Raunen ging durch die Anwesenden.

Luci und Bronté drängelten sich vorsichtig nach vorn.

Beanstock schob so lange, bis der Stein senkrecht zu ihm stand, dann konnte er den größeren Quader ebenfalls zur Seite schieben.

Dahinter lag ein Hohlraum.

Im Mittelpunkt stand eine Truhe. Sie war nicht sehr groß. Daneben lagen einige verzierte Dolche und im Hintergrund an eine Wand gelehnt … Beanstock sah sich zu den beiden Kindern um.

„Igitt!", rief Bronté und ging ein paar Schritte zurück.

„Supercool!", rief Luci und steckte ihren Kopf durch die Öffnung.

In der Nische lag ein Skelett.

An der Kleidung erkannte man, dass es hier wahrscheinlich seit der Zeit Sir Arthurs lag.

„Ob das Robert of Dale sein könnte?", fragte er Mrs Scarburg. „Ich habe gelesen, dass er damals unter mysteriösen Umständen verschwand. Sir Arthur hat ihn umbringen lassen. Vielleicht hat er auch selbst Hand angelegt und ihn hier versteckt. So war der Weg frei für seine Ehe mit

226

Anna Dale, die ihm aber kein Glück brachte. Er starb kurze Zeit nach der Hochzeit und so ging das Wissen um den Schatz und um den toten Dichter verloren. Robert hat uns mit seinem Gedicht auf die Spur gebracht und so doch noch das letzte Wort gehabt. Was für ein Drama", sagte Beanstock.

Man nahm die Truhe heraus. Es fand sich kein riesiger Schatz darin, für das Burgmuseum gab es aber sehr schöne Artefakte. Ein paar Münzen, einige Ketten und Ringe, die Ausbeute war eher übersichtlich. Wie Beanstock vermutet hatte, war der Landesherr Heinrich der Achte hoch verschuldet gewesen und hatte sich sicher bei seinen Lehensherren ordentlich bedient.

Das hatte Robert of Dale natürlich nicht wissen können. Er hatte einen großen Goldschatz vermutet und wollte diese Kenntnis verewigen. Vielleicht hatte er auch Sir Arthur mit seinem Buch zu erpressen versucht. Er hatte vielleicht für sich und seine Frau freies Geleit von dem Burgherren verlangt und ihm mit dem Buch und seinem Inhalt gedroht. Das hatte er mit dem Tod bezahlen müssen. Wie hätte er ahnen können, dass sein Gedicht Jahrhunderte später zu diesen Verwicklungen führen würde.

Der kleine Gedichtband kam zurück in die Vitrine und daneben der Schatz der Burg. Das Skelett des armen Dichters wurde im Burggarten neben dem kleinen Kindergrab beigesetzt und beide bekamen einen Stein mit einer Inschrift. In Versen, sehr passend, wurde hier dem Leser erklärt, wer dort begraben lag. Das lockte Touristen an und brachte Geld in die Kasse. Und das war dann wirklich ein Schatz für die Burg Waterhill.

Mrs Scarburg musste nur den Burgverein neu organisieren. Es wunderte niemanden, dass sie ab jetzt den Verein zur Rettung der Burg leiten würde.

Mrs Porkpie überreichte freudestrahlend an ihrem nächsten freien Tag ihrer besten Freundin, Miss Hasting, das verloren geglaubte Medaillon und einen Orangenkuchen mit vielen leckeren Stückchen darin. Beides kam sehr gut an und Miss Hasting verlor wiederum Tränen der Freude.

Otis Brown saß in seiner Zelle im Scotland Yard London, weinte bitterlich über die verpasste Gelegenheit, der Herr auf Burg Waterhill zu werden, und gab Mrs Scarburg und dem Butler die Schuld an seiner Misere. Er war mehr denn je davon überzeugt, dass er Sir Arthurs Erbe war. Sein Weg würde vielleicht nicht zum Galgen, aber sicher in eine geschlossene Anstalt führen. Er verlangte an jedem Tag von seinen Wärtern, man solle ihm, als adligem Nachkommen eines angesehenen Geschlechts, eine Audienz bei ihrer Majestät der Königin verschaffen.

Auf jeden Fall hatten die Wärter mit Otis Brown einmal Abwechslung im Gefängnisalltag.

Im Kloster war der Konvent zusammengekommen und hatte über die Novizin Anna Smith zu entscheiden.

Wie Mutter Oberin Zeta vermutet hatte, hielt Schwester Euthymia eine flammende Rede, um die Novizin zu behalten, und Schwester Aloysia gab einen Psalm zum Besten.

„Du verstörte Tochter Babel, wohl dem, der dir vergibt, ihm ist das Himmelreich gewiss", zitierte die gute Schwester. Zeta verdrehte die Augen.

„Diesen Psalm habe ich anders in Erinnerung, Aloysia, aber gut. Wir wollen abstimmen. Dinge, die den Konvent im Inneren betreffen, sollten von allen bestimmt werden. Bedenkt die schweren Sünden und bedenkt aber auch, dass Anna ihre Sünden beichtete und um Vergebung bat und vor allem bedenkt, was ich euch über ihr Vorleben und die Familie berichtet habe", erklärte die Mutter Oberin.

Nach einer weiteren halben Stunde wurde die Novizin gerufen. Man eröffnete ihr, dass sie bleiben dürfte, aber ihr Noviziat sehr viel länger dauern würde als normal. Sie müsste sich bewähren. Das würde dauern.

Anna kniete vor Freude nieder.

Das Leben meinte es doch noch gut mit dem Mädchen, das vor langer Zeit Mouse genannt und nun die Novizin Anna geworden war.

Und schlussendlich meinte die Mutter Oberin, dass es das Motto und die Bestimmung des Ordens *unserer lieben Dame vom Hofe* war, verstörte Wesen zu retten und vom Wege abgekommenen Mädchen den rechten Weg zu weisen.

Schwester Aloysia sprach ein Gebet und die Ordensschwestern stimmten laut und zufrieden am Ende in das Amen mit ein.

So war letztendlich allen geholfen.

Alle Taschenbücher und vieles mehr gibt es in meinem Online Shop unter awbenedict.de/shop

Beanstock – Mord auf Parsley Manor
Beanstocks erster Fall: Ein untergetauchter Spion und eine geheimnisvolle Mordserie.

Beanstock – Das Gänseblümchenkomplott
Beanstocks zweiter Fall: Eine Selbstmordserie in London und die geheime Dienstbotenverbindung Daisy Chain.

Beanstock – Die Barke des Teremun
Beanstocks dritter Fall: Ein geheimnisvoller Skarabäus und eine skrupellose Grabräuberbande.

Beanstock – Mörder an Bord
Beanstocks vierter Fall: Eine turbulente Kreuzfahrt und ein mörderischer Betrüger.

Beanstock – Ein Whisky zu viel
Beanstocks fünfter Fall: Eine kriminelle Londoner Society und ein mörderischer Rächer.

Beanstock – Das Haus der Lady Sherry
Beanstocks sechster Fall: Eine unvorhergesehene Erbschaft und eine schottische Mordserie